YOUR FORMA

Electronic Investigator Echika and the Dark Alliance

菊石まれほ
MAREHO KIKUISHI

【イラスト】——野崎つばた
Illustration Tsubata Nozaki

破滅の盟約

VI

YOUR FORMA

Electronic Investigator Echika and the Dark Alliance

CONTENTS

フォーキン

Ivan L. Fokine

電子犯罪捜査局捜査支援課の捜査官。トスティの回収やラッセルズの捜査に関わる特別捜査班のペテルブルク支局班長に抜擢された。甘いものに目がない。

レクシー
Lexi W. Carter
ハロルドをはじめとしたRFモデルアミクスの生みの親。RFモデルの「秘密」を守るために犯した複数の罪により服役中。

トトキ
Ui Totoki
国際刑事警察機構電子犯罪捜査局・
本部電索課の課長。エチカとハロルド
にも目をかけ、厳しくも温かく見守って
いる。

菊石まれほ
［イラスト］―― 野崎つばた
ユア・フォルマ
電索官エチカと破滅の盟約

Fraumuenster

序章——岐路

YOUR FORMA

行き場を失った感情をガラス瓶の中に閉じ込めて、きつく栓をする。

あれからずっと、そんな想像を繰り返している。


十二月下旬——年末が近づくサンクトペテルブルクでは極寒の中、クリスマスマーケットが開かれる。もとは欧州の文化に倣(なら)って始まったそうだが、近年ではすっかり定着したらしい。

「落ち着けヒエダ、あと二回撃てる。五十点と百点の的にそれぞれ当てるんだ、そうしたら」

「少し静かにしていてもらえませんか、フォーキン捜査官」

エチカは今一つ集中できないまま、目の前の射的に向き直った。手にしたエアガンのトリガーを引くと、模造弾が得点ボードの並んだ棚めがけて飛び出していき——『50』と書かれた掌(てのひら)ほどの板が、ぱたんと倒れる。命中した。残りの弾はあと一つ。

「今ので合計百五十点」露店の店主が、退屈そうにひげ面(づら)を掻(か)く。「二百五十点いけば、グム百貨店で使えるアイスクリーム(マロージナエ)三十個分の引換コードだよ」

「もし彼女が外したら、俺にもう一回やらせてくれ」

「一人一回までだお兄さん。どうしてもやりたけりゃまた明日おいで」

傍(かたわ)らのフォーキンが天を仰ぐ中、エチカは射線を調整する。狙うのは陳列棚の隅に置かれた、小さな『100』の得点ボードだ。ここまで真剣に射撃に取り組むのは、アカデミー時代の訓練以来かも知れない。

トリガーにゆっくりと人差し指を乗せて、

「——お待たせしました、ホットチョコレートが売り切れてて！」

驚いて肩が跳ね上がる。拍子に、指がトリガーを引き込んだ。「あ」口から勝手に声とも息ともつかない音が洩（も）れて——エチカとフォーキンが見たのは、明後日（あさって）の方向へ飛んでいき、壁にぶち当たる模造弾だった。

街路のスピーカーから流れるチャイコフスキーが、虚（むな）しい沈黙を助長する。

「代わりにホットワイン（グリントヴェイン）を買ってきました」ビガが、寒さで頬を赤らめながらやってきた。両手を使い、器用に三つのペーパーコップを持っている。「甘くないけど、スパイスが効いててあったまりますし……どうしたんですか二人とも？」

彼女はエチカとフォーキンの異変を察したようで、射的の露店に目を移す——店主がずんぐりとした背を丸めて、カウンターの中から景品を取り出したところだ。

「合計百五十点。はいこれ、おめでとう」

茫然（ぼうぜん）としていたエチカに手渡されたのは、ジェド・マロース（サンタクロース）のマトリョーシカだった。

ここサドヴァヤ通りでは、マネージュ広場までの一帯に露店（ヤルマルカ）が並び、派手に飾り付けられたもみの木（ヨールカ）やメリーゴーラウンド、スケート場などが設置されている。日没後も賑（にぎ）わいが途切れることはなく、はしゃぐ子供はもちろん、大人たちも楽しげに行き交っていた。

「——さっきの射的が失敗したのって、完全にあたしのせいですよね？」

ビガが気まずそうに言う——露店を離れたエチカたちは、一角に設けられたイーティングスペースでカウンターテーブルを囲んでいた。テーブルの中央にはクリスマスカラーのパラソルが突き立てられており、イルミネーションの光とともに浮かれた喧噪が滑り落ちてくる。

「どのみち当てられなかったと思う。ビガのせいじゃない」

エチカはペーパーコップを両手で包んだ。手袋越しでは、ぬくもりはあまり感じられない。

「ああ、何なら明日も来ればいいからな。俺は仕事だが、ヒエダはもうしばらく休みだろ」

「わたしの謹慎期間は、射的のためにあるわけじゃありませんよ」

エチカが目を細めると、フォーキンが首を竦めてホットワインを啜る。彼はダウンコートにニット帽という、休日らしいカジュアルな出で立ちだ。

「そうは言っても、何だかんだで楽しんでたように見えたんだが」

「ええ」正直気晴らしになった。「ただ、肝心のアイスクリームは手に入りませんでしたが」

「『沢山食べたいなら、普通に買ったほうが早い』んじゃないか？」

彼が軽口を叩く。その台詞は秋頃、フォーキンがこちらを射的へ連れていきたがっていた際に、エチカ自身が口にしたものだ——成り行きだが、こうして実現するとは思わなかった。

「でも、ヒエダさんが来てくれてよかったです」ビガがほっとしたように頬を緩める。「あたしもフォーキン捜査官も、ずっと心配してたんですよ。クリスマスマーケットに誘った時は、ひょっとしたらまだ出かけるような気分じゃないかもと思ったけど……」

ファラーシャ・アイランドで起きた思考操作事件から、約三週間。

次世代技術研究都市の名を冠した人工島に蔓延っていたのは、かつての知覚犯罪事件の犯人イライアス・テイラーのもとから盗み出された、違法な思考操作システムだった。当時エチカは、犯行に関与した国際AI倫理委員会のトールボット委員長へ、令状のない電索を強行した。当然、規律違反だ。捜査局には『トールボットの証拠隠滅を避けるため、独断で電索した』と主張したが、トトキ課長を筆頭に上層部からは一ヶ月間の謹慎処分を言い渡された。

正直、もっと重い処分を命じられると思っていただけに、拍子抜けだ。

改めて――皮肉という意味で――捜査局側が自分を特別視していることを実感する。

今日までの間、エチカは延々と自宅のアパートメントに閉じこもって過ごしてきた。特に外出を禁じられていたわけではないが、単に気分が塞ぎ込んでいて誰にも会いたくなかったのだ。しかし心は穏やかになるどころか、鬱屈とする一方だった。

思い切って二人の誘いを受けてよかった、と思う。

「ありがとう、ビガ」エチカは素直に微笑む。「フォーキン捜査官もありがとうございます」

「勤務時間外はイヴァンでいい」フォーキンは、テーブルに置いた景品のジェド・マロースを指で弾いた。「俺個人としては、トールボットが証拠を消そうとしていたんなら、あんたの判断が間違っていたとは思わないが……まあ規則は規則だからな」

「だとしても同僚たちは、『ヒエダだから謹慎程度で済んだ』と思っているかも知れません」

「何でそれを」ビガが慌てて自身の口を塞ぐ。「無視しておけばいいんですよあんなの！」

　エチカは苦笑いを作り、後ろめたい気持ちを押し隠す。ビガとフォーキンは、こちらが捜査官として真摯に行動した結果、謹慎処分を下されたと解釈している。

　実際はそうではない。

　自分は、ただ――ハロルドの『秘密』を守ろうとしただけだ。

　あの時、エチカたちは思考操作システムを押さえようと、ファラーシャ・アイランドの中央管理室に向かった。だが、証拠の隠滅を試みたトールボットにエチカが始末されそうになり、ハロルドは彼の前で銃を手にしたのだ――トールボットは、ハロルドが敬愛規律に準じていないアミクスだと知ってしまった。

　なすべきことは、その時点で既に決まっていたも同然だった。

　ＲＦモデルを機能停止（シャットダウン）もしくは廃棄処分から守るには、トールボットの機憶（きおく）を工作するしかない。エチカはそう決断し、彼を電索して事件の手がかりを得た上で、過去にレクシー博士から託された機憶工作用ＨＳＢを使い、その機憶を抹消するつもりだった。

　しかし蓋を開けてみれば、電索どころではなかった。

　トールボットの機憶は、数千人分のものが入り交じった謂（い）わば『機憶混濁』を起こしていたのだ。ハロルドはあれを、独自に開発された防衛機構と推測していたが――だとしても、エチカ自身がトールボットの機憶を抹消したことは周囲に隠し通さなくてはいけないため、トトキ課長たちには報告できていない。

現状、機憶混濁について把握しているのは、自分とハロルドだけだ。

どちらにせよ、一抹の手がかりも得られなかったという事実は変わらない。

胸に苦いものが広がっていき、エチカはホットワインを一口含んだ。

「わたしのことより……ファラーシャ・アイランドの件、その後の捜査はどうですか」

「おい、土曜の夜に仕事の話か？　ましてやクリスマスマーケットのど真ん中で」

「これだけ休んでるんですから、そろそろワーカホリックが治ってもよくないですか？」

「いやその、来週には復帰する予定だし知っておかないと……」

エチカは、フォーキンとビガの非難がましい視線を受け止めながら、もう一度ペーパーコップに口をつけた。スパイスが鼻につんとくる――正直、雑談よりも仕事の話のほうが心地いい。次は触れられたくないことに触れられるのではないかと、冷や冷やせずに済む。

フォーキンが、諦めたようにため息を吐いた。

「ファラーシャ・アイランドに関与した外部機関や出資者の素行を調べて、『同盟』と関係していそうな人物を絞り込んでいるところだ。スティーブの話では、テイラーは『同盟』を知っていたらしくてな。彼の交友関係と照合することで、ある程度の目星はついてきてる」

――『君は勇敢だった、ヒエダ電索官。「同盟」の同志たちにも、そう伝えておこう』

エチカの脳裏に、トールボットの言葉が呼び起こされる。

『同盟』――それこそが、テイラーのもとから思考操作システムを盗み出し、ファラーシャ・アイランドを思考操作の実験場とした首謀者だ。今は漠然と、秘密結社のような組織であることしか分かっていない。構成員は無論、その規模さえもはっきりとしていなかった。

しかしトールボットの発言が事実なら、『同盟』は思考操作をビジネス化するつもりだ。それも買い手として想定されているのは、国家だという――そうした点を踏まえても、捜査局はファラーシャ・アイランドに関与した外部の人間が疑わしいと考えていた。

「何にしても、この件はでかい声では話せない」フォーキンが気にしたように、周囲を盗み見る。「例の思考操作システムについても、表向きにはリグシティが発表した『ウイルス感染』という体で片が付いてる。メディアに嗅ぎつけられないかぴりぴりしっぱなしだ」

「それなら、ポール・ロイドのほうはどうですか。彼の自宅からは、何も見つからなかったみたいですが……他に動きは？」

エチカは、もう一つのパズルのピースについて問う――ポール・サミュエル・ロイドは、『同盟』に関与した疑惑があるロボット工学博士だ。同時に、AIトスティに使用されたプログラミング言語の開発者でもあることから、亡霊アラン・ジャック・ラッセルズとの繋がりが期待されている。ロイドは五年前に殺人事件を起こして自殺しているが、その現場となったのが、のちにラッセルズが買い取ったフリストンの一軒家だった。

とにもかくにも、『同盟』と並行して追うべき重要人物なのだが。

「あれから、オックスフォードに別荘を持っていることが分かったらしい」フォーキンは晴れない表情で言い、「ロンドン支局の特別捜査班が調べようとしてるみたいなんだが、捜査令状が下りないせいで中に入れない」

エチカは眉根を寄せた。「判事が渋っているということですか？」

「そうみたいです。何か事情があるんでしょうけど」ビガももどかしそうだ。「別荘になら、もしかすると手がかりが残されているかも知れないのに」

「唯一『同盟』関係者だと判明してるトールボットも、相変わらず放心状態だしな」フォーキンが参ったようにうなじを掻く。「一応退院したようだが、ロンドンの自宅で家族の介護を受けることになったそうだ。そんなこんなでいい加減、うちも人手が足りなくなってきてる」

エチカは顎を引きつつも、動揺が顔に出ないことを祈った——例の機憶工作用HSBをトールボットに使用した結果、彼は自我喪失状態に陥り、半ば廃人と化した。同様の症状は、過去に同じHSBを使われたエイダン・ファーマンでも確認されている。

これまでも、レクシー博士があのHSBに何かしらの仕掛けを施したのではないかと疑っていたが——ここにきて、極めて皮肉な形で確信を得ることができた。

トールボットは善人ではなかったが、だからといって、その人生を決定的に変えてしまっていいはずがない。ましてや彼は、重要参考人に値する存在でもあったのだ。

思い出す度、自分の選択の重さと罪悪感に押し潰されそうになる。

「他に『同盟』との繋がりが考えられるとしたら」ビガが遠慮がちにエチカを見て、「こんなこと言いたくはないんですけど……ヒエダさんのお父さんでしょうか。トールボット委員長に、テイラーが作った思考操作システムの存在を教えたんでしたよね」

──『テイラーは恐らく、意図的な思考操作を実現しています』

彼女の言う通り、エチカの亡き父チカサトは、テイラーの思考操作システムをトールボットに密告していた。現時点では『同盟』に関与した可能性を捨てきれない──それもまた、気分が塞ぐ原因の一つである。

あの男との確執は、順調に古傷へと変わりつつあったのに。

「わたしも父のことは疑っている」短く答えた。「こっちでも調べてみるつもり」

「唯一いい報告があるとしたら、国際AI倫理委員会の潔白が証明されたことだ」とフォーキン。「徹底的に調べたが、他の委員からやましい証拠は一切出なかったらしい。『同盟』に噛んでいたのはトールボットだけだったと」

「そうですか」胸を撫で下ろす。AIが日常に溶け込んだ現代社会において、もし倫理委員会の信頼が失墜すれば、また新たな混乱が引き起こされかねない。「新しい委員長は？」

「そのうち発表があるかもな。とにかく頭の痛い問題が山積みだ」彼はペーパーコップの中身を飲み干して、「だからこそ俺は、あっちで見かけたドーナツの露店が気になる」

一瞬で話が飛躍した。

「昨日、支局でも食べてたじゃないですか」ビガが呆れ顔になり、「ちなみにあたしはそのドーナツ屋さんの隣で売ってた、飴が気になってます」

「あんたも、この仕事に必要な図太さが身についてきたみたいだな」

「イヴァンが教えたんですよ！」

「そうだったか？」

　フォーキンがわざらとしく目をぐるりと回して、テーブルから離れていく——どうやら彼は、仕事の話を切り上げたかったようだ。確かに長々と喋り込んで、クリスマスマーケットの楽しげな雰囲気をぶち壊す必要もないか……。

　エチカは、ペーパーコップを傾けているビガを見やった。

「わたしがいない間に、彼と結構言い合えるようになったんだね」

「この前、ドバイで一緒に入院したせいですかね？　何か垣根がなくなっちゃって……」

　ビガが三つ編みを弄る——彼女に色々な人との信頼関係ができて、世界が広がっていくのは素直に嬉しい。カウトケイノを出てペテルブルクにきたばかりの頃を思えば、殊更に。

　エチカは自然と頬を緩める。「よかったね」

「もう、にやにやしないで下さい！」

「普通の笑顔のつもりなんだけれど？」

　街路のスピーカーは、飽きもせずチャイコフスキーを奏でている。ユア・フォルマのポップアップ表示に依れば、〈こんぺいとうの踊り〉らしい——ビガは照れくさそうに口を尖らせていたが、ふと真顔に戻っていく。彼女の磨かれた爪にイルミネーションの明かりがぶつかって、小さな乱反射を起こす。

「そういえば……ハロルドさんとは、ちゃんと連絡を取ってますか？」

エチカはそっと息を詰める——ついに、そのことに話が及んだ。

彼の名前を音として聞くだけで、心臓をやんわりと握り込まれる心地がする。

——『それなら……あなたとは、もうやっていけない』

あの日。ドバイ国際空港で別れた際のアミクスの姿が、鮮烈に蘇る——一度雪解けを迎えた湖の瞳は、再び凍てついていた。そうさせてしまったのは、他ならぬエチカ自身だ。何故彼に『執着』し続けているのかを言明できず、挙げ句の果てに今までの努力を全て突き崩して、一方的に遠ざけた。

それでも、あれが最善策だったはずだ。

ハロルドとこれ以上一緒にいれば、彼の重荷になるのはもちろんのこと、いつかはこの薄汚い感情にも気付かれてしまうだろう。彼のエチカに対する観察眼が鈍っていたとしても、遅かれ早かれ答えに行き着くはずだ——この独りよがりな思いを知られたくない。知られるのが怖い。そうなった時、今度こそ徹底的に何もかもが砕けてしまうような気がする。

何よりハロルド自身、エチカを『秘密』に巻き込みたくないのだと再三口にしていた。

だからやはり、こうして距離を置くことが、お互いにとって最適な選択なのだ。

にもかかわらず。

胸の奥深くで、ガラス瓶の中に閉じ込めた感情が、時折がたがたと音を立てる。

——いっそ、一人で姉（マトイ）に縋（すが）り付いていたあの頃のほうが気丈だったのではないか？

「特に話していない」なるべく平然と答えた。「ほら、向こうも色々と忙しいだろうし」

「でも、今までは休日でもやりとりしてませんでした？」

「補助官が連絡してきていただけだ。それにどうせ、謹慎が解けたら顔を合わせる……」

言いながらも、胃がひりつく——目下、それが一番の問題だった。自分と情報処理能力の釣り合う電索補助官（ビレイヤー）は、現状ハロルドしかいない。電子犯罪捜査局側が、エチカを電索官（ダイバー）として効率的に運用したいと考えているうちは、パートナー解消は恐らく認められない。

どうしたものか。

「あたしの気のせいじゃなければ、ドバイにいく前からぎくしゃくしてますよね？」ビガが探り探り問うてくる。「その、大丈夫ですか？　いえ、大丈夫じゃないのは分かってますけど」

「大丈夫」ビガにはなるべく心配を掛けたくない。「ごめん、大したことじゃないから」

「本当に？　いやえっと、別に話して欲しいとかそういうことじゃなくて、あの……」

彼女が急にまごつく——何かに迷うように、澄んだ緑の瞳をさまよわせていた。一度だけ、フォーキンが消えた雑踏へ視線を送り、再びエチカを見るのだ。

「どうしたの？」

「いえ……、ごめんなさい」ビガは束の間、瞼を下ろした。「イヴァンからは、ヒエダさんが不安になるから今は言うなって口止めされてたんですけど……」

突如、胸騒ぎがした。「何？」

「実は……ハロルドさん、処理能力に不具合が出ているそうなんです」

——初耳だった。

エチカは静かに固まる。薄膜がぬるりと両耳を覆うように、雑音が切り離される。

「先週から、臨時メンテナンスでノワエ本社にいっていて……ちゃんと修理できれば何も問題ないらしいんです。でも、ハロルドさん自身もこんな不具合は初めてみたいで。ドバイでの怪我が原因だとしても、システムのほうには何の影響もなかったそうなので、本当に何でそうなっているのか分からないらしくて……ただ」

ビガの唇の動きは緩慢で、ひらひらと舞う花びらを思わせた。

「もしちゃんと治らなかったら、補助官の仕事は辞めざるを得なくなるだろうって」

——ああ。

彼がとてつもなく計算高いアミクスだということを、すっかり忘れていたようだ。

＊

ハロルドがノワエ・ロボティクス本社に滞在して、早七日が経過していた。

第一技術棟五階——日曜のラウンジにひと気はなく、ハロルドは一人窓辺に佇む。今日のロンドンは珍しく冬晴れで、眼下を流れるリージェンツ運河は穏やかに煌めいている。停泊するナローボートも心なしか色鮮やかで、ペテルブルクの氷結したネヴァ川とは大違いだ。

不意に、近づいてくる靴音を聞き留める。

「——おはようハロルド。早速だけど、すぐにメンテナンスルームへ移動してくれ」

忙しない足取りで現れたのは、自分たちRFモデルのメンテナンス担当である、特別開発室のアンガス室長だった。適当に櫛を通した赤毛と、明らかに生乾きのニット——早朝から叩き起こされたことは、一目瞭然だ。つまり。

「アシュフォードの私立刑務所と連絡がついたのですね？」ハロルドは確信した。「私の調整に関して、レクシー博士の協力を得られそうでしょうか」

「無理を押して、今からオンラインで君を診てもらうことになった。せめてうちの技術者が揃うまで待ってくれと言ったんだが、刑務作業があるから今しか駄目だと……」アンガスはそわそわとラウンジを見渡す。「ダリヤさんはどうしたんだい？」

「まだホテルです。慣れない長期滞在で疲れが溜まっているようでしたから、今日はゆっくり寝かせてあげたいと思いまして」

「立ち会いは間に合わないだろうが、呼んでおいてくれ。ぼくから直接結果を話すよ」

ハロルドはアンガスと連れ立って、ラウンジを後にする。平日に多くの技術者が行き交う回廊は、閑散としていた。壁一面の窓から柔い陽光が射し込み、二人の影を色濃く描き出す――ハロルドは腕時計型ウェアラブル端末を操作して、ダリヤにメッセージを送信しておく。

「正直、あの人を頼るつもりはなかった」隣を歩くアンガスは、渋い面持ちだ。「でも今回の君の不具合は、ぼくらじゃ完全に手詰まりだ。原因を解明できない」

「ご迷惑をお掛けして申し訳ありません、アンガス室長」

「謝らないでくれ。悔しいが、この件は単にぼくの力不足だよ」

向かった特別開発室のメンテナンスルームは小規模で、備わっているメンテナンスポッドも一基だけだ。しかし機器類は最新モデルが取り揃えられており、ここ数日で持ち込まれた端末やケーブルなども散らかっている――アンガスはすぐさま、ポッドの起動に取りかかる。

壁に目をやると、昨日まで存在しなかったフレキシブルスクリーンがかかっていた。

『――やあ久しぶり、ハロルド。ちっとも面会にきてくれないから寂しいじゃないか』

既に映し出されていた『母親』が、こちらを見つめる。青みがかったブルネットの髪は肩に届くほどで、痩せた首には囚人専用のチョーカー型ネットワーク絶縁ユニット――こうして会うのは、春に起きたRFモデル関係者襲撃事件以来か。

レクシー・ウィロウ・カーター博士。

RFモデルの生みの親でありながら服役中の受刑者でもある彼女は、誘拐や殺人未遂、国際AI運用法違反など複数の罪で懲役十五年を科されている。そうなったのもひとえに、エイダン・ファーマンによる告発からRFモデルの『秘密』を守り抜こうとしたためだが。

ハロルドが口を開くよりも先に、アンガスが窘めた。

「レクシー博士。刑務官からは雑談を控えるようにと言われています」

『建前上はね。仲良くなったから、多少のことは見逃してもらえるよ』レクシーはスクリーンの外を一瞥して、『君が頼んだ通り、今この部屋には私だけだ。ハロルドの……要するに、社外秘であるRFモデルのシステムについて詳しく話をしても、何も問題ない』

RFモデルは、ノワエ・ロボティクス社の最高傑作である次世代型汎用人工知能だ。幾ら相手が法の下で働く刑務官だとしても、システムというデリケートな側面について話し合う以上、なるべく席を外して欲しい——どうやら、アンガスはそう要望したらしかった。

だとしても、刑務所側が実際に聞き入れるとは。

レクシーの過去の名声がなせる業だろうか？

『しかしわざわざ犯罪者に助けを求めるとは、君にはプライドがないのかな？　アンガス』

レクシーが皮肉混じりに茶化すが、アンガスは受け流すことにしたようだ。彼はハロルドを手招き、メンテ用ガウンに着替えるよう指示する。

「ハロルドですが」と、アンガスは事務的な口調で切り出した。「処理能力の数値が大きく落ちていまして、内部で異変が起きているのは間違いありません。ただ、中央演算処理装置に異常は認められない。先日、スティーブとおこなったネットワーク接続による効用関数システムの歪み（ゆが）も懸念（けねん）しましたが、やはりこちらも問題なく、それで――」

『バグを疑ってシステムコードを開いてみたけれど、ついに君の理解力を超えたわけだ』

「RFモデルには汎用言語を使っていませんし、細部を確認するにはあなたの手癖がひどすぎる。電子犯罪捜査局からもせっつかれているので、解読に時間をかける暇もないんです」

『アンガス、君は温厚なのが取り柄だろ？　何をそう苛々（いらいら）しているの』

　レクシーとアンガスのやりとりを聞きながらも、ハロルドは着替えを終えてポッドに横たわる――アンガスはかつて、部下としてレクシーを純粋に尊敬していたはずだ。しかしスティーブとマーヴィンに暴走コードを仕込むという彼女の犯罪行為によって、いともたやすく裏切られた。再会した今、複雑な感情を抑えきれないのだろう。

「今からシステムコードを見せますので、ハロルドの処理能力低下の原因を見つけて下さい」

アンガスが、ハロルドのうなじへ手を触れる。感温センサが反応し、強制機能停止（シャットダウン）シーケンスが起動。「次に目が覚めた時には、今度こそよくなってるよ」

『そもそも、ハロルドは直りたいわけ？』

「博士、一体何を言ってるんですか？」

ハロルドはシステムの誘導に従い、大人しく瞼を下ろす。


一時間後に再起動した時、メンテナンスルームからアンガスの姿は消えていた。

ハロルドはポッドから起き上がりつつ、室内を見渡す――フレキシブルスクリーンに映ったままのレクシーと目が合う。彼女は退屈そうに欠伸を噛み殺したところで、『ああ、起きた起きた』と眠たげな声を漏らすのだ。

ハロルドは頸椎と腰椎に接続されたケーブルを外す。「アンガス室長はどちらに？」

『君の再起動を始めてすぐ、ダリヤさんから本社に着いたと連絡があったらしい。下まで迎えにいったよ』レクシーは眼鏡のブリッジを押し上げ、『君がちゃんと起きるかどうか、見張っててくれってさ。アンガスって、私のことを信頼してるのかそうでないのか分からないよね』

「あなたが持つ技術や知識への尊敬は変わっていないのでしょう」

ハロルドはメンテナンスポッドを出て、ガウンを脱いだ。ソゾンのセーターに袖を通しながら、『外殻』のシステムを確認――低下していた処理能力の数値は、確かに回復していた。

ただし、以前の三分の一にも届かない。

一瞬、着替えの手を止めてしまう。

『――直らないほうが都合がいいんだろう？』レクシーが、綺麗な犬歯を覗かせる。『そんなことだろうと思って、ほどほどに修正しておいたよ』

「あなたなら、何も言わずとも理解して下さると思いました」この数値を結果として持っていけば、ひとまず電索補助官の仕事は辞退できるだろう。「感謝します」

『だって面白いからね。そもそも不具合なんてないのに、仮病を使うなんて』

彼女の言う通りだった。

自分は最初から、不具合など一切起こしていない。ただ神経模倣（ニューロミメティック）システムの外殻となっているシステムコードを調整し、表向きの数値を落とした上で、決して回復しないよう固定しただけだ。レクシーはすぐさま見破ったが、ＲＦモデルの本質を知らないアンガスたちは匙（さじ）を投げる羽目になった――『仮病』としては、たったこれだけで十分に事足りる。

電索補助官を辞めるための理由が、必要だった。

――『……分からなくて、いい』

ドバイ国際空港で別れる直前、エチカは押し殺すようにそう言った――彼女はハロルドの秘密を守り抜くために、全く必要のない罪を犯した。そうまでするのは、かつてマトイに向けていた執着心をこちらに移行させたためだろうが、本人は決して認めようとしない。それどころか、対等になろうと互いに積み上げてきた努力を、自ら壊した。

エチカにしても、限界だったのだろう。

振り返ってみれば、もっと早くに距離を置くべきだったのだ。なのにハロルド自身も、どこかで彼女に固執した。不安定な感情エンジンの働きに任せて、エチカの傍に居続けようとした――その結果がこれだ。彼女に、取り返しの付かない選択をさせてしまった。

もう、過ちを重ねるわけにはいかない。

『で、今回は何の作戦？　捜査の一環とか？』

「ヒエダ電索官の補助官を降ります」口にしても、以前ほど激しく『心』は波立たない。「担当事件が動いていますので、上司は何らかの形で私を捜査局に引き留めようとするでしょうが、きっかけを作ってペテルブルク市警に戻るつもりです」

『へえ、興味深い』レクシーが微笑む。驚かないのは分かっていたが。『ソゾン刑事を殺した犯人はもういいの？　ワールドニュースでは、まだ見つかっていないって話だったけれど』

どうやら、刑務所内のテレビで情報を仕入れたらしい。「もちろん探し続けますが、電索官に頼ることは諦めます。別の道から辿り直そうかと」

『彼女は君の秘密を一生懸命守ろうとしてきたのに、君は裏切るわけだ』

「互いに意見は一致しています。そもそも、ヒエダ電索官に一生懸命守らなければならない秘密とやらを課したのは、他でもないあなたでしょう」

『彼女は告発することだってできた。協力することを選んだのは、電索官自身だよ』

思えば、この『母親』が事の発端と言っても過言ではない――レクシーは悪びれもせず、からかうような笑みを浮かべただけだった。分かっていたことだが、罪悪感や反省は微塵もない。

この鬼才はかねてからそうだ。今後も、決して変わらないのだろう。

「結構です」ハロルドは諦めてかぶりを振る。「それよりも、うかがいたい。この感情エンジンは一体何ですか？」

『何のこと？』

「ほぼ欠陥品だ。蓋を開けたら綻びだらけで、自力で修正しなくてはいけませんでした」

ハロルドは記憶（メモリ）を反芻（はんすう）する――ドバイ国際空港でエチカと別れ、タクシーに乗り込んだあとのことだ。車内で一人きりになった途端、名状しがたい濁流のような感情に襲われた。思い出すだけで全身の回路が砕け散るか、あるいは循環液が一気に冷え切っていく気さえする。

当時、システムの自己診断は『正常』を主張していたが、あの感覚は間違いなく不具合だった。だから修正するために、初めて自らの感情エンジンに接続したのだ。

――中身は、本当にひどいものだった。

「あんなコードは処理装置（エンジン）とすら呼べません。目の前の状況に反応して、自動的に信号を発生させているだけだ。全く秩序に欠けている」

『機械の君にとってそう見えるだけだよ。過去の私は実際的に作ったつもりだ』

「尚更（なおさら）理解できません」ハロルドは冷徹に、スクリーンのレクシーを見据える。「あれが人間の模倣として忠実な形式でも、私には必要ないかと。そもそも感情エンジン自体、常に理性的なシステムとは壊滅的に相性が悪い。ポーズだけのほうがまだましです」

『量産型アミクスみたいに、怒ったり喜んだりするふりしかできないようになりたいって？』

「むしろそちらのほうが、我々の処理能力を最大限に生かせます」

『なるほど——だから今の君は、感情エンジンの動作を抑制しているわけだ』

言い当てられても、ハロルドは眉一つ動かさずにいられた——感情エンジンの動作が限りなく鈍化するようコードを書き換えてから、既に十日が経つ。これまで、如何に余分な処理をおこなっていたのかを実感しているところだ。周囲は自分の変化を、あくまで不具合によるものだと捉えていて、問題は何も生じていない。ポーズでも十分事足りている。

今の状態は、とても快適だった。

思考タスクは澄んでいて、無駄なメモリを一切食わない。

いつでも目の前の出来事に対して、最適な選択ができていると感じる。

『しかしそうか。君は何の苦労もなく、どんどんと人間に近づいていくんだろうと思ったのに、ここにきて翻るわけだ……』レクシーは考えるように、わずかに首を傾ける。『ヒエダ電索官に何をされたの？　すごく気になるな、教えてよ』

「先日、トールボット委員長と会いました。私の記事の件で、わざわざあなたを訪ねたとか」

『無視？』彼女はわざとらしく不服そうな表情を作る。『あのチョビヒゲも、例の人工島での事件に居合わせたらしいね。何だっけ、体調不良で委員長を退任するんだって？』

「ええ、まるで廃人のようです。あのＨＳＢに何を仕込んだのですか？」

説明ですらない端的な問いかけだが、彼女の質問に答えたつもりだ。レクシーも察したようで、薄い唇が無言で弧を描いていく――この『母親』を理解できる日は、恐らく一生来ない。

「アンガス室長を呼んできますので、少しお待ち下さい」

着替えを終えたハロルドは、さっさとコートを手に取る。メンテナンスルームを出ようとしたら、彼女がやにわに呼び止めてきた――振り返ると、レクシーはいつになく真摯な面持ちに変わっている。夜に濡れた瞳の奥で沈みかけた星が煌めき、つい、視線を逸らせなくなる。

『――もし君が、本当に感情エンジンを要らないと思った時には、また相談してくれ』

聞き間違いでなければ、その声音には、不気味な期待が込められていたはずだ。

ハロルドは黙って顎を引き、今度こそメンテナンスルームを後にする――もしそう考える時がきたとしても、レクシーを頼ることはしないだろう。彼女は最初から、自分たちを実験動物としか見ていない。今回のハロルドの変化にしても、レクシーにとっては研究対象がこれまでにない行動を示しただけの、悪趣味なエンターテイメントに過ぎない。

回廊に降り注ぐ日射しは、先ほどよりも弱々しくなっていた。ハロルドは歩きながら、ウェアラブル端末を確認する――新着メッセージが数件。うち一件は、トトキ課長から全局の特別捜査班に向けて一斉送信されたものだった。彼女は休日も休みなく働いているらしい。

《ファラーシャ・アイランドの出資者から、『同盟』関係者と疑われる六名を絞り込んだ》

展開。

最新の捜査進捗とともに、臨時会議の招集日時が記されている。明日の午後だ。今からペテルブルクへとんぼ返りすれば、十分間に合うだろう。

どうあれ——あとはきっかけを上手(うま)く作って、電子犯罪捜査局を離れるだけだ。

問題は、どう工作するかだが。

間もなく、ラウンジが見えてくる。アンガスとダリヤが、深刻に立ち話をしていた。ダリヤは急いで身支度を調えたようで、髪にわずかな寝癖が残っている。「カーター博士でも原因が分からないんですか？」「ええ。そもそもハロルドは次世代型ですから、予測不可能な不具合が起きても不思議はなく——」気付かれる前に、ハロルドはホロブラウザを閉じた。

ダリヤたちと目が合う頃には、システムに命じて、穏やかな微笑(ほほえ)みを浮かべておく。

——中途半端(ちゅうとはんぱ)に人間に近づくくらいなら、このほうがよほど負荷が少なくて済む。

自分たちが機械仕掛けの友人(アミクス・ロボット)だというのなら、これが、本来のあるべき姿だろう。

YOUR FORMA
第一章――六つの沈黙

1

スイス・チューリッヒ――ベレリヴェ通りに面した自殺幇助機関『フェンスター』の建物は、一見してそうとは分からず、オフィス街に建った場違いな民家のようだ。全方位に埋め込まれたガラス窓から、きめ細かな冬の陽光をたっぷりと吸い込んでいる。

「お電話をいただいて、チカサト・ヒエダさんのヒアリングシートを確認したけれど……交友関係についてはほとんど話されていませんでしたよ。私の記憶する限り、とても寡黙な方で」

家庭的な内装のラウンジは、利用者に威圧感を与えないよう極限まで配慮がなされている――ソファに腰掛けたエチカの向かいで、白髪交じりのショートヘアの中年女性が言った。彼女は眉間にしわを寄せながら、膝に載せたタブレット端末に目を落としている。

〈イザベラ・ランゲ。五十五歳。精神科医。自殺幇助機関『フェンスター』代表〉

「今日伺ったのは、ある事件の捜査で父の交友関係が手がかりになりそうだからでして」エチカは、ローテーブルに置かれたティーカップを一瞥する。淡い色味の紅茶に、緊張した自分の顔が映り込む。「守秘義務があることは承知していますが、ご協力いただけませんか」

「そうだったのね。でも、本当に記録はこれだけなんですよ」

ランゲが申し訳なさそうに、タブレット端末を差し出してくる。受け取ると、利用者向けのヒアリングシートのデータが表示されていた。

回答者は、他でもない父――チカサト・ヒエダだ。

日付は二〇二〇年六月で、今から約四年前に当たる。当時エチカは高等学校を卒業し、電子犯罪捜査局への就職が決まったばかりだった。父は普段と変わりなく過ごしているように見えたが、突如として行方を眩まし、この自殺幇助機関で命を絶ったのだ。

これは、彼が生前に残した最後の公式な記録と言える。

エチカは画面をスクロールする。並んだ設問は何れも、クライアントに自死を再考させる意図が込められていると分かる――ランゲ曰く、自殺幇助機関という名称から誤解を生みがちだが、積極的に自殺を推奨しているわけではないそうだ。もともとは、不治の病を患った人々に尊厳ある死を認めるための活動から始まったらしい。現在でも利用者の大半は余命宣告を受けた人間で、チカサトのようなケースは少数だと聞く。

ふと、一つの設問が目に留まる。

《Q.15　もう少しだけ、あなたの人生の振り返りを続けましょう。今日まで出会った人たちをできるだけ多く思い出して、名前を書き出して下さい》

《A.15　カヨリ　エチカ》

離婚した元妻と一人娘の名――チカサトの回答は短く簡潔だ。

シート全体を何度か流し読んだが、確かに父は他人についてほとんど触れていなかった。これでは、『同盟』の関係者など到底割り出せそうもない。謹慎が明けるまでに、何か手がかりを得られればと思ったが……。

　そう上手くはいかないか。

　エチカは落胆を隠さず、端末をランゲに返した。「ありがとうございました」

「残念だったわね」彼女も眉尻を下げる。「以前、あなたに渡した彼の遺書には？」

「何も」

「そう……」ランゲは鼻から息を洩らし、「チカサトさんは、心はともかく体はとても健康だったし、私たちも亡くなるのはもったいないと考えていました。でも……意志の固い人だった。診察の際も、ただ『自分が犯した罪を償わなくてはいけない』と繰り返すばかりで」

「父にとってはそれほどのことだったんだと思います」

『マトイ』の実用化に失敗した傷が、チカサトを死に至らしめた。

　かつて、イライアス・テイラーがそう言及していたことを思い出す——実際、的外れだとは思わない。『マトイ』は試験段階において、一名の死者さえ出している。プロジェクトの責任者だった父が、相当な衝撃を受けたことは間違いないだろうが。

「チカサトさんが以前から機関を訪ねていたことは、前にお話ししたわね」

「はい」エチカは首肯する。父が死去した直後に、大まかな経緯は聞かされていた。「先生の評判をウェブで知って、最初は利用者ではなく患者として診察を受けにきたんでしたね」

「ええ。オンラインでもカウンセリングを重ねたけれど、最後まで『罪を犯した』という彼の認識を変えることはできなかった」ランゲが嘆くようにかぶりを振る。「彼自身、生きて思考を続けている間は、自分を責めることをやめられないという結論を出してしまったんです」

「仕事に人生を捧げたような人でしたから、大きな失敗を受け入れられなかったのかと」

亡き父の面差しを、胸の内で曖昧に描く――エチカが幼い頃から、父はどんな時でもプログラマとしての仕事を優先させてきた。ユア・フォルマの開発に深く貢献し、パンデミック後の新時代を築く一助を担った。業界内では、彼を陰の立て役者だと見る人間もいるそうだ。

でも、娘の自分にとっては冷血で愛情のない、不完全な父親に過ぎない。

――『エチカ、お前の役目は何だ？　父さんの機械だろう』

事件の捜査がなければ、あの男のために自分の時間を使うことなど、考えもしなかった。

そっと深呼吸し、傷だらけの思い出を奥底へとしまい込む。

「ランゲ先生、これで失礼します。お忙しいのに、お時間をいただいてすみませんでした」

「今は丁度、クライアントが途切れた時期でしたから。事件が解決するといいわね」

エチカは手つかずのティーカップをそのままに、ソファから立ち上がる。ランゲと握手を交わし、彼女に見送られて外へ出た――ポーチから一望できる庭は広々としていて、冬を迎えたマグノリアが裸の枝を伸ばしている。土の手入れをしていた女性モデルの家政アミクスが、面を上げた。機関が有するアミクスのうちの一人で、ランゲの家族だそうだ。

「ヒエダさん、もうお帰りですか？」アミクスは人当たりのいい笑みを見せる。「スイス土産をお探しでしたら、骨董品として人気が高い腕時計がおすすめですよ」

「彼女はチカサトさんのことを知りたくてきたのよ。観光じゃないの」

ランゲがやんわり諭すと、アミクスは何度か目をしばたたく。

「では、チカサトさんが通っていた聖母教会へいかれてはいかがでしょう？」

エチカは思わず、怪訝な顔になってしまった。「教会？」

「彼は教会へいっていたの？」ランゲも初耳だったらしい。「いえ、そう……亡くなるまでの間、うちの宿泊施設に滞在なさっていた時は、確かに毎朝散歩していましたけれど」

そもそも父は、信心深さとは無縁のはずだが。

エチカは全く腑に落ちないが、アミクスが嘘を吐く理由もない。試しにユア・フォルマのマップで〈聖母教会〉を検索すると、ここから徒歩で約一キロ先だった。

「行ってみます」エチカはやや考えて、アミクスに問う。「父は他にも、あなたに何か話した？　たとえば、古い知り合いのこととか……」

「ええ、一度だけ」アミクスは機械らしく微笑んで、「私を見て、『スミカを思い出す』と仰いました。スミカは日本人の名前ですから、お知り合いのことではないでしょうか？」

――スミカ。

エチカはそっと唇の裏を噛む。

エチカの母親代わりでもあった、優しくて親切な量産型家政アミクス。

けれど実際のところ、スミカに支えられていたのはエチカではなく、父のほうだ。本人にはっきりと確認したことはないが、彼は間違いなく、別れた妻の代役をスミカに求めていた。

チカサトが死んだあと、スミカは残されたエチカを毎日慰め続けた。自分はそれに耐えきれなくなり、彼女を地元の児童養護施設へ譲ったのだ。ユーズド品のアミクスがもれなくそうであるように、スミカのメモリは綺麗さっぱり清算された。こちらが幼い頃から一方的に積み重ねてきた軋轢も、たったの一時間あまりで消え去った。

それほど脆いものが、父の心の片隅に最後まで根付いていたわけだ。

全く――血の繋がった親子であることを実感させられるのが、こんなことだなんて。

「……ありがとう」エチカは作り笑いを貼り付ける。「ランゲ先生。もしまた何か分かったら、ご連絡いただけると嬉しいです」

二人とはそこで別れ、徒歩で機関の敷地を出た。

〈ただいまの気温、四度。服装指数B、適切な防寒を心がけましょう〉

チューリッヒ中心部に向かって、ベレリヴェ通りを歩く。しばらくは企業オフィスやホテルが建ち並んでいたが、やがて視界がひらけ、道はチューリッヒ湖の畔へ流れ込む――湖から直接吹き付ける風が首筋をくすぐり、寝かせていたコートの襟を立てた。

スイスに飛ぼうと思い立ったのは先日、ビガやフォーキンとクリスマスマーケットにいってからのことだ――些か大胆すぎるかも知れないと迷ったが、一人で家に閉じこもって残りの謹慎期間を使い潰すよりは、よほどいいはずだった。

何より、仕事をしていたほうが気が紛れる。

目的地の聖母教会は、チューリッヒ市街地のミュンスター橋を渡った先――天を貫かんばかりの青緑の尖塔を戴く、立派な建造物だった。時計塔を兼ねているらしく、外壁に作り付けられた文字盤が目を惹く。時間帯のせいか観光客の姿は疎らで、比較的空いていた。

エチカは吸い寄せられるように、聖堂内へ入っていく――ずらりと並んだ木製の長椅子には、静かに祈りを捧げる人の姿がちらほらとあった。振り向くと、入り口の頭上に設えられた巨大なパイプオルガンが、ステンドグラスから届く日光を跳ね返している。しんと静謐な空気は、自分の呼吸さえ鬱陶しく感じられるほどだ。

実際に訪れてみても、父が通っていたという話はあまりしっくりこない。

長椅子の間の身廊を進んでいく。奥の段差を上がった先に、祭室が続いているようだ。エチカはその手前で立ち止まり、今一度聖堂内を見渡す――ふと、壁のフレスコ画が視界に入る。金糸を紡いだかの如く長い髪の、美しい娘が描かれていた。年の頃は十六、七くらいだろうか。華やかなドレスを身につけ、凛とした佇まいだ。

どことなく、父が作った『姉』を思わせる。

「――この教会を建立したドイツ王の娘です。彼女は旅の途中で出会った光に導かれ、この地に人々を救済するべく聖堂を建てるよう、お告げを受け取りました」

　エチカは振り向く――祭室から現れたらしい初老の神父が、温和な微笑を浮かべていた。どうやらこちらがフレスコ画に見入っていることに気付き、話しかけてきたようだ。

「そうなんですね」エチカはわずかに逡巡する。父は、この神父と話をしただろうか？「すみません、お尋ねしたいんですが――」

　事情を話して、タブレット端末に入れていたチカサトの画像を神父に見せた。彼はすぐさまぴんときたように、「ああ」と声を上げる。

「この方なら、確かに通っていましたよ。最後にお見えになったのは、もう何年も前ですが……昔から、その壁画を気に入っていらっしゃいましたね」

　やはりランゲのアミクスが言った通り、父はここに来ていたらしい。それはいいとして。

「『昔から』？」

「ええ、最初にお会いしたのはいつだったか……十五年以上前だと思います」何だって？「学会でチューリッヒにきたとかで、何人かでいらしていました。その後は年に一度くらいお見えになって、お一人で壁画を眺めていかれるようになりましたよ」

　エチカはもう一度、フレスコ画を見やる。やはりマトイに似ている――神父の言う通り、父は度々学会で他国へ出張していた。十五年以上昔となれば、マトイの外見は、あのフレスコ画からインスピレーションを得たと考えても不思議はないかも知れない。

だとしても、学会の場所は毎年変わる。定期的に教会を訪れていたのなら、わざわざスイスに足を運んでいたということだ。つまり――ランゲの診察を受けるために？　いや、彼女の患者になったのは近年のことで、それほど過去ではない。

マトイの失敗から父の死までは、十数年に及ぶタイムラグがある。

その間ずっと、自死を成し遂げるかどうか、考えあぐねていたのだろうか？

あるいは、この教会とフレスコ画に心の安寧を見出していた？

――自分は本当に、あの父親のことを何も知らない。

「あまりお話しになりませんでしたが、礼儀正しくて素敵な方でしたよ」神父が懐かしそうに、目尻に皺を刻む。「しばらくお見えになっていないので、今はどうしていらっしゃるか分かりませんが……」

とっくに死んだ、とは言えなかった。

エチカは神父に礼を述べ、その無垢な眼差しから逃れるように聖母教会を後にした――外には石畳の広場があり、噴水の前でバイオリン奏者がパフォーマンスに興じている。繊細な旋律が足を止めた人々の間をすり抜け、風にのって空へ舞い上げられていく。

〈ヨハン・ゼバスティアン・バッハ作曲、『主よ、人の望みの喜びよ』〉

親切なユア・フォルマが、曲の解析結果をポップアップ表示――ひどく疲れた気分で、それを追いやった。

結局、無駄足だった。

教会まで訪ねたにもかかわらず、『同盟』の手がかりを得られるどころか、瘡蓋(かさぶた)をわざわざ剝がすような気分を味わっただけだ。やはり、自宅で大人しくしていればよかった。

つい、ため息を吐き出した時。

〈ウイ・トトキから音声電話〉

エチカは輪を掛けて気が重くなる——トトキとはクリスマスマーケット以降、ハロルドの不具合の件でこちらがメッセージを送ったことを皮切りに、何度かやりとりしていた。

今日、個人的にスイスにいくことも伝えてある。

収穫がなかったことを、どう報告すべきか。

『お疲れ様』トトキは普段通り、淡々としていた。『もうスイスには着いた?』

「今、チューリッヒです。父の件で『フェンスター』と教会を訪ねたところで——」先ほどの出来事を簡潔に報告する。「とにかく、期待していたような成果は得られませんでした」

『残念だけれど仕方ない』トトキは意外にもあっさりと言い、『ヒエダ、実はスイスの進捗を聞きたくて電話したわけじゃないの。あなたの謹慎期間は残り三日だったわね?』

エチカは眉根を寄せる。「ええ、そうですが」

『局長から返上の許可が降りたから、今から復帰してちょうだい』

……何だって?

一瞬、呑み込みが遅れる。

『すぐにフォーキン捜査官の応援にいって。サンモリッツにいる、そこから電車で三時間半』

「はい」エチカは勢いで頷くが、理解が追いつかない。毎度のことだが急すぎる。「『同盟』について何か進展があったということですか？　資料を共有してもらえると助かります」

先日フォーキンから聞いた話では、特別捜査班はファラーシャ・アイランドの出資者から、『同盟』に関与した疑いのある人物の特定を進めているということだったが。

『ああごめんなさい、そうだった。特に疑わしい出資者を六名まで絞り込んだのよ』

トトキから捜査資料のデータが送られてくる——展開。中身は簡潔な捜査進捗と、出資者六名のパーソナルデータだ。急いで流し読む。政治家や資産家、脳神経内科医……ユア・フォルマがトトキの話をもとに、データの一部分をピックアップしてきた。

〈資産家ブライアン・クワインは、サンモリッツに別荘を所有しています〉

つまり、だ。

「フォーキン捜査官はこのクワインを追って、スイスまできているんですね？」

『ええ。同じ班のザハロフ捜査官が同行する予定だったんだけれど、別件で取り込んでいて』

「ビガは？　彼女ならアカデミーを休めば融通が利いたのでは」

『それも別件で、ルークラフト補助官たちとフィンランドにいっている』

突然ハロルドの名前が飛び出して、エチカは自然と体に力を入れる——いいや、その反応はおかしいだろう。冷静になるべきだ。別に動揺するようなことじゃない。

「人手不足なのは分かりましたが……その、補助官はノワエ本社で調整中だったはずでは？」

『昨日、ペテルブルクに戻ったわ』ほんの一秒余、二の句に迷うような沈黙があった。『……ヒエダ、これは本来面と向かって話さなくてはいけないことなんだけれど』

エチカは無意識のうちに、広場に視線を投げる。演奏を終えたバイオリン奏者に拍手を送る人々、忙しなく行き交う通行人、三輪車にまたがる幼子、派手な服装の観光客――建物の隙間から覗く空は青々としていて、あの凍った湖とは比べものにならないほど、暖かな色味だ。

『調整を終えても――ルークラフト補助官の処理能力は、完全には回復しなかった』

多分、自分は最初から答えを知っていた、と思う。

少なくとも、エチカと距離を置くことがハロルドの望みだ。そしてエチカ自身の望みでもある――ならば、処理能力の低下自体が彼の作戦であることは、自明の理だ。実際そうでもしない限り、電子犯罪捜査局はハロルドを電索補助官の立場に留めておこうとするだろう。

彼の判断は、賢明と言える。

「そうですか……」乾いた唇から、奇妙に落ち着いた声が出る。「彼はどうなるんでしょう」

『あなたも理解していると思うけれど、補助官の仕事を続けることは難しい』トトキは努めて冷静に振る舞っているようだった。『でも、彼の観察眼は頼りになる。当面はこまめにメンテナンスをしながら、捜査補佐アミクスとして特別捜査班をサポートしてもらう予定よ』

「はい」

『あなたの後任の補助官については、少し時間をちょうだい。ノワエ社にスティーブを貸してもらえないか打診したけれど、彼は一度暴走しているから倫理委員会の許可が下りなくて』トトキは皆まで言わなかったが、最悪、以前のように人間の電索補助官をあてがうしかないと考えているはずだ。『不安にさせて申し訳ないけれど、目の前の仕事に集中して』

「分かりました」

『また補助官に直接会ったら、詳しく話を聞いてちょうだい』

「……そうします」

『とにかく、フォーキン捜査官と合流して』

通話が切れた時、エチカはきつく指先を握り込んでいたことを自覚した。掌を見ると、くっきりと爪の痕が残っている――バイオリン奏者が、新しい曲を奏で始める。その旋律は打って変わりひどく悲愴で、賑やかな広場の雑踏にかき消されそうなほどだった。

本当に、終わるのだ。

いや――既に終わっていると言ったほうが正しいのか。

その場に立ち尽くしたいようにも思えたが、両脚は自然と歩き出す。エチカは突き動かされるかの如く、広場に背を向ける――フォーキンの連絡先を探してコールしながら、サンモリッツまでの経路を検索した。

前はどうやって孤独を耐え凌いでいたのかを、早く、思い出さなくてはいけない。

「さっき調べたんだが、エンガディナー・ヌストルテっていうやつが美味いみたいだぞ」

エチカと合流したフォーキン捜査官の第一声が、それだった。

サンモリッツは、スイス南東部に位置する山間の保養地だ。指定通信制限エリアでもあり、世界中からデジタルデトックス目的の観光客やセレブを吸い寄せている——MR広告のない駅舎を一歩出ただけで、リゾートらしく雄大な稜線を描く山々と、結氷したサンモリッツ湖の絶景が味わえる。つまり、食べ物以外にも十分に見るところはあるはずだが。

「捜査官」エチカは感傷的だった気分を、無理矢理ねじ伏せた。「また甘いものですか」

「カラメルナッツ入りのペイストリーで、スイスの伝統菓子らしい。土産にもよさそうだろ」

「観光ではなく仕事です」

「さっきまで謹慎中だったわりに、切り替えは完璧だな」

フォーキンが軽口を叩くので、エチカは薄目を作っておく——自分が到着するまでの間、彼は気ままに町を散策していたらしい。その片手には既に、土産物と思しき紙袋が一つ。

「今のわたしはIDカードも銃もありませんから、実質民間人と同じですよ」

「同行してくれるだけで助かるんだ。そこでシェアカーを借りられる」フォーキンが、駅のロータリーと一体化したパーキングロットを示した。「目的地までざっと十分といったところだ。

親父さんの件は当てが外れたんだって?」

トトキから聞いたのか。「出資者が絞り込まれていなければ、もっと落ち込んでいました」

「あんたにいい報告ができてよかったよ」

エチカとフォーキンはやりとりを交わしながら、寒さから逃れるように、駐車されたシェアカーに乗り込む。冬から春にかけて、サンモリッツは雪に包まれる。気温は常に氷点下だ――彼が持参していた紙の地図を見るに、クワインの滞在する別荘は西のバート方面にある。

フォーキンに運転を任せて、駅を出発した。

「そういや、トトキ課長から資料をもらったか?」

「ええさっき。かなりきな臭い経歴の持ち主ですね」

エチカは今一度、オフラインのストレージ内に保管したクワインのパーソナルデータを閲覧する――資産家の六十代男性。米国ロサンゼルス在住、同地に本社を持つシリコンウェハー製造会社の社長兼会長。最先端テクノロジーへの関心が高い人物としても知られており、国内の医療ヘルスケア事業に積極的に寄付をおこなっていた。一方で過去には、途上国の自社工場における強制労働や違法薬物の取引疑惑が浮上している。しかし噂話の一つとしてうやむやにされ、実際の検挙には至っていない。

「ファラーシャ・アイランドに協力していたゴメスたち機械否定派からは、依存性の高い違法薬物が検出されている。出所はこいつなんじゃないかっていう話もあるが」

「なるほど」エチカは訊ねた。「クワインはいつからサンモリッツの別荘に？」

「地元警察が、二週間前に家の灯りを確認してる。クワインは毎年、年末になると妻と娘夫婦を連れてスキーにきているらしいが、今回は時期も早い上に一人みたいだ」

「如何にも怪しいですね」

エチカはクワインのデータを閉じる——車はサンモリッツ湖沿いを走行しており、凍った湖面を散歩する観光客の姿が目に付く。肩を組んで記念撮影している人々もいた。チューリッヒ湖は滅多に凍結しないようだが、たった数百キロ離れただけで雲泥の差だ。

「スケート場が作れそうだな」とフォーキン。「帰りに寄っていくか？」

「謹慎明けです」

「別に課長にばれるわけじゃない、気晴らしは必要だろ」

彼の提案が冗談なのか本気なのか分からず、エチカは黙りこくる——考えてみればフォーキンは、ハロルドの不具合の件を既に認識しているのだ。電索補助官を失うエチカのことを気遣って、『気晴らし』に誘ってくれているのかも知れない。

彼にも、余計な心配は掛けたくなかった。

「わたしは平気です」穏やかな口調を保つ。「湖より、ビガたちにお土産を探したほうが」

フォーキンが口の端を上げた。「観光じゃなくて仕事なんじゃなかったか？」

「まあ」つい目を逸らす。「そのエンなんとかっていうお菓子があればいいですけれど」

「あってもなくても、定番のミルクチョコレートは必要だな。間違いなく美味(うま)い」

「……何種類買い込むつもりですか？」

やがて道は湖から離れ、黒い峰(ピッツ・ネイル)の麓をなぞるように上っていく。延々と続くカラマツ林の隙間に、ぽつぽつと一軒家が立ち並ぶ別荘地帯だ——目的地であるクワインの別荘は、行き止まりの一角にどっしりと構えられていた。石と木で組み上げた牧歌的な塀の奥に、石張りの邸宅が見え隠れしている。周囲のカラマツは切り開かれ、玄関ポーチまで優に見通せるが、ひと気はない。ガレージの前に、ロールス・ロイス製の高級車(ファントム)が駐(と)まっているだけだ。

エチカはシートベルトを外した。「正面からいきますか？」

「俺はあんたと違ってIDカードがあるからな」

フォーキンと連れ立ってシェアカーを降り、ポーチへ向かう。玄関扉には贅沢(ぜいたく)な装飾ガラスが埋め込まれていた。彼がドアベルを押す——エチカは傍(かたわ)らのガレージに目がいく。シャッターは下りていて、車は私道に頭を向ける格好で停車していた。そもそも高級車をガレージに入れずに放置するのは、些(いささ)か不用心ではないだろうか？

「この山奥で、車もなしに出かけたわけじゃないだろ」フォーキンが、もう一度ドアベルを鳴らす。「家政アミクスくらい出てきてもよさそうなもんだが」

「指定通信制限エリアですし、アミクスを連れてきていないのかも知れません」

エチカは言いながら、車へ近づく。車内を覗(のぞ)き込むと、助手席にメンズもののクラッチバッグが置かれていた。「ヒエダ？」フォーキンが怪訝そうに呼びかけてきたが、構わず運転席側へ回り込む――ドアポケットに入ったままの、スマートキーを見つける。

妙だと思ったが、そういうことか。

「クワインは一度外出しようとして、家の中に戻ったんだと思います。多分ですが、忘れ物をしたとか」手にコートの袖を被せて、フロントドアを引っ張る。ロックが掛かっていない。「すぐ出発するつもりが、時間を取られているんじゃないでしょうか」

フォーキンは面食らったようだ。「だんだんルークラフト補助官みたいになってきたな」

エチカは返事に詰まる。確かに、彼から受けた影響はあまりにも大きいが。

「その」何とか気を取り直す。「玄関扉は施錠されていますか？」

上手くは言えないが、嫌な予感がする。

フォーキンもその時点で、捜査官としての勘が働いたのだろう。ポケットから取り出した手袋をはめて、すぐさまドアノブに触れた――玄関扉はあっさりと、内側へ開く。ぎい、というかすかな軋みがやけに大きく響いた。

エチカとフォーキンは、どちらからともなく視線を交わしてしまう。

どうにも、単なる『予感』では済まされないかも知れない。

「俺が先にいく」彼が腰のホルスターから、自動拳銃[15]を抜く。「後ろを見ていてくれ」

「分かりました」今の自分は丸腰なので、そうするしかない。「注意して下さい」

フォーキンが銃の安全装置(セーフティ)を外し、慎重に邸宅の中へ踏み込む。数歩空けて、エチカも続く──エントランスの床は大理石で、天窓からの日射(ひざ)しが躍っていた。壁には油彩画が飾られ、扇状の階段が二階へと伸びている。フォーキンはまず一階を調べることにしたらしく、リビングルームへ入っていく。

今のところ、物音は一切聞こえない。

「クワインさん？」フォーキンが呼びかける。「いたら返事をして下さい」

立ち入ったリビングルームも、やはり無人だった。ソファや飾り棚などの調度品はどれも控えめなデザインだったが、シンプルな中にも隠しきれない豪奢(ごうしゃ)さが滲(にじ)み出(で)ている。ペルシャ絨毯(じゅうたん)を踏み越えて、奥へ。

キッチンの入り口に差し掛かった時、彼が唐突に銃を下ろした。

「ああくそ……ヒエダ、救急車を呼んでくれ」

エチカも、フォーキンの肩越しにキッチン内を確認し、息を詰める。

清潔な床に、俯(うつぶ)せで倒れ込んでいるのは──ブライアン・クワインその人だった。

2

フィンランド──エノンテキエは、ノルウェーとスウェーデン両国との国境に程近い小さな村であり、北部の大部分を占める技術制限区域の一端を担う。

「ロンドンも大概寒いけどさ、ここは本当おかしいよ。頬が痛いし、頭の血管が縮む感じ」

「だからあたし、イヤーマフを買ったほうがいいって言いましたよね。ガードナー捜査官？」

《本日の最高気温：マイナス十度／服装指数Ａ：防寒対策を欠かさずに》

ハロルドはウェアラブル端末のウェザーアプリを閉じる――村で唯一だという喫茶店の駐車場は、舗装が行き届いていない。粉雪はしんしんと、自分やビガたちの肩に容赦なく降り注ぐ。空は広大な半円を描き、目に付くのはヨーロッパアカマツの合間に点在する小屋だけだ。

傍らで、派手なくしゃみが轟く。

「ビガ、よかったらその帽子を貸してくれないかな。君は寒いのに慣れてるんだろ？」

がたがたと震えているのは、ジェイコブ・ガードナー捜査官だ――英国出身の二十八歳で、ロンドン支局特別捜査班の班長だと聞いている。若者がよくするように髪をブリーチし、ハイブランドのダウンコートに袖を通していた。捜査局指定外の私物なのは明らかだ。

「サイズが合わないと思いますけど？」ビガが苛々したように、被っていたニット帽を毟り取る。「何でこっちの気候を調べてこないんですか。ちゃんとして下さい！」

「出張なんて滅多にないし分からないんだよ。僕、もともとウェブ監視課で」

「出張じゃなくて遠征捜査です」

「何でもいいよ、とにかくそのハンサって子がきたら呼んでくれ。車の中にいるから」

ガードナー捜査官は、ビガから渡されたニット帽を広げようと試行錯誤しながら、シェアカーのほうへ退散していく——ビガの露骨なため息が聞こえた。彼女はむくれた様子で髪についた雪を払い、コートのフードをすっぽりと被る。

「こんなこと言いたくないですけど、何であんな適当な人が班長になれたのか分かりません」

「私も詳しくは存じませんが、ガードナー捜査官のお父様が経営するドローン開発会社が、捜査局に各種ドローンを提供しているとか。その繋がりではないでしょうか」

ハロルドが耳に挟んだ噂を伝えると、ビガはますます膨れ面になった。アカデミーで真面目に学ぶ彼女にとって、親の影響力に後押しされるガードナーの存在は釈然としないのだろう。

ノワエ本社でのメンテナンスを終え、電子犯罪捜査局の仕事に復帰してから早一日——トトキ課長にメンテナンス結果を共有したところ、当面の間、捜査補佐アミクスとして特別捜査班に残ることを勧められた。つまり、実質的に電索補助官の立場を解かれたのだ。

無事、エチカの謹慎期間が明けるまでに間に合った。

このまま、順調に事を運びたい。

「要は、あたしたちがしっかりしないと駄目ってことですよね！」

ビガは気持ちを切り替えることにしたらしく、意気込んで宙を仰ぐ。ユア・フォルマで捜査資料を展開したようだ——ハロルドも倣い、ウェアラブル端末のホロブラウザを開いた。自分たちが追跡している出資者のパーソナルデータが表示される。

《ジョナス・バンフィールド》

四十代男性で、ロンドン在住の脳神経内科医。ホスピスを中心とした福祉系医療団体の会長を務めている。彼は過去の会報誌で、ファラーシャ・アイランドにおける医療デバイスの開発に期待を寄せていると語っていた。実際に団体関係者やホスピス利用者から寄付を募り、ファラーシャ・アイランドに多額の出資をしていたようだ。

「バンフィールドの家族の話では、彼は先週ロンドンを発ったそうです」ビガの真剣な表情は、コンサルタントやアカデミー研修生というよりも、一人前の捜査官だ。「もともとこの時期は、趣味の写真のために長期休暇を取って、一人旅に出るみたいなんですが」

「ご家族は、バンフィールドの位置情報が取得できないことに気付かなかったのでしたね」

電子犯罪捜査局は出資者六名を絞り込んだのち、全員の位置情報を検索した。捜査の手を逃れるためか、バンフィールドを含めた数人が既に消息を絶っている——過去の位置情報記録や監視ドローンを通じて足取りを辿ったところ、バンフィールドに至ってはロンドンからの直行便でフィンランドのヘルシンキへ渡り、北部の技術制限区域に移動していた。

だがその後、エノンテキエに到着した時点で、忽然と『消えて』いる。

「ガードナー捜査官曰く、彼の行方を追っていたロンドン支局特別捜査班は、バンフィールドが事件に巻き込まれた可能性も考えたそうですが……あなたの見解は違いましたね、ビガ？」

「ユア・フォルマユーザーが技術制限区域……いえ、あたしたちサーミが暮らす地域を訪れる理由は、大体一つですから」

エノンテキエは、ビガの故郷カウトケイノからさして離れていない。事前資料に依(よ)れば住民の二割はサーミ人であり、かつてはトナカイの牧畜やオーロラの観光産業で財政を支えていた点も似通っている。ユア・フォルマが普及して以降、技術制限区域として敬遠されるようになり、事業が成り立たなくなったという経緯もほとんど同じだ。

つまり。

「バ、ン、フィ、ー、ル、ド、が、バ、イ、オ、ハ、ッ、キ、ン、グ、を、受、け、た、という、あなたの推測は正しかった」

「できれば、外れていて欲しかったんですけどね……」ビガがふとまばたきをする。メッセが届いたようだ。「もうすぐ着くみたいです」

それから三分ほどで、一台のジープが喫茶店の駐車場に現れた。舗装されていない地面をじゃりじゃりと鳴らして停車すると、すぐに運転手が降りてくる——冴(さ)えない雰囲気の少年だ。枯れ芝のように短い髪と、白い肌に散ったそばかす。あまり背丈がないせいか、ダウンジャケットの下から覗(のぞ)く作業ズボンはだぶついている。

「ハンサ」

ビガが緊張した笑顔で、少年を出迎える——ハンサはビガの幼馴染(おさななじ)みであり、新米のバイオハッカーだと聞いていた。この近辺は彼らの活動範囲だそうで、今回の件で調べを進めていたところ、ハンサがバンフィールドに関与した疑いが浮上したのだ。

「久しぶりね。来てくれてよかった」

「また会えて嬉しいよ。でも、父さんたちには絶対にばれないようにしないと」ハンサは、気にしたようにちらちらとハロルドを見る。「ビガからは、今回のことで捜査局が僕を逮捕したりはしないって聞きましたけど……信じていいんですか？」

バイオハッキングという犯罪行為を稼業にしている彼らが、捜査機関を恐れるのは至極当然だ。それはさておき――ハンサは初対面の時のビガよろしく、こちらを人間の捜査官だと誤解したらしかった。

「捜査にご協力いただく以上、約束は守ります」ハロルドは事務的に答える。「付け加えるのなら、私はアミクスですので逮捕権限を持ち合わせていません」

「え？」ハンサの目が大きく見開かれる。「アミクス？　いや、でもどう見ても……」

「――ああ、こっちこっち！　僕が担当捜査官だよ」

シェアカーから降りてきたガードナー捜査官が、寒さに身を縮めながらやってくる――フロントガラス越しに、ハンサが到着するところを見ていたらしい。彼は、もたつきながら取り出したIDカードを掲げた。

「ガードナー捜査官だ。君がバンフィールドの施術を担当したんだって？」

「あ、ええと」ハンサが惑ったように目を泳がせる。「もう少しゆっくり……」

ビガやハンサを含めサーミ族の多くは多言語話者だが、よほど緊張しているのだろう。

「正確には施術じゃなくて、抑制剤を処方したと聞いてます」ビガが横から言う。「ユア・フォルマを始め、体内の機械の働きを止めるものです。そうよね、ハンサ？」

「うんそう、処方した。えっと、三日前だよ」

三日前――まさに、バンフィールドがエノンテキエで位置情報を絶った日だ。その原因がハンサの言う通り、抑制剤の使用によるユア・フォルマの機能停止だったとして。

「バンフィールドは何で抑制剤を欲しがったのかな？」ガードナーが丁寧に発音する。

「分からないです」ハンサが硬い面持ちで答える。「もとは、ユア・フォルマ自体を摘出して欲しいって言われたんですけど、僕はまだ新米なのでそこまでのことはできなくて……代わりに抑制剤を投与して、ひと月分売りました」

「ひょっとして君たちは、顧客に何も訊かないのがルールだったりする？」

「基本的に。でも僕らを頼るっていうことは、後ろめたい理由があったんだと思いますけど」

バンフィールドは何らかの事情で、どうあっても位置情報を知られたくなかったわけだ――ファラーシャ・アイランドの事件は、全世界で大々的に報道された。表向きにはウイルス感染となっているが、真実を知る出資者たちは戦々恐々としただろう。他の出資者同様バンフィールドもまた、自身が『同盟』に協力したことが露呈するのを恐れ、逃走を図ったと考えるのが妥当か。

ビガが口を挟む。「ハンサ、バンフィールドに宿泊先を用意してあげたんでしょ？」

「すぐそこのホテルだよ。多分、まだ滞在してると思う」

「そうそう、そこに連れていってくれと頼むつもりだったんだ」ガードナーが、ハンサの肩に手を置く。「僕と君はそのジープでいこう。ビガとハロルドはシェアカーで来てくれ」

ガードナーは戸惑うハンサの背中を押して、さっさとジープへ歩いていく。ビガはやや心配そうだったが、ハロルドが促すとシェアカーへ向かった――こちらは空港で借りた日本車なのだが、ゼロ年代に大量生産された『ご老体』とあって、挙動が少々怪しい。

ハロルドが運転席に乗り込んですぐ、ビガが助手席でシートベルトを引く。

「ガードナー捜査官がマップで経路を共有してくれてるので、案内しますね」彼女は嘆息した。「もう、ハロルドさんの端末にも送ってくれればいいのに……」

「捜査補佐アミクスと仕事をするのは初めてなのでしょう。致し方ありません」

かすかに、ビガの気配が張り詰める――ハロルドは気に留めていないふりをして、サイドブレーキを下げた。先ほどまでガードナーが暖を取っていたにもかかわらず、車内の気温はなかなかに低い。暖房の利きが悪い点は、個人的には気に入っている。

――暖房。

思考タスクが不要なメモリへ逸れかけたが、難なく軌道を修正した。

「あの……、ハロルドさん」

ビガがおずおずと口を開いたのは、出発したハンサのジープに続いて、喫茶店の駐車場を後にした時のことだ。アカマツに見守られる凸凹の道路は、いつの間にか夕闇に霞み始めている。時刻はまだ十五時前だが、この時期の北欧諸国は日没が早い。

　ハロルドはステアリングを取りながら、問い返す。「何でしょう？」

「その」ビガは恐らく、最初に口にしようとしていた言葉を、別のものに置き換えた。「不具合は、完全には治っていないんですよね？　それでこんなに遠出させるなんて……しんどい時は、ちゃんとトトキ課長に言ったほうがいいですよ」

「普段の活動に支障はありません、電索補助のように高度な処理が困難なだけです」

「それは課長から聞きましたけど……もし、具合が悪くなったらすぐに言って下さい」

「心配して下さってありがとうございます、ビガ」

　完璧な微笑みで応えたが、ビガの顔は曇ったままだった。彼女の右手はシートベルトを握り締めているが、無意識だろう。言いたいことを伝えるべきかどうか、散々迷って――敢えて、迂遠な言い回しを選ぶことにしたようだ。

「ヒエダさんの能力に釣り合うのは、ハロルドさんだけだったから」彼女は、口の中で音を丸めるように話す。「二人とも、これから大丈夫なのかなって……いえ違いますね、そうじゃなくて。仕事のことだけじゃなくて……」

「立場が変わっても、ヒエダ電索官の友人であることに変わりはないつもりです」

「そう、ですよね」ビガの声がやや高くなる。「えっと、不安になっちゃっただけなんです。

ヒエダさんとハロルドさん、この前からぎくしゃくしてますし。でも、ごめんなさい、変なこと言って……」

何も変わらないですもんね。

ビガの呟き（つぶや）は、どこか自らに言い聞かせているかのようだった。

自分の仮病はさておき、エチカとの関係の変化について周囲に伏せておくのは、さすがに難しいと承知していた。だとしても、大抵は深入りしてこないだろうと踏んでいたのだが――ビガの場合は、断言できない。

――もし、彼女に『秘密』を勘付かれるようなことがあれば厄介だ。

システムが初めて、その可能性に言及する。

バンフィールドが滞在するホテルは、エノンテキエの外れにあった。湖に面した二階建ての宿泊施設はのっぺりとしたデザインで、どことなく英国の長屋住宅（テラスドハウス）を思わせる――ハロルドたちは、寂れたロータリーで車を降りた。

「経営者に事情を話して協力してもらうよ。少し待っててくれ」

ガードナー捜査官が慌ただしく建物の中へ消える――ハロルドとビガ、ハンサはロータリーで待機することになった。日は沈みきり、舞う雪が街路灯の下でガラス屑（くず）のように煌（きら）めいては、闇の底に降り積もる。

ハロルドは、ビガとハンサをちらと窺う。二人は幼馴染みだというわりに、会話の糸口を掴みかねているかのように黙っている。ビガがバイオハッカーの仕事から足を洗った際、一悶着あったであろうことは容易に想像がついた。

「ハンサ」ハロルドはシステムが提示した会話例をもとに、少年に話しかける。「私はあまり詳しくないのですが、このあたりのオーロラはどのくらいの頻度で見えるのですか？」

ハンサは、露骨に胡散臭そうな目つきになった。先ほど機械を人間と誤認したことに対して、自己嫌悪を感じているようだ——バイオハッカーたちは機械否定派であり、アミクスのいない技術制限区域で生活している。ましてやハンサのような新米となれば、テクノロジーを目にできる共生地域に遠出する機会もほとんどないのだろう。

「毎日見える時もあれば、全然出ない日もありますよ」ビガが代わりに答えた。「ハロルドさん、もしかして本物のオーロラを見たことなかったりします？」

「ええ。前にカウトケイノを訪ねた時も、それどころではありませんでしたから」

「じゃまた今度、一緒に見にいきましょう！」ビガはそこで我に返ったようだ。「ああえっと違います二人きりとかじゃなくて、皆を誘ってわいわいとですね……」

「——機械にオーロラを見せてどうするんだよ？」

ハンサは険のある口ぶりだ——彼がこの状況を面白く思っていないのは明白だった。具体的には、ビガが機械に対してあからさまな好意を示していることが、気に食わないようだ。

「ハンサ」ビガが眉をひそめた。「その言い方はやめて。失礼よ」

「失礼？」ハンサはますます衝撃を受けたようで、まくし立て始める。「ビガ、僕は君の頼みだからわざわざここまで来たんだ。父さんに上手く言い訳して、車を借りるのだって大変だった。皆は君を『裏切り者』って言うけど、僕は一度だって」

「故郷の人たちによく思われていないことは分かってるわ」ビガはハンサの気持ちが理解できないのか、戸惑いを隠せていない。「今回、ハンサに迷惑をかけてることも知ってる。協力してくれたことには本当に感謝してるし――」

「別に迷惑だなんて言ってない」

「今、『大変だった』って言ったじゃない」

「言ったけど」ハンサはもどかしそうだ。「でもそういうことじゃないよ」

「じゃあどういうこと？」ビガも少し苛立ち始めていた。「ハンサ、さっきから何なの？」

「だから！　僕が言いたいのは、何でこんな機械に対して君がそうも」

「――お待たせ。彼女が、バンフィールドの部屋まで案内してくれるってさ」

二人の諍いが中断する――ガードナー捜査官が、経営者と思しき老婆を連れて、建物から出てきたところだった。ビガとハンサは互いを一度睨んだだけで、そっぽを向く。仲裁すべきかどうかを考えたが、自分が間に入ればより事態が悪化する、とシステムが判断する。

ハロルドはガードナーに問うた。「やはりバンフィールドは宿泊しているのですね？」

「ああ。彼女が部屋に電話してくれたんだけど、出ないから直接見にいったほうが早い」

ガードナーが説明する傍から、老婆は宿泊棟のほうへ歩き出している。一言も話さないところを見るに、突然捜査局が押しかけたことを快く思っていないのは一目瞭然だ——ガードナーが老婆に続く中、ハンサが気まずい空気から逃れるように彼を追う。

ビガが申し訳なさそうに、こちらを仰ぎ見てきた。

「ごめんなさいハロルドさん。ハンサは、アミクスのことをあまりよく思っていなくて……」

「構いませんよ。彼の言う通り、私は『機械』ですから傷付きません」

ハロルドが穏やかな笑みで口にしても、ビガの表情は晴れるどころかますます濁った。

宿泊棟は建物の東側に当たり、半戸外の通路に扉が並んでいる。バンフィールドが泊まっている部屋は一階で、扉の前までうっすらと雪が降り込んでいた——老婆がドアベルを鳴らし、皺だらけの拳で扉を叩く。しかし、やはりどれほど待っても応答がない。

ガードナーがハンサに訊ねる。「抑制剤って副作用とかあるんだっけ？」

「吐き気やめまいが出る人はたまにいます。起き上がれないくらいひどいこともあるけど」

「寝込んでいるなら、出直したほうがいいかな？」

「ガードナー捜査官、それ本気で言ってます？」ビガが眉を跳ね上げる。「どう考えても、やましいことがあるから出ないんですよ。彼女にお願いしてマスターキーを借りるべきです！」

「ああうん、いや冗談だよ。睨まないでって」

　ガードナーがビガに尻を叩かれ、老婆からマスターキーを受け取る。なかなかに頼りないが、致し方ない――彼はもたつきながらドアを解錠し、ホルスターの自動拳銃を抜いて、恐る恐る中へ踏み込んでいく。ビガが勇ましく続こうとして、ハンサに制されていた。ハロルドはそんな二人を横目に、ガードナーの後を追いかける。

　こぢんまりと整った室内は、照明が点けっぱなしになっていた――壁紙が剝がれかかった内装は古く、簡素というよりもいっそ殺風景と言っていい。見るからにスプリングの弱そうなベッドと壁にかかった鏡、小ぶりなデスク以外には何もない。

　窓辺の床に仰向けで倒れた、バンフィールドを除いては。

　感情エンジンの動作を抑制しているため、特段驚きはなかった。

　だが、なるほど――一気にややこしくなってきた。

「嘘だろ」背後でハンサが息を呑む。「何で……抑制剤では死んだりしないのに」

「まずいな、どうしよう、いやまず救急車か――」ガードナーが青ざめて銃を下ろし、ハロルドを見る。「電話するから、現場はこのままにしておいて。荒らさないように」

「承知しました」

　ガードナーが背を向けて、ユア・フォルマで緊急通報を始める――戸口の老婆にも様子が見えたらしく、怯えたように早口なサーミ語で喚き立てた。ビガが彼女を落ち着かせようと宥めながら、扉から引き離す。

「僕のせいじゃない」立ち尽くすハンサが繰り返した。「抑制剤にここまでの副作用は……」

ハロルドは少年の主張を聞き流して、バンフィールドの遺体に近づく。パーソナルデータの写真よりもやや痩せており、白髪が増えていた。彼の傍らには、落下したと思しき一眼レフカメラ。床に叩きつけられた衝撃でレンズが割れ、フィルムも飛び出ている——窓を確かめると、隙間が開いていた。湖の写真を撮ろうとしていた矢先に倒れたのだろうか？

死体の横に膝をつき、改めてじっくりと観察する。瞼が半開きだが着衣に乱れはなく、暴行を受けた形跡もない。薬物や毒物を摂取した際の所見もなし。遺体に触れてみると、死後硬直は下肢にまで進行していた。死亡から約八時間が経過していることになるが、やけに体温が高い。皮膚の内蔵センサによる解析では、依然として約三十四度もある。通常は二十度台を推移している頃だが……。

バンフィールドのパーソナルデータに、持病の記載はなかった。

となれば。

「——止すんだハロルド」顔を上げると、電話を終えたガードナーが振り向いていた。「現場を荒らさないでって言ったはずだよ。まずはトトキ課長に指示を」

「他殺ではないようです。彼は重い風邪を患っていませんでしたか、ハンサ？」

「え？」ハンサは動転しているためか、アミクスへの抵抗感を失念したようだ。「いや、一応抑制剤を投与する前に検温したけど、平熱だった。あとから発症したのかも……」

「体温の異常からして、死亡時は高熱が出ていたと思われます。かなり重度の感染症です」

ただ――仮に感染死だとして、タイミングがどうにも引っかかる。体調の優れない人間が、この寒さの中で窓を開けて、湖の写真を撮ろうとするだろうか？

「君が有能だっていうのは聞いてるけど、指示に従ってくれ」ガードナーは困惑も露わに、「とりあえず、検死官に調べてもらうまで死因を決めつけないほうがいいよ」

「ええもちろん」ハロルドは頷き、遺体に触れていた手を引っ込めた。「ただ、検体は今のうちに採取したほうがいいかと。感染症の種類によっては、検死までの間に遺体の残存ウイルスが減少する可能性もあります」

「――ハンサ。保存キットを持っていたら貸してあげて」

老婆を帰したらしいビガが、部屋に入ってきたところだった――彼女は途中からやりとりを聞いていたようで、ハンサが引っ提げているショルダーバッグを示す。

バイオハッカーは、時に闇医者とも称される。彼らが文字通り多様な道具を持ち歩いていることは、知覚犯罪事件当時にビガの『仕事道具』を見て知っていた――アミクスの自分が口を出すより、ハンサに好かれている彼女が頼んでくれるのは好都合だ。

「持ってるけど」ハンサがためらいがちに、バッグからビニル袋に入った保存キットを取り出す。「正規品じゃないから、大して保たないと思うよ。せめて冷却設備がないと」

「うちの輸送用ドローンに冷却システム搭載モデルがある」ガードナーがユア・フォルマを操

作する。「製造ラインを持ってる工場は……ここからだと、ロヴァニエミが一番近いね」

ハロルドは、ウェアラブル端末でマップを確認する――ロヴァニエミは、エノンテキエから車で約三時間半の距離にある共生地域のようだ。空路をいく輸送用ドローンなら、更に迅速に移動できるだろうが、気になる点はそこではない。

「工場？」ビガが目をしばたたかせている。「製造工場から、直接完成品を取り寄せるんですか？　ちょっと滅茶苦茶に思えますけど……」

「でも頼めばやってくれるよ」ガードナーはけろりと言うのだ。「僕、父親がドローン開発会社を経営してるんだ。捜査機関にも監視ドローンとかを提供していて……イングランドの『ロビンフラッター』っていう会社、聞いたことない？」

ロビンフラッターの社名は、ハロルドの知識にもある――運送業界や第一次産業界隈だけでなく、各国警察機関が所有するドローンの市場シェア率においても、かなりの存在感を示す大手企業だ。ガードナーの厚遇に改めて得心がいく。贔屓は道義的には避けるべきだが、この場合、捜査局側と彼の間に深い関係ができあがるのはどうしたって避けられないだろう。

何にせよ、今は渡りに船だ。

「ガードナー捜査官。トトキ課長に、輸送用ドローンの使用許可申請をお願いします」

「ちょっと待ってくれ、先に工場に連絡してみるから。まだ誰かいるといいけど――」

ガードナーがユア・フォルマを操作している間に、ハロルドも保存キットを開封する。今の

うちに、バンフィールドの遺体から検体を採取しておこうとしたのだが、
《新規メッセージを受信／ウイ・トトキ》
ウェアラブル端末が通知を告げて、中断した——同時に、ガードナーとビガも面を上げる。
二人のユア・フォルマにも同様のメッセが届いたらしい。
ホロブラウザを起動。
《各局特別捜査班へ、UTC午後七時からオンラインにて臨時会議。必ず参加するように》
輪を掛けて、雲行きが怪しくなってきた。

3

『これで、出資者六人全員の死亡が確認されたわ』

エノンテキエ中心部——手狭なホテルの一室は、壁に携帯用フレキシブルスクリーンを掛けただけでも、かなりの圧迫感がある。映し出されているのは、リヨン本部にいるトトキ課長を始め、各国特別捜査班の面々だった。揃いも揃って、衝撃を隠しきれていない。

もちろん、へたれたソファに腰掛けているビガやガードナーも例外ではなかった。

「嘘でしょ」ビガは小声で呟いてしまう。「そんなことってあります？」

「絞り込んでみたら全員死んでいたっていうのは、まあ……かなり不穏だね」

隣のガードナー捜査官も渋面だ——ビガは、ソファの横に立ったハロルドをちらと盗み見た。端正な横顔はスクリーンに向いていて、こちらのやりとりを聞き留めた素振りはない。その表情は冷静沈着そのもので、不安に拍車を掛ける。

ようやく『同盟』の手がかりを摑めると思ったら、こんなやり方で煙に巻かれるなんて。

『フォーキン班、ペルグラン班、ジェフ班、ファスベンダー班が担当した出資者四人については、数十分前に暫定的な検死結果が出た』トトキが説明にあわせて、検死報告書のデータを共有する。『死因は何れも急性心不全で、健康な人間でも突発的に発症する虚血性心疾患に当たるそうよ。所謂「突然死」ということだけれど』

『こうもタイミングよく突然死と言われても、さすがに腑に落ちませんが』

遮ったのは、スクリーンの片隅に映ったフォーキンだ。軽く手を挙げる彼は確か、スイスのサンモリッツに赴いているはず——背景を見るに、どうやら今はシェアカーの中らしい。

『フォーキン捜査官の言う通りです』『意図的としか思えません』『「同盟」側がこっちの動きに勘付いて、口封じのために出資者を殺害したのでは？』他の班員たちが口々に話し出す。

『落ち着いて』トトキが手振りで制した。『確かに、「同盟」内で内輪揉めがあったかも知れない。もしそうなら、出資者の一部がオンライン環境を絶とうとしたり、指定通信制限エリアに逃げ込んで位置情報を秘匿した理由にもなる』

報告によれば、ビガたちが追っていたバンフィールドはもちろん、フォーキンが担当したクワインも指定通信制限エリアに移動していた。てっきり捜査局から逃れようとしたのだと思っていたが――トトキの推測通りならば一転、『同盟』から逃げていたとも考えられるわけだ。

『ただ現場と遺体の状態から、他殺の線が薄いのも確かよ。内輪揉めかどうかを判断するには、より詳しく調べる必要がある』トトキが額を押さえる。タフな彼女も、さすがに疲労困憊のようだった。『今のところ、頼みの綱は検死中の残り二人だけれど……バンフィールドに至っては、感染症による高熱が死因と見られる。そうだったわね、ルークラフト？』

トトキの言い回しに、ビガはそっと胸を痛める。ハロルドが電索補助官の任を解かれた今、彼を『補助官』と呼ぶわけにはいかないのだ。

「バンフィールドの遺体から採取した検体は、ガードナー捜査官が手配して下さった輸送用ドローンでペテルブルクに送りました」ハロルドが淡々と答える。「明け方には、捜査局と提携している臨床検査センターに到着する予定です。結果はセンターから直接届くかと」

『バンフィールドだけは、「同盟」に関係なく死亡した可能性も視野に入れておくべきね』トトキはそこで眉を上げて、『ヒエダ。出資者の線が潰えかけている以上、収穫がなかったというあなたの父親を改めて掘り下げることも考えておいて』

ビガはつい、まじまじとスクリーンを見つめる。彼女はまだ謹慎中のはずだが――戸惑っているうちに、フォーキンがカメラの位置を調整し、シェアカーの助手席にいるエチカの姿を映すではないか。人手不足がいよいよ深刻だとは聞いていたが、一体いつの間に。

　――大丈夫なのだろうか？

　降って湧いたように、エチカの気持ちが気がかりになってくる。彼女が今回のハロルドの件で、複雑な感情を抱いているのは間違いないのだ。素直に復帰を喜んではいないはず。

　ただ――クリスマスマーケットの時にも思ったが、エチカは自分に相談してくれない。心配を掛けまいと、一人で抱え込んでいるようにも見える。

『分かりました』と答えるエチカは、あくまで気丈な様子だ。『仮に手がかりがあるとしたら、父が勤務していたリグシティだと思いますが……知覚犯罪事件の時に調べ尽くしていますから、あまり期待はできないかと』

『とにかく心づもりをしておいて。いいわね』

　トトキは各局特別捜査班に一旦遠征捜査を切り上げるよう指示し、『残り二人の検死結果が出たら共有する』と簡潔な言葉で会議をまとめた。各々に接続が切れ、スクリーンはあっという間に無味乾燥な白色へ戻っていく。

　ビガは、両肩がずっしりと重くなるのを感じた。

　一ヶ月を費やしてようやく前進したと思ったら、あっという間に後退した気がする。

「参ったなあ」ガードナーも頬を掻く。「本当に振り出しに戻ったらまずいよ、さすがに」

「まだあと二人残ってます。いえ、バンフィールドは感染死かも知れないから実質一人……」

　とにかく、落ち込んだところで捜査が進展するわけでもない。ビガはどうにか気分を切り替えようと、ソファから立ち上がる。途端に、ぐうと腹が鳴った——そういえば、空港のラウンジで軽く朝食を済ませたきり、何も食べていないことを思い出す。

「確かこのホテル、レストランがありましたよね？」沈んだ空気を吹き飛ばそうと、なるべく明るく提案した。「一段落つきましたし、よかったら夕食にいきませんか？」

「ええ是非」とハロルド。「ガードナー捜査官はどうされます？」

「僕は報告書の作成があるから、ルームサービスを頼むよ。二人でいってきて」

そうしてガードナーと別れ、ビガはハロルドとともに部屋を出た。ホテルは平屋建てで、板張りの通路には綿埃(わたぼこり)が転がっているが、建物自体はバンフィールドが宿泊していた施設よりも新しい。並んだ客室の扉はだんまりを決め込んでいる。チェックインの際に顔を合わせた経営者——どこもそうだが、経費削減のためにスタッフをほぼ雇っていない——からは、今夜の宿泊客は自分たちだけだと聞いていた。観光客が訪れるのは共生地域のロヴァニエミまでで、こちらにはほぼ流れてこないようだ。

ラウンジの先にあるレストランも、やはり閑古鳥が鳴いていた。ビガとハロルドが窓際(まどぎわ)のテーブルに腰掛けると、明かりを絞った厨房(ちゅうぼう)から中年の男性シェフが姿を見せる。アミクスは当然おらず、スタッフは彼だけのようだ。ビガとハロルドは打ち消し線だらけのメニューを広げ、トナカイの肉を使ったシチューを注文した。

シェフが立ち去ると、ハロルドが口を開く。「この地方の郷土料理でしたか？」

「そう、あたしもカウトケイノにいた頃はよく食べてました」

「私は初めてなのですが」

「大丈夫、おいしいですから！」

何気ない雑談を重ねながらも、ビガはハロルドをちらちらと観察してしまう——不具合が起きてからというもの、彼の雰囲気は変わった。具体的に説明するのは難しいが、何かが以前とは違う。紳士的な態度や眼差しはそのままなのに、どこか奥行きに欠けている気がする。

たとえるのなら、量産型アミクスのように振る舞いが画一的になった。

それもまた不具合の影響なのだろうが——どうしたって、悲しみを覚えずにはいられない。

早く、いつものハロルドに戻って欲しい。

「残りの一人から、『同盟』の手がかりが見つかるといいですけど……」ビガはそれとなく、彼の顔色を窺う。「でもさっき、ヒエダさんが会議にいると思わなくてびっくりしました」

「ええ、私も存じませんでしたので驚きました。急に決まったことだったのでしょう」

「もう話しました？　その、ハロルドさんが前と同じようには回復しなかったこと……」

「補助官を降りる件でしたら、トトキ課長が説明して下さったはずです」ハロルドは微笑んでこそいなかったが、その表情は凪いでいる。「課長の提案です。私が直接ヒエダ電索官に話すよりも、そのほうが受け入れやすいだろうと」

「でも、ショックは変わらないと思います。それにヒエダさんの場合、他に釣り合う補助官が見つからないかも知れないし……」

「ええ、彼女には申し訳ないことをしたと思っています。ただ、電索官はこれまでもそうした状況を経験していますから、乗り越えていけると信じたい」

そこでシェフが炭酸水を運んできて、会話が途切れる。注文していないが、どうやらサービスらしい──薄いガラスコップの中で、炭酸の泡がぱちぱちと弾けながら立ち上っていた。ビガは口を付けながらも、嚙み合わない歯車を前にした時のように、何かが落ち着かない。

──『立場が変わっても、ヒエダ電索官の友人であることに変わりはないつもりです』

先ほどの言葉が、表面的なものではないと思いたい。

けれど──彼は、あまりに冷静に見える。

ハロルドにとっても、エチカは大切な相棒だったはずなのに。

恐らく嘆いたところで不具合は直らないので、努めて平静に過ごしているのだろう。彼はビガよりもずっと大人だし、きっとそうだ──できるのなら、エチカとハロルドには以前のような関係でいて欲しい。どうしてこんな風に考えてしまうのか、自分でも分からない。

本来なら、エチカに嫉妬して然るべきなのに。

もちろん、彼女を羨ましく感じたことがないわけではない。

でも──出会った時から、二人はパートナーとして仕事をしていて、ビガにとってはそれが当たり前だった。自分がアカデミーで研修を受けられているのも、二人が捜査局側に取り計らってくれたからだ。そういう当然の存在が別々に分かれて崩れていくのは、見ていて辛い。

上手くは言えないが、ひどく不安になる。

ビガは気持ちを和らげようと、窓の外を眺めた。駐車場に深く積もった雪は、暗闇すらも淡く溶かして押し上げる。雪片は未だに降り続いていて、止むことを知らない——今夜も、オーロラは見られそうにない。けれど。

「丁度こんな雪の日に、ハロルドさんたちがカウトケイノの家を訪ねてきたんですよね」

一年前、二人に出会った夜を思い出していた——ビガが玄関扉を開けた時、真っ黒な身なりをした同い年くらいの女性と、田舎町では見たことがないほど端麗な容姿の青年が立っていたのだ。あの時の自分は平静を装いつつ、匿っていた従姉妹のリーを守ろうと必死だった。

「懐かしいですね」ハロルドが音を立てずにガラスコップを置く。

「今はもう笑い話ですけど、初対面の時のヒエダさんが本当に失礼で」

「これはジョークですが、私も彼女に事情聴取を任せたことを後悔しました」

「あとあたし、ハロルドさんの手にうっかりコーヒーをかけちゃって」

「ええ。心配して下さって、あなたが優しい方だとすぐに分かりましたよ」彼が柔和に微笑むので、胸がぎゅっとなる。「リーを負傷させてしまったことは、今でも申し訳なく思います」

「そのことはもう、あたしとリーの中ではとっくに終わってます！　あの子も、自分が無理に逃げようとしたせいで事故を起こしたって言ってましたし……」

ビガは話しながらも、自然と記憶を辿っている。

出会いに思いを馳せれば、どうしたってあのことを反芻せずにはいられない。

『――おかわり、持ってきますね』

電子犯罪の捜査で訪ねてきたというエチカとハロルドを、リビングに招き入れたあとのことだ。ビガはコーヒーのマグカップを手に取り、その場を離れた――その時の自分は、エチカたちがバイオハッキングを利用したリーを追って現れたのだと確信していた。

何としてでも従姉妹を逃がさなくてはならないと、急いでキッチンに駆け込んだのだ。

『クラーラ、今のうちに裏口から出て』

『スノーモービルを用意してきたところよ』リーは既にポンチョを着込んで、逃走の用意を調えていた。『昔、一緒に遊んだ釣り場にいるわ。あの人たちが帰ったら迎えにきて』

リーが慌ただしくキッチンを出ていく――そこで、ビガの目はテーブルに吸い寄せられた。掌ほどのプラスチックケースに入った抑制剤用注射器が、ぽつんと置き去られていたのだ。

冷や汗が噴き出す。そういえばそろそろ、彼女に投与した抑制剤の効果が切れる時間だった。

追加投与しなければ、リーはまたあの吹雪の副作用に見舞われてしまう。

ビガは焦ってケースを掴み、キッチンを飛び出そうとしたのだが、

『――失礼。大丈夫ですか』

戸口に現れたハロルドと、危うく正面からぶつかりそうになる——彼の手が両肩を支えてくれたお陰で、ぎりぎり衝突を免れた。反射的に頰が熱くなる。とんでもなく綺麗な男の人の胸に、うっかり飛び込むところだったのだから。

早く、リーを追いかけなくては。

『今、近所の人が裏口にきていて』ビガはハロルドの視線を感じ、手にしたケースを背後に隠す。『借りていたものを返すだけなので、コーヒーはもう少し待ってもらえると——』

『私の同僚が裏口に回っています。そのケースは、バ、イ、オ、ハ、ッ、キ、ン、グ、の道具ですね？』

——勘付かれていた。

髪の先まで凍り付いたかのように、ビガはその場から動けなくなる。両肩に触れているハロルドの手を振り払いたい衝動に駆られたが、体中がこわばって言うことを聞かない。

どうしよう。どうしたら。逮捕されてしまう。こんな……。

『あなたを傷付けることはしません、ビガ』彼の整った唇が、諭すように囁く。『どうか話して下さい。クラーラ・リーとの関係は？　彼女は何故、あなたを頼ったのです？』

ビガは動揺に任せて、ただかぶりを振る——そもそも、自分がリーに筋肉制御チップを与えたことが間違っていたのだ。プリマとしてバレリーナの道を歩みたいという従姉妹の願いを無下にできず、父親にも内緒で施術してしまった。

その結果、リーは危険な副作用に襲われている。

こうして、警察にも追われる羽目になった。

全部、自分のせいだ。でも大事な従姉妹の役に立ちたかった。早く一人前のバイオハッカーになるための経験も欲しかった――心のどこかでは、とても後ろめたいことをしていると分かっていたのに。

ずっと、思ってきた。

こんなことしか取り柄がないのが、あまりにも惨めで悔しい。

なのに――自分の本音から目を背けて突き進もうとしたから、罰が当たったのだ。

『ビガ、真実を打ち明けても何も失わないと約束します』

ハロルドが顔を覗き込んでくる――その近さと、頭が割れそうな苦悩で、もはや息をすることもできない。上手く誤魔化して、リーのもとに駆けつけなくてはいけない。抑制剤が切れたらあの子は大変なことになる。でも、思考は真っ白だ。彼の目を曖昧に見つめ返す。瞳孔の色味が、真冬のカウトケイノ川を思わせる。睫毛は、髪と同じ綺麗な金色だった。

真っ暗な夜空に浮かぶ、光り輝く月の道標。

『――どうかこれ以上、ご自身の心を犠牲にしないで下さい。あなたはもっと、自由になっても許されるはずです』

彼はあの時、誰にも気付かれなかったビガの心の奥底を見透かした。

多分、その瞬間に引きずり込まれたのだ。

この人のことをもっと知りたい、と思ってしまった。

「──あの時にあたしの本心を当てられたのも、『観察』のお陰だったんですか？」

思い出話に花が咲き、運ばれてきたシチューの皿がすっかり空になる頃──ビガがスプーンを置くと、向かいのハロルドは決まりが悪そうに目許を伏せる。

「不愉快に思われたのなら、申し訳ありません」

「全然！　ハロルドさんの特技だって分かってますから」実際、不愉快だとは感じていない。むしろ。「見破ってもらえて……何だか嬉しかったんです。その、自分でも分かっていなかったけど、本当は誰かに気付いて欲しかったんだと思います」

テクノロジーを拒んだ母が治るはずの病で死去した時、機械否定派でいることに疑問を覚えた。でも父を含め、周りの誰にも言えなかった。言えるような状況ですらなかった──そこから年を重ね、必然的にバイオハッカーの道を歩み始めたものの、何かがずっと嚙み合わないようで辛かったのだ。

ハロルドは一番最初に、そのことに気が付いてくれた人だった。

「もちろん、ハロルドさんにとってはお仕事の一環だったって分かってます」何だか急に気恥ずかしくなって、残っていた炭酸水を一口含む。「すみません、いきなり変な話をして……」

「とんでもない。私の言葉があなたの糧になったのなら、嬉しく思います」

「それは、もうすごく」ハロルドのことを真っ直ぐに見られない。「ええと、シチューおいしいですね！　あっ違う、おいしかったですね！」

「ええ、とても」

何だか、余計なことまで話してしまった気がする。

なのに結局、肝心なことは口にできていない。

――エチカとぎくしゃくしている理由を知りたい、だなんて。

やはり、踏み込みすぎだろうか？

間もなくシェフがやってきたので、ビガとハロルドは料理の礼を言って席を立った。レストランを出ると、時刻は既に午後九時を過ぎている――ラウンジは静まりかえっていて、チェックインカウンターは無人だった。壁に沿って並んだ椅子にも、やはり淡い埃が積もっている。

「ビガ、お部屋はガードナー捜査官の隣でしたか？」

「はい。ハロルドさんは捜査官と一緒ですよね」ただガードナーの部屋はシングルなので、彼は立った状態で休眠することになる。「やっぱり、もう一部屋取ってもらうべきですよ」

「我々は、ベッドで眠らずとも支障ありませんので」もちろん理屈の上ではそうだが、彼にはただですら不具合があるのだし、もっと丁寧に扱われるべきだろうに。「あなたもあたたかくしてお休み下さい。久しぶりにゆっくりお話しできて、とても楽しかったです」

ハロルドの微笑みは変わらず完璧だけれど、やはり何かが欠けている。

「あたしもです」ビガは笑顔を返しながらも、訊きそびれた質問がしこりとなっていた。「あの、ハロルドさん」切り出そうとして、迷いが生じる。「ええと……」

まごついていると、ユア・フォルマの通知が視界にポップアップした。

〈今、ホテルの駐車場にいる。少し話せないかな〉

ビガはわけもなく肩を跳ね上げてしまう――ハンサからのメッセだ。彼とはまだ和解しておらず、バンフィールドのホテルで別れたきりだった。会議の前にこちらからメッセを送ってみたものの、もう返信はこないと思っていたのに。

「どうなさいました、ビガ？」

「いえ」ビガは何とか頭を切り替える。「その……ハンサから連絡が。ごめんなさい、先に部屋に戻っていてもらえますか？」

ハロルドに断ってから、急ぎ足でエントランスへ歩き出す。そうしながらも、少しだけ胸を撫で下ろしていた――あのままでは、きっと行き過ぎたことを訊ねていたに違いない。

ハンサのジープは、雪が降りしきる駐車場の片隅でひっそりとアイドリングしていた。

「まだエノンテキエにいると思わなかったわ。てっきり、もう帰っちゃったのかと」

ビガが助手席に乗り込むと、ハンサは気まずそうに運転席に収まっている――カーステレオからは、何年も前に流行ったバラードが流れていた。深いピアノの音色と暖房の風が混ざり合うようにして、後部座席へ押し流されていく。

「帰ろうと思ったけど、ビガとちゃんと仲直りしていないから……」ハンサはもごもごと答える。「ごめん。大事な幼馴染みに対して、あの言い方はなかった」

「昼間のことならもう怒ってない」実際、怒りはとうに消えていた。ハンサにはハンサの立場や考え方があるのに、自分も幼稚だったと思う。「あたしこそ、無理を言って捜査に協力してもらったのに、ひどい態度だったわ。ごめんなさい」

「いや、君は全然悪くない。僕が子供だった」

「実際まだ子供でしょ？」

「これでももう十七歳だよ」

ビガが軽口を叩くとハンサはむくれたが、すぐにその頬が緩む。思えば、昔から喧嘩をする度にこうやって仲直りしてきたのだ——今日は何だか、思い出に浸ってばかりだった。

わずかな沈黙の隙間で曲が切り替わり、軽快なポップスが始まる。

「何て言うか」ハンサは、いつの間にか真顔に戻っていた。「ビガに……新しい生活があることを受け入れられなかったんだと思う。今更だけど、君がバイオハッカーをやめるって知った時も結構ショックで。これからも一緒に、大人になっていくと思ってたから」

「それは」ビガは一瞬、返事に詰まる。「あたしも、少し前まではそう思ってた。でも、夏にお父さんのことで色々あって……自分の生き方に嘘を吐けないって、分かってしまって」

バイオハッカーの道を捨て、心の底に秘めてきた望みを選び取ったことで、失ったものもある。ハンサとの関係も、そのうちの一つだ。後ろめたくなることがないとは言い切れない。

でも――後悔はしていないつもりだった。

「ビガはもう、カウトケイノに戻ってくることはないんだよね」

「そうね。ユア・フォルマユーザーになってるし……」

「あのアミクスと一緒に住むの？」

唐突に話が飛んだ。ビガは、豆鉄砲を食らったような顔になってしまう――ハンサは至って真面目な面持ちで、じっとこちらを見つめているではないか。

「ハロルドだっけ、君は彼が好きなんだろ？　あんなに分かりやすいのってないよ」

「だとしても、い、一緒に住むなんてそんないきなり」以前捜査で訪れたグリーフケア・カンパニーのシュシュノワが、アミクスと結婚していたことを思い出す。彼女のような暮らしには憧れるが。「まだ恋人ですらないのに、飛躍しすぎよ！」

「え、そうなの？」ハンサは怪訝そうだ。「それっておかしい気がするけど……」

「何が？」

「だって、アミクスは機械だろ？　ああ違うよ、悪い意味じゃなくて」ビガがつい眉を吊り上げたからか、彼は急いで訂正する。「僕は詳しくないけど、人間に従順で、その人が望むことをしてくれるんじゃなかったっけ？　だったら、気持ちを伝えればすぐ恋人同士になれると思うんだけど」

「…………何言ってるの？」

今度はビガのほうが、ハンサの言い分を理解できなかった――すぐに恋人同士になれる？　そもそも、ハロルドが自分を好きかどうかも分からないのに、何故そう言い切れるのだ？

多分、ハンサはこちらが言外に言いたいことを察したのだろう。

「いやだって」と、彼がこめかみを掻く。「向こうは人間の望みを叶える存在なんだろ？　もし拒否するようなことがあったら、ユア・フォルマユーザーたちの社会は滅茶苦茶になる」

「それは」ビガはだんだんと呑み込み始める。「量産型のアミクスはそうかも知れないけど、ハロルドさんは特別なの。ちゃんと意思や感情があるように見えるし――」

「見えるだけで、確認はしてないんだよね？」

「それは」

もし確認できるとしたらノワエ・ロボティクス社の人間であって、素人の自分ではない。そう言い返そうとして、これも間違っていると気が付いた。そもそも、誰にも確認できない。AIのブラックボックス問題が立ちはだかるからだ――AIが複雑になればなるほど、彼らがどのようなプロセスを辿って思考しているのかを、人間は客観的に観測できなくなっていく。

つまり仮にハロルドの意思を証明できたとして、『意思や感情があるという設定』と言い表すのが、現状の限界だということになる。

ビガ自身、そのことをこれまで考えてこなかったわけではない。

ただ――彼は他の量産型アミクスはもちろん、シュシュノワの夫だったベールナルドとも違う、本当に特別な何かのように思えてならなかった。実際、ハロルドはかなり『高性能』なのだと聞いている。それが具体的にどういう意味なのか、自分は詳しく教えてもらっていないが、とにかく一般的なアミクスとは違う。そのことだけは、いつも肌で感じる。

我ながらあまり論理的ではないが、かといって理屈だけが全てとも限らないはずだ。

「とにかく、ハロルドさんにはちゃんと心がある。一緒にいて分かるの」

「でも証明できないんだよね」ハンサは、何だか急に知らない男の子のように見えた。「ビガがそう思うなら、尚更早く気持ちを伝えたほうがいいよ」

「それは、ハンサが決めるようなことじゃないでしょ」

「決めるようなことだ。だから、その」少年はしかめ面で目を逸らし、唇を噛む。「もし上手くいかなかったら、もう遅いかも知れないけど……僕とのことを考えて欲しい」

それが遠回しな告白だと気付くまでに、やや時間を要した。

ビガは茫然と、ハンサの面立ちを凝視する。そばかすの散った彼の頬が赤くなり、露骨に首を背けた。「ごめん、もう帰らないと父さんにばれるから」ハンサは早口にそう言って、ビガを車の外へ追い出すのだ――言われるがまま駐車場に降り立ったビガは、逃げるように走り去っていく幼馴染みのジープを見送ることしかできない。

確かに彼は、昔から自分を慕ってくれていた。

でも——それが恋心だとは、考えもしなかった。

それからどうやってホテルの自室まで戻ったのか、あまりよく覚えていない。ベッドに入ったあとも、ハンサのことやハロルドの問題がぐるぐると頭の中で渦巻いて、なかなか寝付けなかった。どうにかこうにか浅い眠りを貪っていたら、明け方を迎えている始末だ。

午前六時を回ったが、カーテンの外には依然として重い闇が垂れ込めている。

ビガは寝不足の視界で、ユア・フォルマの新規メッセを確認した。トトキから特別捜査班全員に宛てて、バンフィールドたちの検死結果が共有されている——どうやら検体を積んだ輸送用ドローンは、予定よりも早く、無事にペテルブルクに到着したらしい。

〈——二名のうち一名は、他四名と同じく急性心不全。バンフィールドの死因だけが異なり、感染症により引き起こされた免疫暴走による多臓器不全と診断された〉

当初、ハロルドが推理した通りだが。

〈また検査センター到着時、輸送用ドローンのブレード部分に人為的損傷あり。犯人は不明だが、意図的な妨害工作と推測される。バンフィールドの件は追加情報を追って共有する〉

——つまりバンフィールドは、たまたま重い風邪で死んだのではないということか？

働かない頭で何度かメッセに目を通し、ビガは薄ら寒いものを覚えた。

4

「輸送用ドローンの人為的損傷というのは？」

米国ペンシルベニア州フィラデルフィア——エチカとフォーキンを乗せたシェアカーは、スクールキル川をなぞるようにハイウェイを走っていく。通りがかった市立公園内の人工的な緑は、サンモリッツで見た大自然とはかけ離れていた。頭上の空は淀み、羽虫の大群の如く配達ドローンが飛び交う。あれだけいてもぶつからないのだから、もはや曲芸だ。

「共有した画像のブレード部分を拡大してみろ、銃弾が掠めたような傷がある」フォーキンが、ステアリングを取りながら言う。「飛行高度の記録からして、森林地帯を通過中に狙われた可能性が高いそうだ。かなり穏便に解釈すれば、射撃愛好家が鳥と間違えたんだろうが」

エチカは、ユア・フォルマで展開した輸送用ドローンの撮影画像をズームした——飛行時に使用するブレードの一枚に、細い擦過痕が見受けられる。仮に犯人が射撃愛好家だとして、日の出前に活動するとは考えにくい上、飛行速度の早いドローンを野鳥と見間違えるのは難しいだろう。

何者かが意図的に、ドローンを撃ち落とそうとした？

「もしこれが『同盟』の仕業なら、彼らにとって検体の採取は不都合だったということでしょうか」エチカは画像を閉じる。「『同盟』は死亡した出資者たちを何らかの方法で監視していて、わたしたちの行動を把握した？」

「トトキ課長のメッセを見るに、大方その通りだろうな」

フォーキンが言っているのは、今朝方トトキから送られてきたメッセージのことだ。

〈バンフィールドの検体の件で進展があった。住所を送るからフィラデルフィアへ飛んで〉

エチカは飛行機の機内で寝違えた首を揉みながら、簡潔な指示を読み返す——これを受け取った時、自分とフォーキンはスイスのチューリッヒ国際空港にいた。ペテルブルク行きの便に今まさに乗り込もうとしていた矢先、指令を受けたのだ。

「普通に考えれば、米国内の支局からフィラデルフィアに人を寄越せばいいはずだが」フォーキンはいつの間にか、スイス土産のチョコレートを囓っている。「俺たちは夕べ臨時会議に参加して、あとは午前中の便でペテルブルクに帰るだけだった。それが、何でこうなるんだ？」

言いたいことは分かる。

「課長に訊く必要がありますが、わたしたちでなければいけない理由があるとか」

「だといいが。もし、『あなたたちがいるスイスから、フィラデルフィアまでの直行便があったからよ』なんて言い出したらどうする？」

トトキの場合は有り得る。「それより、お土産を食べ過ぎないで下さい」

エチカが目を細めると、フォーキンはぎくりとしたように、チョコレートの箱に伸ばしかけていた手を引っ込めた。何となく嫌な予感がして多めに買っておいたのだが、正解だった。

彼が咳払いする。「目的地は、ラファイエット・ヒルにある衛生研究所だったか？」

「ええ。ただ課長が送ってきた住所をマップで検索すると、リハビリ施設が出てきます」

「課長が住所を間違えていないのなら、偽装工作か」フォーキンは苦虫を噛み潰したようになる。「まさか、極秘の軍事研究施設とかじゃないだろうな？」

「何とも言えませんが、物々しいことに間違いはないかと」

思えばバンフィールドの感染症について、未だに具体的な病名は共有されていない。何故ここにきて、捜査局とは縁もゆかりもないフィラデルフィアの衛生研究所を訪ねる羽目になるのか。トトキにメッセで問いかけたが返事はなく、忙しいのか電話も繋がらない。ますます不穏だ。

エチカは嫌な予感を打ち消そうと、ダッシュボードから栄養ゼリーを取り出す。今朝、空港のキオスクで買ったものだ。パウチの封を切ると、フォーキンの呆れた眼差しを感じる。

「どうせならチョコを食えばいいんじゃないか？　絶対こっちのほうが美味いぞ」

「何度も言いますが、ビガたちへのお土産です」エチカはチョコレートの箱を一瞥する。仮に土産ではなかったとしても。「今は……あまり甘いものを食べたい気分ではないので」

――『電索官。ストレスには煙草も効きますが、私としては甘い物がおすすめです』

いつぞや、彼が掌に載せて差し出したのもチョコレートだった。

昨夜の会議で見た、ハロルドの姿を思い起こす——画面越しだったからか、その姿を目にしても思いのほか動じずにいられた。このまま順調に、気持ちを切り替えていければいい。

きっと、上手くやれる。

ラファイエット・ヒルは、スクールキル川に沿って北上した先——自然公園やゴルフ場に囲まれた小さな町だ。フィラデルフィア中心部の喧噪とは無縁で、穏やかな空気が流れている。

目的地である『リハビリ施設』は、町外れに建つ古ぼけた平屋だった。マップに依れば、建物は凸凹とした十字のようなデザインで、敷地内を一周する私道が敷かれている——入り口のガラス扉には板が打ち付けられているが、駐車場には数台の車が停車していた。看板のマトリクスコードを読み取る限り、リハビリ施設としては封鎖されて久しいようだ。

本当に、ここで合っているのだろうか？

エチカとフォーキンは怪訝さを隠しきれずに、シェアカーを降りたのだが。

「——予定通りね。迷わずに来られたみたいでよかったわ」

建物脇の私道を、颯爽と人影が歩いてくる。エチカは静かに仰天してしまう——いつものグレースーツをまとった、他ならぬウイ・トトキ課長だったのだ。弛みなくまとまったポニーテールが、午前十時過ぎの冷えた風になびいている。昨晩の臨時会議ではリヨン本部にいたはずだし、何より連絡がつかなかったのに。

「課長？」フォーキンも面食らっている。「いらっしゃるだなんて聞いていませんよ」

「立て込んでいたの。いきなり無理を言って悪かったわね」トトキの詫びには、全く心がこもっていなかった。「メッセでも伝えたけれど、バンフィールドから採取された検体の解析結果に問題があった。あなたたちにここへ来てもらったのは、局長から要請があったからよ」

エチカはわけがわからない。「どういうことですか？」

「二人ともファラーシャ・アイランドで思考操作事件の現場に居合わせて、当時の状況をよく知っている。私もこれから詳しい説明を聞くけれど……とにかく、中で話しましょう」

彼女はいつにも増して表情が硬い——歩き出すトトキの背中を追いながら、エチカはフォーキンと視線を交わす。たやすく戸惑いを口に出せるような雰囲気ではなかった。

黙ってついていくしかない。

トトキが向かったのは、建物の西側にある裏口だ。正面同様にガラス扉だが、やはり内側から板が打ち付けてある。一見、廃墟にしか見えない——中に入ると手狭なエントランスがあり、最新式のセキュリティゲートが設置されていた。警備アミクスが立っており、銃を預けるよう要求される。トトキとエチカは丸腰なので、フォーキンだけが従った。

物々しいセキュリティゲートを抜け、エレベーターで地下一階に降りる——内装からして、かつて屋内テニス場として利用されていたらしい空間が出迎えた。今やテニスコートはなく、入り口付近はオフィスに改装されている。パーティションで仕切られた奥に、研究設備らしき機器類が見て取れた。行き交う職員たちは皆、ラボコートやスーツといった出で立ちだ。

エチカは平静を装いつつ、忙しなく目を走らせてしまう。

確かにここはリハビリ施設ではなく、れっきとした研究所のようだが。

「ミラー室長、うちの捜査官たちが到着しました」

トトキが呼びかけると、オフィスのデスクに着いていた中年の黒人男性が振り返る。しわのないラボコート姿で、縁の厚い眼鏡が几帳面そうな目許を囲んでいた。

〈グレイソン・ミラー。五十九歳。米国国防総省・国防高等研究計画局フィラデルフィア衛生研究所、感染生物学研究室室長。Ｓ－Ｄパンデミック当時、ペンシルベニア州臨時感染症対策チームに所属。元バウムガルトナー医療開発研究所『ニューラル・セーフティ』開発室直属分科会メンバー……〉

ずらりと並ぶ経歴に、エチカは無言で圧倒される。どうやらフォーキンの読んだ通り、本当にここは『極秘の軍事研究施設』らしい——パンデミック時に活躍した研究者は多数いるが、まさかニューラル・セーフティ開発室の分科会に参加した人物とは。

ニューラル・セーフティは、ユア・フォルマの謂わば前身となったスレットデバイスだ。約三十二年前のパンデミック当時、多くの感染者が脳炎によって命を落とす中、脳に直接埋め込む革命的な医療用デバイスとして、人々に希望の光を与えた。

「ご足労いただきありがとうございます」ミラーは気さくにエチカたちと握手を交わし、トトキを見た。「ＮＳＡの担当者も、今し方到着したところです。ブースにご案内しますよ」

ミラーに連れられていった先は、ロッカールームを改装した会議室だった。室内の中央に、磨り（す）ガラスで立方体を作り上げたような『箱（ブース）』が設けられており、部屋全体が入れ子構造になっている――ブースの扉をくぐった途端、ユア・フォルマの警告がポップアップした。

〈現在、ネットワーク環境が見つかりません。オフラインに移行します〉

エチカはただちに理解する。この『箱』はどうやら、外部からの通信を遮断するための装置らしい。つまりここは、盗聴防止を目的とした特別室ということか。

かなりきな臭くなってきた。

緊張が、背筋を押し固めていく。

「あら、随分と若い捜査官たちね。研修生を連れてきたのかしら？」

『箱』の中――楕円（だえん）を描くテーブルに、二つの人影が着いている。こちらを皮肉ったのは、ビビッドカラーのスーツを着こなした女性のほうだった。トトキと同年代だろうか。プラチナブロンドに染めた髪が華麗に跳ねており、距離を取っていてなお、香水の匂いが鼻をくすぐる。

「お待たせしました」トトキは動じることなく近づいていく。「電子犯罪捜査局本部電索課のウイ・トトキです」

ネットワークから切断された今、自己紹介は口頭でおこなわなくてはならない。

「どうも、アメリカ国家安全保障局（NSA）のクックよ。フィラデルフィアへようこそ」

エチカは耳を疑う。国家安全保障局（NSA）――こちらも米国国防総省（ペンタゴン）が管轄する、米国屈指の情報機関だ。かつては存在を秘匿されており、今現在も実態の大半は闇に包まれていると聞く。

当然、電子犯罪捜査局とは何の関わりもない。

なのに——一体どうして、ＮＳＡが首を突っ込むような事態になっているのだ？

「よく来てくれた、ヒエダ電索官。フォーキン捜査官も」

テーブルに着いていたもう一人が開口する。ロマンスグレーの髪が似合うドイツ人男性だが、その顔はひどく見知ったものだ——電子犯罪捜査局のロルフ・シュロッサー局長だった。五十四歳にしては若々しく、紺のスーツが風格のある容姿に華を添えている。彼は捜査官から叩き上げで今の地位に上り詰めた人物で、エチカが入局した当時からその座に就いていた。

つまり、自分たちにとって最高位の『ボス』である。

確かにトトキは「一人で来た」とは言わなかったが、まさか局長が一緒だとは——ＮＳＡと対話するとなれば、彼が出てくることも頷ける。しかし、滅多にない状況なのは確かだ。

「局長」とトトキ。「ヒエダたちは、何故自分がここに呼ばれたのかを知りたがっています」

「まず、ミラー室長から経緯を説明してもらったほうがよさそうだ。頼めるかな」

シュロッサーに手振りで促され、エチカたちも着席する。ミラーが、ブースの片隅に用意されていたホロプロジェクターを起動した。彼が手にしたタブレット端末の画面が、テーブル上に描き出されたブラウザと連動し始める。

最初に表示されたのは、ロシア語圏フォーマットの検体検査結果だ。

「バンフィールドから採取された検体の検査結果です」早速、ミラーが説明を始める。「サンクトペテルブルクの臨床検査センターは、彼が重複感染を起こしていたと見なしています。スポアウイルスを始め、複数のウイルスの陽性反応が出たとのことで」

——スポアウイルスだって？

「終息したはずでは？」エチカは思わず口を挟む。「スレッドデバイスの普及で感染が起こりにくくなって、今では罹(かか)る人のほうが珍しいはずです」

「ええ。ですが途上国では、今でも年間一万人ほどの死者がいます。ユア・フォルマユーザーの生活圏ではほとんど報道されませんが」メディアに対する最適化(パーソナライズ)の影響もあるだろうが、それほどの死亡者が出ていることは初めて知った。「公衆衛生上の観点から、ユア・フォルマユーザーがそうした国に渡航することは禁じられています。ですので……そもそも検査センターの見方が誤っていた。バンフィールドが起こしたのは、重複感染ではありません」

「先に結論を言って」クックが苛立(いらだ)たしげに息を吐く。「こっちは暇じゃないのよ」

彼女の歯に衣着せぬ物言いに、ミラーは眉をひそめつつもプロジェクターを操作する——画面が切り替わり、ウイルスの構造が図形として表示された。万華鏡(まんげきょう)の幾何学模様をくり抜いたかのように芸術的な描かれ方で、門外漢のエチカにはさっぱり理解できない。

ただ、雰囲気として摑(つか)めるのは。

「単体のウイルスとしては、何というか、ものすごく複雑に見えますが……」

何気なく呟くと、全員がこちらを振り向いた。エチカがうっかり声を発したことを後悔したのも束の間、ミラーが「そうです」と深刻に頷く。

「重複感染が起きたのではなく、ウイルス自体が複数のウイルスのゲノムを組み合わせて作られたものだった。我々の世界では、分かりやすく『キメラウイルス』と呼びます」

沈黙が落ちる。

ミラーの言い方では、要するに。

「これは人為的に製造されたウイルスで、感染者を極めて迅速に死に至らしめるためのものです。生物兵器としての用途を想定して作られたと考えるのが妥当でしょう」

生物兵器。

エチカは静かに肝が冷える——生物兵器の目的は、人や動物へ意図的な細菌感染を引き起こすことだ。たとえばここ米国では過去、テロリストによってワシントンDCを含む各地で炭疽菌がばら撒かれる事件があり、相当数の死者が出た。他にも世界を見れば、ウイルスを利用したテロは決して少なくない。かつては、各国の正規軍が開発していた時代もあったそうだが。

「だとしても、バンフィールドは一体どこで感染したんですか？」

「日常生活の中でウイルスを吸入する場面は沢山考えられます。ただもしバンフィールド個人が狙われたのなら、原初的な手法ですが、物理的な郵便物の可能性が最も高いかと」

「バンフィールドの所持品から、そのようなものは見つかっていません」トトキは冷徹なままだ。「それ以前に、生物兵器の製造は国際条約で禁じられているはずでは？」

「それが答えよ。たとえばテロリストならジュネーブ議定書を守る理由はない」クックが素っ気なく言い、「『糸のない自由国家(TFC)』について、電子犯罪捜査局はどこまでご存じかしら？」

　糸のない自由国家(TFC)——その名前はテロ組織の一つとして、エチカもアカデミーの研修時代に耳に挟んだことがある。確か中東サウジアラビア領土内において、反政府組織が一方的に樹立を宣言した自称独立国家だ。構成員は原理主義者が主で、信教を理由にスレッドデバイスを拒んだ人々を巻き込んで始まったとされている。ただ近年では消極思想者を中心に、外部からの移民も積極的に受け入れており、創設時の理念は霞(かす)みつつあるはずだ。

「彼らが機械否定派と異なる点は、ユア・フォルマのビジネスを胡散臭(うさんくさ)がっているだけで、テクノロジー自体には賛成していること」とクック。「TFCはユア・フォルマに替わる代替デバイスの開発を試みて、反米主義の某国と手を組んだ。確認は取れていないけれど、実際に開発に成功したという噂(うわさ)もある。ただ今では上手(うま)く懐柔されて、後ろ暗い兵器生産工場の役を押しつけられているわ」

　更に言えば——一方的に独立を宣言したTFCは、数十年にわたりサウジアラビア政府と冷戦状態にある。一時は武力を用いた内戦に発展したが、膠着(こうちゃく)が長く続き、睨(にら)み合(あ)いに移行したのだそうだ。

「国家安全保障局(私たち)はTFCを、反米主義国家を支援するテロ組織として監視してきた」クックは自身のタブレット端末を取り出して、ミラーに手渡す。「彼らは日常的に多分野の兵器を開発している。支配地域内の学校やショッピングモールを、製造工場に改造してね」

「証拠は？」シュロッサー局長が問う。「何か摑んでいるのなら、共有してもらいたい」

「重要機密案件よ、幾らあなた方でも全ての資料は渡せない。ただ、これだけは許可が下りたわ――ミラー室長？」

　クックが呼びかけるのと同時に、ミラーが彼女の端末を操作し、デスクのブラウザが複数展開する――描き出されたのは、何れもウイルスの構造図だ。先ほどのキメラウイルスと類似した幾何学模様まがいのそれが、美しいまでの禍々しさを伴って視界を彩る。

「これはうちの工作員が、ＴＦＣ内に潜入した際に入手したものよ」クックの赤い唇が艶やかに動き、「奴らには、キメラウイルスを大量製造する手段があるとだけ言っておく」

　――『だが国家にとっては願ってもないシステムだ』

　トールボットの言葉が蘇る――『同盟』は国家を相手に、思考操作システムを取引しようとしている。テロ組織であるＴＦＣを国家と呼べるかは怪しいところだが、彼らが自称している以上、『同盟』と関わりがある線は捨てきれない。あるいは、ＴＦＣ自体を『同盟』と考えることもできるだろう。

　何にしても。

　もはや、バンフィールドが『同盟』によって意図的に殺害されたことは、疑いようがない。

「要するに」シュロッサー局長の眉間の皺は深い。「TFCを調べることができれば、『同盟』に関して相応の手がかりが見つかるかも知れん」

「では」トトキが神妙にクックを見た。「我々は、米国国家安全保障局と協力を？」

「ええ、たった今終わったけれど」クックは細い眉を上げる。「サウジアラビア政府は米国の内政干渉に神経を尖らせていて、ホワイトハウスもこの件に関しては慎重に事を進めている。あなたたちの横槍に対応するのは、これが最初で最後よ」

クックはそう言い切ると、自身の役目は終わったと言わんばかりに席を立つ。もとより相当忙しいのだろう——シュロッサー局長が礼を述べたが、彼女は振り返ることもなくブースを出ていった。ミラーがやや慌てたように、クックの後を追いかける。

それきり、耳鳴りのするような静けさが降ってきた。

ブラウザに残されたウイルスの幾何学模様だけが、緩やかに煌めき続けている。

——単純に受け止めれば、道が開けたように思えるが。

エチカはテーブルの下で、腿に爪を立てる。トトキとフォーキンの顔つきを見る限り、自分と全く同じことを言いたいに違いない——仮にTFCと『同盟』に繋がりがあるとして、相手は暫定上のテロ組織だ。一捜査機関が相手取るには、少々荷が重い。

そもそも、どうやって手を付けるつもりなのか？

「TFCが『同盟』と関係していて、なおかつ代替デバイスの開発に成功しているとしても、だ」こちらの気を知ってか知らずか、シュロッサーが続ける。「そもそも、思考操作システムが実在しないという結末も有り得るわけだが……『同盟』が巨悪なことに変わりはない」

「信じたくないお気持ちは分かります」トトキが口を開く。「ですが、ここにいるフォーキン捜査官も含めて、大勢が被害に遭いました。ヒエダも現場を目の当たりにしています」

「そうらしい。だからこそ、私は君たちにこの件を頼みたいわけだ」

それが、自分たちがフィラデルフィアへと呼び寄せられた理由か。

「もちろん事件解決のために尽力しますが」とトトキ。「バックアップが必要です。たとえば、サウジアラビア政府か警察機関が後押ししてくれるのなら、こちらも動きやすいですが」

「私もそう考えて連絡を取ったが、暗に却下されたよ。彼らにとっては仮にも冷戦相手だ」

「ではどうしろと？」

「ミズ・クックに依れば、TFCは支配地域内に住む現地民のために、NGOによる支援を受け入れている。国際社会において、人道的なイメージをアピールする狙いもあるだろう」

その迂遠な話し方に眉を寄せたのは、エチカだけではなかった。

「ということは」フォーキンが億劫そうに押し出す。「NGOに捜査への協力要請を？」

「ああ、既に快諾してもらった。君たちには、NGO職員に混ざって現地に潜入してもらう」

——あまりにも体当たり過ぎやしないか？

エチカとフォーキンはもちろん、トトキも分かりやすく固まる。だが、シュロッサーの瞳に迷いはない。それどころか、確固たる意志が滲み出ていた――確かに外部機関を頼れないとなれば、もはや打つ手が限られることは理解できる。加えて、TFCの背景はあまりにも複雑で、正面切って介入することは難しいのが実情だ。

「ヒエダ電索官、今度こそ規則を遵守して挽回してくれ」局長はそうして、釘を刺すようにトトキを見据えた。「トトキ捜査官、君の威信をかけて臨むように。必ず成果を挙げて欲しい」

「…………承知しました」

さすがのトトキも、大人しく顎を引くより他にない。

幸か不幸か、シュロッサーの判断に異を唱えられる人間は、この場にはいなかった。

第二章——謀略
YOUR FORMA
FML

1

『糸のない自由国家』への潜入決行日は、皮肉にも晴天だった。

〈ただいまの気温、十八度。服装指数D、夜間との寒暖差に注意して下さい〉

アル・バーハは、サウジアラビア南西部に位置する高山都市だ。サラワート山脈に寄り添うこの地域は、低地の高温とは無縁で、十分な湿度と過ごしやすい気候に恵まれている――NGO『国際FLM財団』の活動拠点は、町外れの荒野に並んだキャンピングトレーラーの群れだった。簡易フェンスで囲われた敷地に、全幅十五メートルを超える米国製の大型トレーラーがずらりと並んだ光景は、なかなかに壮観だ。ここでは、世界各地から派遣された百人近い職員が寝起きし、日々の支援活動に励んでいるらしい。

「ヒエダさんが黒以外の服を着る日がくるなんて……あたし、感激してます」

「職員用のジャケットが白いだけでしょ」

敷地内に設置したタープテントの下――呆れるエチカに構わず、ビガは満足そうに頷いている。着込んだばかりのナイロンジャケットには財団のエンブレムが入っており、首から提げた身分証はもちろん偽物だ。周囲では、同じく潜入のために派遣された十人余の特別捜査班員たちが、ジャケットに着替えたり携帯小型カメラが動作するかどうかを確認している。

シュロッサー局長が潜入命令を下してから、早三日。

トトキが選(え)りすぐった少数の特別捜査班員たちは、ようやく『糸のない自由国家(TFC)』の重要拠点であるアル・バーハの外れ――支配地域との境界付近に到着したところだった。米国国家安全保障局のクックから共有された情報によれば、アル・バーハは主に生物兵器を含めた各兵器の製造拠点とされているらしい。

あまりにも滅茶苦茶(めちゃくちゃ)な状況だが、こうなってくるともはや四の五の言っていられない。

「午前八時を過ぎたら、職員たちが支援物資を積んで町に出発するそうなので、ヒエダさんたちも一緒に紛れ込む形です。あと十五分くらいですね」ビガが、ユア・フォルマで表示した計画内容を読み上げる。「町に入ったら、ヒエダさんたちは決められた目的地に移動して、『同盟』への手がかりを探して下さい」

「了解」エチカは鼻から息を抜く。「きみには司令官の才能もありそうだ」

「実際、今日は『司令官』でいるしかないですから」ビガは悔しそうに眉尻を下げた。「あたしも一緒にいくつもりでいたんですけど、まだ正式な捜査官じゃないからだめだって」

「――トトキ課長はかなり譲歩したほうだと思うぞ。ここまで同行を許されたんだからな」

エチカとビガが振り向くと、フォーキン捜査官がいた。こちらのやりとりを聞いていたらしい彼は、上半身に装着したショルダーホルスターに、自動拳銃(フランマ15)を収納したところだ。

「分かってます。要するに心配してるんですよ！」

「NGO相手の検問はかなり緩いそうだ。特に国際FLM財団は昔から関わっているから、顔触れが入れ替わっても大して気にされないんだと」フォーキンはナイロンジャケットに袖を通す。ジッパーを閉めると、ホルスターは完全に隠れて見えなくなる。「とにかくビガ、あんたはスイス土産でも囓りながら気楽に待ってろ」

「子供扱いして」ビガが頰を膨らませる。「全部食べちゃいますからね、チョコレート」

駐まっていたトレーラーのドアが開き、通信設備担当のガードナー捜査官がビガを呼ぶ。彼女は渋々きびすを返し、歩いていく——ガードナーは、ロンドン支局特別捜査班の班長で、ロビンフラッター社CEOの息子らしい。先日もビガたちに同行したと聞いた。

「俺たちが身につけた小型カメラの映像が、あのトレーラーに届くそうだ」フォーキンが顎でそちらを示して、「謂わば通信本部だな。ヒエダ、カメラの用意は？」

「まだこれからですが——」

「お持ちしましたよ、ヒエダ電索官」

両肩がこわばった。

エチカはそろそろと首をめぐらす——タープテントに入ってきたのは、恐ろしく端麗に作り込まれたアミクスだ。溢れかえったナイロンジャケットの中で、ワックスでまとめられたブロンドの髪と身綺麗なシャツは、ひどく浮いて見える。

ハロルドと合流したのは、サウジアラビアへ出発する直前だった。

一ヶ月ぶりに彼と再会した時は、一瞬逃げ出したくなったものの、冷静に挨拶することができたと思う。ただ、ドバイでの諍いや不具合で補助官を降りる件については、一言も触れていない――触れる必要さえないと分かっているからだ。

互いの意図は、わざわざ語らずとも十分に理解している。

距離を置くべきだという答えが出ているのなら、もはや取り立てて話し合うこともない。

自分で選択したにもかかわらず、その事実がじわりと心臓を穿つ。

「ありがとう」エチカはなるべく自然に、ハロルドからカメラを受け取った。「ガードナー捜査官と一緒に、通信設備の準備をしているんじゃなかった？」

「ご自身でやると言って聞かないので、任せました」ハロルドもまた、何事もなかったかのように平然と答える。「彼はウェブ監視課ですし、その手の知識には富んでいるのでしょう」

「俺たちのカメラ映像はちゃんと補助官が確認してくれ。不具合が悪化しない範囲でな」

フォーキンがハロルドに念を押す――実はハロルドも、ビガと同じく待機組だ。アミクスかつ特徴的な容姿の彼は、NGO職員に扮するには目立ちすぎる。

「もちろんです」ハロルドが顎を引く。「それと捜査官、今は『捜査補佐アミクス』ですよ」

「ああ……悪い、ハ、ハロルド」彼は気まずそうに訂正し、「そういやビガから聞いたぞ。フィンランドでガードナー捜査官に手を焼いたんだって？」

「ええ。ビガが貸したニット帽がなければ、今頃彼はここにはいなかったでしょう」

「皮肉か？」

「とんでもない。私には、人間を尊敬するための敬愛規律があります」

たちの悪いジョークに、エチカはひやりとする。もちろん、ハロルドの『正体』を知らないフォーキンは笑い返しただけだ。間もなく彼は他の捜査官に呼ばれ、急ぎ足で離れていく――途端に、風と混じり合う喧噪が大きく膨らんだように思えた。

沈黙が、ずっしりと背中にのしかかってくる。

「それで」エチカはまごつく。「カメラは、胸ポケットに隠すんだった？」

「ええ。ポケットの表面に小さな穴が空いていますので、そこにレンズを固定して下さい」

ハロルドに言われた通り、親指の爪ほどのカメラをナイロンジャケットのポケットに仕込む――アミクスはまだ立ち去らない。何か言うべきではないのか、という考えが頭をもたげ始める。諍いや不具合についてではなく、もっとけじめという意味での、何かを。

喉元まで決意はせり上がってきているのに、唇を動かすまでに随分とかかる。

「……ルークラフト補助官」

「捜査補佐アミクスです」

「そうだった」エチカはうろたえる。「その……同僚同士、これからもいい仕事をしよう」

我ながら、呆れるほどありきたりで薄っぺらい言葉しか出てこない。

同時に胸の奥で、ガラス瓶の中に閉じ込めた感情が疼く。

――早く、何もかも平気になってくれないだろうか。


「はい」ハロルドは、変わらず穏やかに微笑んでいた。「お互いに最善を尽くしましょう」

瞬間、エチカは名状しがたい違和感を覚える――今のハロルドの振る舞いは、強いて言うなれば量産型アミクスにとても似ていた。完璧に計算された角度の、好意的な笑み。意思や感情から切り離された、ただのハリボテ。

とても、ＲＦモデルのものとは思えない。

彼の表情はもっと人間らしく、驚くほど繊細で豊かだったはず。

思わず、問いかけが口をついてしまう。「それも、不具合の演出の一環？」

「といいますと？」アミクスが首を傾げる。「何のことでしょう」

「いや、だから……」

「――ヒエダさん、トトキ課長が呼んでいますよ」

近くにいた、若い女性捜査官が教えてくれる――リン電索官だった。リヨン本部特別捜査班所属で、暗い色の髪を編み込んだ中国系アメリカ人だ。エチカが本部電索課で働いていた頃から、時々顔を合わせていた後輩だが、個人的に話をした記憶はほとんどない。

視線を移すと、確かに、テントの外からこちらを見ているトトキの姿がある。

「愛猫を連れてきていないんですよ、遠征なのに」とリン。「ぴりぴりしてるから急いで」

「すぐに行く」エチカは短く言って、ハロルドに目を戻す。「ええと、それじゃ」

「ご活躍を期待しています、ヒエダ電索官」

ハロルドの機械的な笑顔に見送られ、エチカは急いでその場を離れる。足早にトトキのもとへ向かいながらも、自己嫌悪がふつふつと湧き上がってきた。

――何故、あんな質問をしてしまったんだ？

ハロルドの変化が不具合を演出するためのものかどうか、知ってどうするというのか。彼はもう、自分の補助官でも何でもない。単なる同僚同士であり、ましてや距離を置いているのなら、訊ねるべきではない――なのに、今までの癖でうっかり問うてしまった。

奥歯を噛みしめる。

彼のほうは何の苦もなく、『距離を置く』というタスクを実行しているように見えた。

エチカ自身も、オンライン越しにハロルドと対面した際は、きっと大丈夫だと思えたのに

――どうやら自分はどこまでも人間で、アミクスのように切り替えが早くないらしい。

もっと、気持ちをきつく閉じ込めなくては駄目だ。

固く、固く、栓をしなくては。

「ヒエダ、あなたたちには居住区域の調査を割り振ったんだったわね」

エチカが近づいていくなり、トトキが開口一番に言う――彼女もまたナイロンジャケットを羽織り、自動拳銃に弾倉をはめ込んでいた。長い髪は後頭部で団子状にまとまっている。

「ええ」エチカは問い返す。「何か変更が？」

「いいえ、そうじゃない。私もあなたと一緒に現場へ出ることにした」

思わぬ申し出に、つい目をしばたたく。「どういうことですか？」

「人手が多いに越したことはないでしょう。個人的にも、できればじかに支配地域内を見ておきたい」トトキは淡泊に話し、銃をショルダーホルスターに入れる。「現場から指揮を執ることになるから、状況に応じて補佐してもらえる？」

エチカは驚きも露わに、まじまじと上司を見つめてしまう――フィラデルフィアで、シュロッサー局長から直々にプレッシャーを掛けられたことが、相当効いているのだろう。出資者の線が潰えた今、ＴＦＣは『同盟』への唯一の手がかりだ。失敗は有り得ない。

改めて、荷の重さを痛感させられる。

「分かりましたが、それなら通信本部の管理はガードナー捜査官に？」

「もとはウェブ監視課だそうよ、問題ない」彼女はそうして、ジャケットのジッパーを上げた。「出発の時間が近いわ。言うまでもないけれど、自分の安全にも留意して。いいわね」

エチカは深く頷き、わずかに残っていた感傷の残滓を振り落とす。

どうあれ、乗り切るしかない。

アル・バーハの町は、静かに荒廃していく最中だった。

エチカたち特別捜査班は、ＮＧＯ職員たちに紛れて数台のバンに乗り込み、無事に検問を通過した。フォーキンの話通り、ほとんど体裁だけといっていい——支援物資を積載した小型トラックとともに、支配地域内に突入する。しばらくは隊列を組んで走行していたが、分かれ道を経て分散し、それぞれの目的地を目指していく。

エチカとフォーキン、トトキを乗せたバンはサラワート山脈と併走するように北へ進み、現地民の居住区域へ向かう。汚れたウィンドウ越しに、老朽化した街並みが飛び去っていく——廃業したショッピングモールは、色褪せた看板を掲げて時を止めていた。たびたび、小銃を抱えたTFC構成員が巡回している。通行人は現地民の他、少数ではあるが明らかな移民も目に付いた。お世辞にも身なりが綺麗とは言えない人々ばかりだが、目立った争いは見受けられず、和やかな日常が流れている。

「移民は、TFCの理念に賛同した消極思想の人たちよ」隣のトトキが教えてくれる。「ユア・フォルマの代替デバイスを望んでいる彼らにとって、ここは理想郷なんでしょう」

「だからといって、テロ組織の支配地域に移住するというのは理解に苦しみますが……」

ただ『支配地域』という呼称からして、もっと物々しい雰囲気を想像していた。蓋を開けてみれば武装した構成員を除き、単に貧しい田舎町という印象だ。

クックは、彼らが生活拠点の建物を兵器生産工場に改造していると話していたが。

「——ええ、通信状況は良好よ」トトキが、通信本部のガードナーと連絡を取り合う。「現地に到着したら複数音声通話に切り替えて。カメラのテストも今のうちに——」

「ヒエダ、油断するなよ」前のシートに座っていたフォーキンが振り向くので、エチカはぎくりとした。「機動隊を引っ張ってこられなかったんだ、警戒は絶対に怠るな」

電子犯罪捜査局には、万が一の事態に即時対応するための機動隊が存在する——通常の警察機関が有する特殊部隊よりも小規模で、装備も必要最低限だが、それでも頼りになる。しかし今回に限っては、シュロッサー局長が派遣を許可しなかった。

「サウジアラビア政府からの圧力があったそうですね。情勢の混乱を避けるためでしたか？」

「仕方ない。もっと言えばこの地域自体、本来はうちの『管轄外』らしいからな」

やがて、自分たちを含めた数台のバンと小型トラックは、山の麓に広がる居住区域に到達する。空き地と称して差し支えない駐車場を見つけて、緩やかに停車した——職員らが続々とバンを降りて、手際よく小型トラックから荷下ろしを始める。

間もなく、各地に散らばった班員たちと複数音声通話が繋がった。

「全員聞こえるわね？」トトキが呼びかける。「ガードナー捜査官、通信本部はモニタリングを続けて。リン電索官とウッド補助官はショッピングモールへ。それから——」各捜査官へ流れるように指示が飛ぶ。「フォーキン捜査官。あなたは監視塔を調べてちょうだい」

「了解。ヒエダ、課長を頼むぞ」

フォーキンが、一足先に駐車場を出ていく——エチカは、ユア・フォルマで周辺マップを確認した。ここから北にかけて、数キロにわたり地元民が暮らす居住区域が広がっている。NG

O職員の話に依れば、この辺りはTFC構成員の巡回がほぼなく、移民の立ち入りも制限されているそうだ。地元民との交渉でそのような規定ができたらしいが、お陰で治安も比較的安定している。ただ、フォーキンが調べにいった石造りの古い監視塔には、時折構成員が出入りするらしい。

「私たちは居住区域を回って、代替デバイスについて調査する」トトキが通信を切り上げながら、エチカを見た。「実在するのなら、地元民にも普及している可能性が高い」

もしTFCが『同盟』と関わる国家ならば、将来的に思考操作システムの導入を目論んでいるはずだ。その受け皿となるであろう代替デバイスの存在を突き止められれば、捜査の進展に寄与できる——問題は、あまりにも情報が少ないことだが。

「代替デバイスは、何の手がかりもないんでしたよね？」エチカは確認する。「もし実現しているとしても、ユア・フォルマのような侵襲型だったら見分けがつきません」

「非侵襲型も想定したほうがいいわ。思考操作システムを利用することを考えると矛盾するけれど、そもそも彼らはユア・フォルマのビジネスを嫌悪しているわけだから」

確かに思考操作システムが実験段階である以上、多方向から推測を立てておくべきか。

エチカとトトキはそこから、NGO職員らと合流した。年若い男女で、彼らとともに支援物資を載せたカーゴテナーを押しながら、駐車場を後にする——行く先は地元の学校だそうだ。アル・バーハで生まれた現地民の子供たちに学習の機会を提供しつつ、TFCの理念を教え込むための、謂わば『洗脳』の場になっているらしい。教師は構成員が務めていると聞く。

「TFCの理念とは？」トトキが訊ねた。「機械否定派のような思想ということですか」

「私たちも詳しくありませんが、ユア・フォルマの危険性を説いているとか何とか」NGO職員は周囲を気にしつつ、そう答えた。「子供たちはスレッドデバイスなんて見たこともないでしょうし、お伽噺の怪物を危険だと教えられているようなものですよ」

「ですが、代替デバイスはあるんですよね？」

「ええ多分。私たちも、その辺りの詳しいことは教えてもらえない立場で——」

　生活圏の家々は大半が集合住宅で、白っぽい建物の外観は判で押したように似通っている。時々、通行人や立ち話を楽しむ住民を見かけた。彼らはNGO職員たちに対しても、気さくに挨拶してくれる——うなじを盗み見るが、やはり接続ポートはないようだ。

　そうこうしているうちに、複数音声通話を介してちらほらと報告が入り始める。

『リンです、目標のショッピングモール内に潜入しました』リン電索官の、囁くような通信が届く。『兵器の製造ラインは見当たりませんが、武器庫として使われているようです』

　トトキが返す。「生物兵器の開発設備もない？」

『今のところは。調査を続けます』

『——こちらも監視塔に到着』フォーキンだ。『構成員の姿はないようです。中に入ります』

『フォーキン捜査官、通信本部のガードナーです。ハロルドから「警報器のような仕掛けがあるかも知れないから、侵入時は注意するように」と』

　エチカはやや息を詰める——通信本部に残ったハロルドは、ビガやガードナーたちと一緒に、各捜査官から送られてくるカメラ映像をチェックしている。特段重要と思われる映像に関しては、トトキのユア・フォルマにも共有されているはずだ。

「フォーキン捜査官」とトトキ。「監視塔内部の様子は？」

『壁際（かべぎわ）にビアケースくらいの木箱があって、紙の書類が何十枚も入っています』わずかな沈黙。

『取引記録みたいだ。穀物と武器を引き換えにしてる』

「それは代替デバイスや、生物兵器に関するもの？」

『いや、銃や弾薬のようです。暗号化されているのかも知れませんが——』

　やがて緩やかな坂を上ると、一気に土地が開ける。古ぼけた学校の校舎と、寄り添うように建てられた人工気象室（ファイトトロン）が目に留まった。ファラーシャ・アイランドの農業開発地帯で見た気象室より原初的で、荒涼とした景色を背負い佇（たたず）んでいる——全面がガラス張りなので、中で授業を受けている幼い子供たちの姿がよく見えた。彼らを指導するのは、スラブ系の男性教師だ。あれもTFC構成員なのだろうか。

　トトキがフォーキンとやりとりを続けていたため、エチカはNGO職員に問うた。

「人工気象室はかなり高価なものですよね？」

「ええ、うちのような支援団体や有志の寄付で購入したと聞いています。食糧不足が深刻なので、小麦の栽培を始める予定だそうですよ。あれなら、季節や天候に影響を受けませんから」

そこで、ＮＧＯ職員たちが「学校内に物資を届けてくる」と言うので、エチカたちは敷地の外で待つことになった。カーゴテナーと去っていく二人を見送り、今一度、人工気象室を眺める――クックはＴＦＣをテロ組織だと言ったが、ここまでの印象はやはり有り触れた貧困地域だ。あの男性教師がＴＦＣ構成員だとして、はしゃぐ子供たちと戯れる様は、今一つテロリストとは結びつかない。無論、ただの印象でしかないが。

「――特段、進展はないわね」通信を切り上げたトトキが嘆息する。「『同盟』と関係しているのなら、そろそろ何か見つかってもよさそうだけれど」

全くその通りだ。「地元民に接触して、直接話を聞きますか？」

「リスクが高い」彼女は即座に却下した。「地元民が私たちの正体に気付かなかったとしても、何かのきっかけで構成員に勘付かれたら、彼らはＮＧＯの支援を受けられなくなる」

確かに、彼女の言う通りか――そもそも、今回捜査に協力している国際ＦＬＭ財団を含め、民間支援団体は本来中立であることを求められる立場だ。シュロッサー局長がどう言いくるめたのかは分からないが、万が一にも捜査局に協力したことが露呈すれば、ＴＦＣは疑心暗鬼になって支援を打ち切るだろう。被害を被るのは他でもない、支援対象の地元民たちである。

「局長はそこまで考えた上で、わたしたちをここへ投入しようと？」

「世界的に思考操作システムが蔓延した際の被害を想定すれば、天秤にかけるまでもないと判断したのかも知れないわね」トトキは今頃気が付いたように、人工気象室に視線を向ける。「好きな考え方ではないけれど、個人的な感情は優先されない」

組織に取捨選択はつきものよ。

そう呟く彼女は、常に冷静なため一見冷酷無比に見えるが、実際は相当な温情の持ち主だ

——今更ながら、そのことを再認識する。思えば、エチカがこれまでの捜査で散々勝手な行動を取ってなお、トトキはこちらの電索能力を高く買ってバックアップを続けてくれている。

「課長」ふと思い至って、口を開いていた。「わたしの謹慎期間がたった一ヶ月で済んだのは、もしかして……」

つい言葉が途切れる——人工気象室の中で、子供たちの歓声が上がったのだ。教師が、籠に閉じ込めていた蝶を放ったところだった。蝶は次々と伸びる小さな手から逃れるように、開放されていた扉を飛び出す。そのうちの一匹が、エチカたちの眼前を横切っていく。

ユア・フォルマが、自動的に解析結果を表示。

〈環境演出用ロボット・アゲハチョウ、改造の形跡あり〉

指摘通り、ひらひらと舞う蝶の口吻は、ストローに似た直線の形状に作り替えられている

——教師がコントロール装置を操作したようで、蝶は反転して気象室へ戻っていった。

「花粉の媒介に使うのかしらね」トトキが呟く。「普通は、真空ユニットを搭載した農業用ポリネーターを使用するはずだけれど」

「昆虫モデルの超小型ドローンですか」農業機械に関する最低限の知識は、学生時代の授業で備わっている。「人工気象室で資金を使い果たしたのかも知れません。あれも確か高価で」

「――ここで何をしている？」

突然、背後で声が響いた。

エチカはトトキとともに振り向く。同時に、すっと肺の中が寒くなる――三人のＴＦＣ構成員が、こちらに向かって歩いてくるところだったのだ。全員が各々に容貌を隠していたが、まだ若い男たちだと分かる。彼らの筋肉質な腕が一様に抱えているのは、黒光りする小銃だ。

三人の遙か後方に停車した、古めかしいバンも見て取れる。

この区画で、ＴＦＣ構成員の巡回はおこなわれていないはずだが。

「ヒエダ、落ち着いて」

トトキの囁きを聞き留め、我に返る――そうだ、動揺を悟られてはならない。今の自分たちは、ＮＧＯ職員に扮している身だ。

平静にやり過ごさなくては。

エチカはどうにか力を抜いて、緊張が態度に出ないよう注意する。隣のトトキはあくまでも平然としていて、胸元の身分証が男たちに見えるよう調整した。

「国際ＦＬＭ財団の者です」彼女が名乗る。「学校へ物資の配達にきたところで――」

「エチカ・ヒエダか？」

――え？

構成員に呼びかけられ、エチカは無言で瞠目する。聞き違いを疑うほどに唐突だった。トトキも虚を突かれたようになり――どういうことだ。何で、こちらの名前を知っている？

「人違いでは？」トトキの判断は早い。エチカをかばおうと、一歩前へ出る。「私たちは」

容赦ない銃声が、その先を断ち切った。

人工気象室から溢れていた子供たちの笑い声が、止む。

何を。

愕然となるエチカの眼前で、トトキがわずかによろめく。彼女の太腿はデニムごと切り裂かれ、乾いた地面に数滴の赤色が滴った。構成員の男たちは一瞬で小銃を構えていて、うち一人の銃口から薄い硝煙が零れている――事態を把握した瞬間、血液が逆流しそうになる。

だが、すぐさまトトキを支えることはできない。

「電子犯罪捜査局のエチカ・ヒエダ、両手を挙げて背中を向けろ」男が、銃を向けたまま鋭く命じる。「ゆっくりこちらに下がってこい。従わなければ、次はこの女の頭を撃つ」

エチカは目の前がぐらつく。やはり、正体を知られている。一体どうして――何にしても、最悪な状況なのは間違いない。

『まずいよこれは。何で情報が漏れてるんだ？』『ヒエダさん、トトキ課長、大丈夫ですか！』

複数音声通話から、ガードナーとビガの声。

『何があった、本部？』フォーキンが呼びかけている。『報告してくれ』

「ヒエダ」トトキが歯痒そうに絞り出す。「彼らの言う通りに……」

彼女の判断が最善だ——相手を刺激しないためにも、従うより他にない。

「今そっちにいく。だから撃たないで」

エチカは言いながら、構成員の指示通りに動く。彼らに背中を見せ、両手を挙げつつ後退した。そうしながらも、焦りが頭の中を満たしていく——いつぼろが出たのか、全く分からない。町のどこかに監視カメラがあったのだろうか。あるいは誰かが正体に勘付いて密告した？　もしくは——背後から男に肩を摑まれ、思考が中断する。

「武器は？」簡潔な質問だった。

「……腋の下に」

エチカは諦めて答える——男の仲間がこちらのジャケットを剝ぎ取り、身につけていたショルダーホルスターから自動拳銃を奪った。直後、思い切りうなじを押さえ付けられ、首が軋む。男たちは、エチカの接続ポートの数を確認したようだ。

目的は何だ？

単純に考えれば、こちらを人質に取り、支配地域内から捜査局を追い出すことだろうが。

「間違いない」男が言った。「ボスのところに連れていけ」

激しい動悸ごと、歯を食いしばる。

2

『ガードナー捜査官、俺のユア・フォルマに課長たちの位置情報を送ってくれ』

「すぐに取得します。少し待って」

ＮＧＯ活動拠点のキャンピングトレーラー内――ホテルの一室と比べて遜色ない設備が整ったリビングの壁には、携帯用フレキシブルスクリーンが掛かっている。分割された画面に、各捜査官たちのカメラ映像がリアルタイムで流れ込んでいるが、ビガは今やエチカとトトキのそれに釘付けだった。

「どうして」声を上げずにはいられない。「何でＴＦＣ側がヒエダさんのことを知っているんですか！　そもそも地元民の居住区域は安全だって――」

「ごめんちょっと黙っていて」

ガードナーが遮る。彼はソファに浅く腰掛け、ローテーブルに置いたラップトップＰＣを忙しなく操作していた――スクリーンの前で、ハロルドが音声設定を調整し始める。アミクスは先ほどから一言も発さず、その表情は至って冷静だ。間もなくカメラのボリュームが増幅され、耳が痛いほどのノイズが室内を満たす。

ガードナーが手を止めた。「送りましたフォーキン捜査官。あと課長は多分負傷してます」

『すぐに向かう。ヒエダは？』

彼が問うた傍から、スクリーン内でエチカのカメラが暗転する。トトキのカメラはまだ繋がっており、エチカが構成員にジャケットを剝ぎ取られたのだと分かる——男はエチカを無理矢理うつむかせて、そのうなじを確認していた。

『間違いない。ボスのところに連れていけ』

——このままじゃ、本当にさらわれる。

「だめ、何とかしないと」ビガは黙っているよう言われたことも忘れ、口走っていた。「急いで下さいイヴァン、ヒエダさんが構成員たちに……！」

『ビガ、落ち着きなさい』押し殺すようなトトキの声。『ガードナー捜査官、ヒエダの——』

『何をしようとしている！』

直後、鈍い音とともにトトキの画面も暗く落ちる。彼女の激しい咳が聞こえた。ビガはもはや生きた心地がしない。構成員に殴り倒された？　どうなっている——ハロルドが無言で、更にカメラのボリュームを上げる。鼓膜を抉るような雑音。画面は変わらず暗闇だが、遠ざかるエチカと構成員のやりとりが聞き取れる。

『わたしは従った、なのに彼女を殴るなんて』

『銃を出そうとしていた。殺されなかっただけましだと思え』

『分かったやめて。彼女は武器を捨てたでしょ、もう何もしないと約束——』

直後、エチカの呻き(うめ)と重い衣擦れ(きぬず)。

ビガは戦慄した。

——嫌だ。

『その女はここに置いていけ。どのみち必要ない』『NGOの連中を呼び出さないと』『ボスの指示はまだ出てないぞ』男たちの簡潔な会話を拾う。ノイズが一層激しくなり——エチカのカメラを埋め尽くしていた黒が裂けて、光が戻る。

映し出されたのは、こちらを覗き(のぞ)込む構成員の目許(めもと)だ。

『ジャケットにカメラを仕込んで——』

ぶっつりと、映像が途切れる。

電源を切られたか、あるいは破壊されたか。

トレーラー内にしんと静寂が行き渡り、激しい耳鳴りだけが残った。どくどくと早鐘を打つ鼓動が、静けさの底から湧き上がってくる——全身が石になりかかっているかのように、感覚が遠い。どうしよう。どうしたら。

『——全員撤退よ。NGO側にも伝えて』トトキの掠れ(かす)た指示が、停止しかかっていた場を動かす。『ガードナー捜査官、ヒエダはバンに積み込まれてる。ここからじゃ止められない』

「ヒエダ電索官の位置情報を追跡します」PCを覗き(のぞ)込むガードナーも青ざめていた。

『共有してくれ、追いかける』フォーキンの声。『誰かトトキ課長を保護できるか？』

『行きます』リン電索官から応答があった。『フォーキン捜査官はヒエダさんのほうを』

『勝手に進めないで』トトキが珍しくやや感情的になる。『今はヒエダを優先してちょうだい。私は自力で戻れる。それとＴＦＣ側が彼女を人質に取って、捜査局に要求を突きつけてくるかも知れないから――』

　そこから、非常事態に対応する捜査官たちのやりとりが混沌と積み重なっていく。ビガは中途半端に突っ立って、おろおろと両目を泳がせることしかできない。自分には何も手伝えることがない――不意に、ハロルドがスクリーンの前を離れるのが見えた。彼はそのまま、迷わずにリビングを出ていくではないか。

　ビガは反射的に、アミクスを追いかけていた。

「――ハロルドさん、どこに行くんですか！」

　簡易扉をくぐると、エントランスと一体化した手狭なキッチンが広がる――ハロルドは、トレーラーの出入口であるドアを引き開けようとしていた。彼は、我に返った様子でビガを見る。まばたきが止まっていることを除けば、やはり極めて落ち着いているが。

「いえ」アミクスは自分の行動を再認識したらしく、出入口から数歩下がる。「失礼しました。私はどこへも行きません」

「落ち着いて下さい」ビガはどうにか言う。半分、自分に言い聞かせていた。「もちろんあたしもヒエダさんのところに駆けつけたいですけど、下手に動いても危ないだけです」

「ええ、……システムの処理に問題が起きているようです。申し訳ありません」

彼は自らのこめかみに触れる。人間で言うところの頭痛のようなものだろうか。ビガはどうしたらいいのか分からず、わけもなくリビングのほうを振り返る。

「ノワエ本社に連絡しますか？　もしひどいようなら……」

「ありがとうございます。ですが、自己修復で事足りますよ」

ハロルドは何かを思索するように、キッチンへ近づいていく。シンクに映った己の姿をじっと見下ろし始め——そのシステムが圧迫されている理由は、自明だ。

「ヒエダさんならきっと無事です。フォーキン捜査官たちがすぐに助け出して」

「システムの問題です」ハロルドは顔を上げない。「電索官のことは特に心配していません」

ビガは耳を疑う——突き放すような言葉選びは、彼らしいとは言えなかった。不具合による影響なのか、あるいは自己修復をおこなっているせいで、処理が追いつかないのか。

もしくは——未だにエチカとぎくしゃくしているせいで、思いやりのない言い方をした？

あまり冷静に考えられていない自覚はある。

でも、仮にそうなら。

「こんな時までそんな風に言うのは……ちょっと、よくないんじゃないでしょうか」ビガは不安定な気持ちに任せて、そう口にしている。「ずっと訊きたかったんですけど、その」

「訊かないで下さい」

「――ヒエダさんと、一体何があったんですか！」

　突っぱねるハロルドを無視して、ビガは詰め寄っていた。エノンテキエで彼と食事をした際、結局呑み込んでしまった質問だ。こんな非常時に質すべきことではない。

　でも、もはや黙ってもいられなかった。

　これ以上、変わり果てていく二人を見ていたくない――あるいは、ハロルドを。

「これは、あたしの憶測ですけど」どうしてか、声音が揺れる。「ハロルドさんの不具合って、もしかしたらヒエダさんとの喧嘩がきっかけなんじゃないですか。彼女との間に、何かとてもひどいことがあって、そのショックで処理能力が……」

　そこから先は、泡のように弾けてしまう。

　面を上げたハロルドが、真っ直ぐにこちらを見つめてきたからだ――その瞳を縁取る金の睫毛は、出会った日と何ら変わりない。あの夜、自分にとって道標となったもの。

　でも――今は、その時に感じた全てのぬくもりが、消え失せている。

「あなたに踏み込んで欲しくはありません、ビガ」

　アミクスの頬に張り付く無表情は、ここ最近垣間見てきた画一的なものではなかった。むしろ、これまでに見たどの表情とも違う。冷たい陶器や硝子のように、命を持たないパーツを貼り合わせて作ったかのようで、いびつなまでに無機質な匂いを漂わせる。

　こんなことは言いたくはないが――とてつもなく、機械らしい。

そんな顔ができるだなんて、知らなかった。

体の奥底から、本能的な恐怖がこみ上げてくる。

「それは……」恐れを追い払おうと、指先を握り込む。「過干渉だって分かってます。でも」

「そもそもあなたは本来、私とヒエダ電索官が不仲なほうが嬉しいのでは？」その綺麗な唇からは、変わらず穏やかな声が零れる。「人間は嫉妬する生き物です。あなたが私に恋をしているのなら、彼女を疎んじて然るべきでしょう。なのに何故？」

一瞬、何を言われたのか把握できなかった。

ビガはゆっくりとその意味を噛み砕いて、目の前が歪む——もちろん、こちらの気持ちに薄々気付かれていることは理解していた。我ながらあけすけな態度を取ってきたと思うし、加えて先日のファラーシャ・アイランドでは、自分のペアリングアミクスがハロルドにうっかり気持ちを告白してしまったのだ。その場では、あっさり受け流されたものの。

——知られているのは、もはや構わない。

けれど。

「わざと……怒らせようとしてます？」ビガは低く言い返す。激しい怒りが湧いているのに、それをどうぶつければいいのか分からない。「あたしにとっては、ヒエダさんもハロルドさんも大事な人です。その二人がどんどん離れていくのを、何も知らないまま、ただ黙って見ているしかないのはすごく……すごく辛いんです！　何で分からないんですか！」

STAFF
FML

「すみません、そこまで考えが及びませんでした」まるで定型句を読み上げるかのようだった。

「しかしあなたが本当に彼女に嫉妬していないのなら、その恋は本物と呼べますか?」

「さっきから何を言ってるのか」

「私に好意的な感情を抱くよう、あなたを誘導したと言ったらどうします」

ビガは茫然と、アミクスの端正な面差しを見上げる――蘇るのは、ハロルドと出会った日の記憶だ。彼は、追い詰められたビガの葛藤を見抜き、掬い取ってくれた。だから、自分はハロルドに興味を持った。もっと、この人のことを知りたいと思った。

たとえそれが観察眼によるもので、捜査のために必要なことだったとしても。

あの言葉には、確かにハロルド自身の思いやりが含まれていたはずだ。

そう思ってきたし、今も思いたい。

「知覚犯罪は、私が電索補助官となって最初に取り組んだ事件です。必ず解決したいと思っていましたので、文字通りあらゆる手を使いました」ハロルドの口調は柔らかなのに、皮膚を刺すように鋭く感じられる。「あなたが私に好意的な印象を持って下さったことはすぐに分かりましたので、リーを取り逃がさないためにも、利用させてもらうことにした」

――『あなたはもっと、自由になっても許されるはずです』

彼にとって、あれは単なる手段に過ぎなかった。

多分、コーヒーを零した際に手を握ってくれたことも含めて、全部わざとで。

何も知らない田舎娘の自分は、その誘導にまんまと引っかかってしまっただけ。

——だとしても。

「……ちゃんと、本物です」

「我々アミクスは、人間が好ましく感じるよう細部まで設計された存在です。あなたが私に好意を抱くのは、最初から愛でられるために作られたぬいぐるみを可愛がることに等しい」

「そんなことない」駄目だ。こんな時に、子供みたいに泣きたくない。「何で、そんな……あたしの気持ちを勝手に決めつけないで下さい！　あたしは本当に」

「あなたの望みに応えられません、ビガ。そもそも我々にできるのは、あなた方を愛することではなく、愛しているように見せかけることであなた方を幸せにすることだけです」

ハロルドの眼差しは揺らがない。異様なほどに真っ直ぐで、弛み方を知らない鋼のようだ。その迷いのなさが、ビガの胸に正確なひびを入れていく——彼の発言が事実ならば、結局、ハンサが正しかったということだ。

どこかで、分かっていたのだろうか？

もしそうなら——今感じているこの痛みは、一体何なのか。

「それでも」喉が勝手に引き攣る。「ハロルドさんには、心があるように見えます。だって……本当に全部がただのプログラムなら、こんな風に、あたしを諭したりしないはずです」

ハロルドの眉がかすかに動く。「いいえ。これは私のシステムが算出した最善の行動です」

「だったら、あたしたちと変わらない。そう、何も変わらないですよ。だから……」

悪あがきのような言葉の続きは、ずぶずぶと沈んで、もうどこにも見つけられない。

アミクスが、かすかに眦を細める。

「ビガ、傷付けて申し訳ありませんでした」

押し殺すような響きは、とても機械のものとは思えないのに——その謝罪は、果たしてどこまでが彼の本心なのか、もはや見極められなかった。あるいは、本心さえも存在しない？　本当に全てが、プログラムされた反応に過ぎないのだとしたら？

ハロルドが突如として冷淡な態度を見せたのも、やはり例の不具合のせいなのか。

——もう、何も分からない。

ハロルドはビガの脇をすり抜けて、リビングへ戻っていく。遠ざかる彼の靴音を聞きながらも、頭は真っ白で、立ち尽くした両脚は動かない——何でこんなことになっているのだろう。

自分はただ、エチカとハロルドに仲直りして欲しかっただけなのに。

ショックに浸っていられるような状況でないのが、せめてもの救いかも知れない。

トトキがキャンピングトレーラーに戻ってきたのは、約三十分後のことだった。

「救急車は呼んであります。足の怪我が結構出血してるので、応急手当をお願い」

彼女を送り届けたのはリン電索官と、リンの相棒である大柄のウッド補助官だ。二人はキッチンにいたビガにトトキを託し、すぐさま外へ引き返していった——ビガは急いでシンクの下から医療用キットを取り出し、テーブルの椅子に腰掛けているトトキのもとへ運ぶ。

「我ながら情けないわね」彼女は土で汚れたナイロンジャケットを肩に掛けていて、殴られたのか右頰が腫れている。左脚の腿には申し訳程度のタオルが巻き付けられ、鮮やかな血を吸って変色していた。「銃弾が掠めただけよ。もうほとんど出血も止まってる」

「だとしてもこれだけじゃ駄目ですよ！　ちゃんと傷を縛って、その頰も冷やさないと」

ビガは自分の気持ちに蓋をして、てきぱきと彼女の頰に消炎パッチを貼り、脚のタオルをほどいて新しい包帯を巻き付ける——間もなくガードナー捜査官がリビングから現れ、トトキと情報共有を始めた。ＴＦＣ側からはまだ音沙汰がなく、エチカを人質とした捜査局への要求も届いていないそうだ。

「とにかく、ヒエダを追っているフォーキン捜査官たちの連絡を待って」トトキがガードナーに指示する。「私はこれから、隣のトレーラーでＮＧＯの担当者と話す」

「え？」ビガは思わず声を上げてしまう。「救急車がくるって言ったはずですよ」

「じゃ、ええと、動きがあれば報告するので」

ガードナーが慌ただしくリビングの中へ引っ込んでいく——ビガが巻き終えた包帯を丁寧に結ぶと、トトキは待ちわびていたように立ち上がるのだ。止めようとしたが、有無を言わさぬ手振りで拒まれた。

「じっとしているべきです！」ビガは彼女に言い聞かせる。「無理をしたら傷が――」

「問題ない、救急隊員が着いたら知らせて」トトキは間違いなく痛みを感じているだろうに、普段と変わらない鉄仮面だ。「それと、ヒエダが戻ってきたらこれを渡してちょうだい」

彼女が、ポケットから取り出したものをテーブルに置く。ビガは歯噛みしながら、そちらを見て――ニトロケースのネックレスだった。かすかに汚れていたが、見覚えがある。

確か出会ったばかりの頃、エチカが首から提げていた。

最近は、身に付けるのをやめたのだと思っていたが。

「構成員が彼女を連れ去る時に外れたの。返しておいて」

「分かりました。その……ヒエダさんは、ちゃんと帰ってきますよね？」

ビガは堪えきれずに、不安を吐露してしまう――最悪の想像が浮かびそうになり、うつむいてかぶりを振った。先ほどから感情がぐちゃぐちゃで、いい加減頭の中が爆発しそうだ。

「ビガ」

肩にやんわりと手を触れられて、はっとする。

面を上げると、凜と焦げた上司の瞳に、弱々しい自分自身が映り込んでいた。

「――捜査官になるのなら、気持ちを強く持ちなさい」

ぴしゃりと叩かれたように背筋が伸びる。ビガは、なるべく深く息を吸って――彼女の言う通りだ。うろたえてべそを掻いていたって、何にもならない。そう。フォーキンたちが、きっとエチカを助け出してくれる。

　無理矢理にでも信じなくては……。

　トトキはビガにここで待つよう言い、今度こそおぼつかない足取りでトレーラーを出ていく
――残されたビガは、なくさないようにとエチカのネックレスを手に取った。だが持ち上げた途端、緩んでいたニトロケースの蓋が外れる。中身がテーブルの上に落下して、慌てて拾い上げた。

　小指の爪ほどしかない、小さな記憶媒体(HSB)だ。

　恐らくはエチカの私物だろうが、印字されているはずの品番が見当たらない。市販のものとそっくりなデザインではあるが――バイオハッカーをしていた頃は、品番のないＨＳＢと言えば闇市場を流通する違法な改造品だった。

　何故(なぜ)、彼女がこんなものを？

「ビガ、ちょっと手伝ってくれるかい！」

　リビングからガードナーが呼びかけてくる。ビガは急いで、ＨＳＢとニトロケースをそれぞれポケットに押し込んだ――とにかく、今は一刻も早くエチカを助け出さなくてはならない。

　失恋したことを一晩中泣き通して落ち込むのは、そのあとでも十分に間に合う。

*

意識を取り戻した途端、腹部に鈍い痛みが広がっていく。

エチカは瞼を押し上げて、自分が停車したバンの後部座席に寝転がっていることを知る。朦朧としたまま、ほとんど癖のように胸元に手を触れた——あの場で脱ぎ捨てたナイロンジャケットはもちろん、偽の身分証も外されていた。ホルスターは空っぽだ。それから。

急激に頭が覚めていく。

——ない。

いつも服の下にぶら下げていたニトロケースの感触が、どこにもない。

反射的に飛び起きる寸前、バンのドアが開いて光が射し込む——あまりの眩しさに目を閉じる中、強引に腕を掴まれた。無理矢理引っ張り起こされ、車から引きずり下ろされる。

「ボスは何だって？」「部屋まで連れてこいと」「ほら、さっさとしろ！」

男たちに両手を拘束されながらも、エチカはどうにか自力で立つ。殴られた腹に鈍痛はあるが、耐えられる範囲だ——背中を押されて歩き出しながら、周囲を見回す。アル・バーハの街並みが一望できる丘の上のようだった。目の前には何十棟ものコテージが建ち並んでいたが、ポーチに置かれたベンチはひび割れ、庭先の芝も放置されて久しいようだ。人影はどこにもない。背後を振り向くと、乗り越えられないほど高い柵が敷地を囲っているのが見える。

　トトキは拠点へ戻れただろうか？

　エチカは緊張で吐き気を覚えながらも、男たちに悟られないようユア・フォルマを確認した。意外にも絶縁ユニットを使われていない。オンライン環境は生きていて、トトキから数十回の着信と一件の新規メッセが届いていた。よかった、無事らしい——どうやらこちらの位置情報を把握していて、フォーキンらが救出に向かってくれているようだ。

　だとすれば、時間を稼ぐしかない。

　ついでに、ＴＦＣが自分をここへ連れてきた目的も突き止める。

　男たちはエチカを、敷地の最も奥に構えられたコテージへ連行した。蝶番の錆びた玄関扉をくぐると、ざらついた埃の匂いが鼻をくすぐる——薄暗い通路を進んだ先にリビングがあり、構成員の男がエチカを突き放した。踏みとどまれず、色褪せた絨毯に両膝をつく。

「ボス、ヒエダを連れてきました」

　エチカはどうにか顔を上げる——正面にテレビボードがあり、旧時代のＣＲＴモニタが収まっていた。右手に大きな掃き出し窓と、木製のデスク。吸い殻が零れそうな灰皿と、日に焼けた紙の本が一冊置かれている。

　デスクの椅子に腰掛けていた男が、音もなく立ち上がったところだった。

「下がっていい。外を見張ってろ」

この地区では珍しい白人だ。伸びたダークブロンドの髪を一つに束ね、ウェリントンのサングラスと無精髭が風貌を曖昧に濁している。年齢が分かりにくいが、四十路手前くらいだろう——パーソナルデータはない。TFC関係者ならば、ユア・フォルマ非搭載なのは当然か。

この男が、アル・バーハ地区のボスらしい。

構成員が立ち去ると、男は無遠慮にエチカを眺めた。目許が判別できないが、敵意は感じられない——だがシャツの裾をしまっていない辺り、服の下に銃を隠し持っている恐れもある。

「何か飲むか、ミズ・ヒエダ？　安いワインと酔えないビアがある」

「結構です」エチカはなるべく気丈に突っぱねた。「わたしをここへ連れてきた目的は？」

「想像していたよりせっかちなお嬢さんだな」

「どこで捜査局のことを」

「他人を信用しすぎないことが肝要だ」やはり、何らかの経路で情報が漏れたわけだ。最も考えられるのは、NGOの職員辺りか？「にしても、君の仏頂面は父親譲りらしい」

……今、何と言った？

エチカが困惑している間にも、男は悠々とキッチンへ歩いていく。「ソファに座ってくれ」と友人に語りかけるように言いながら、冷蔵庫を開ける——ひとまず従ったほうがいい。エチカは相手から目を逸らさないまま、慎重に立ち上がり、穴の空いたソファに腰を下ろした。

この男はどういうわけか、父チカサトを知っている。

「君は勤務中だから、ワインよりもこっちのほうがいいだろ」

戻ってきた男が、ノンアルコールビアの瓶をエチカに手渡す。受け取ったが、もちろん栓を開ける気は更々ない。向かいのソファに腰掛ける相手の一挙手一投足を、じっと観察する。

「チカサト・ヒエダと、どういう関係です？」

「顔見知りだ」男は短く答え、「カイだ。アル・バーハのまとめ役をしている」

男の名は明らかに偽名だったが、今は些末なことだ――ＴＦＣ構成員が何故、父と知り合いなのか。導き出される仮説は、当然一つしかない。

エチカは敢えて単刀直入に訊ねた。「あなたは『同盟』の関係者？」

「君をここへ連れてくるよう言っただけだ。一度話がしたくてな」

「何のために？」瓶を握り直す。「わたしに絶縁ユニットを挿していない以上、捜査局から応援がくる。逮捕されても構わないと？」

「不法侵入したのは君たちだ」彼の態度は至極落ち着いていた。「電子犯罪捜査局も大変だな。『管轄外』の辺鄙な町に、危険を承知で捜査官を送り込まなきゃならないんだから」

エチカは少ない唾を飲み込む――一体どこまで手の内を知られている？　いいや、鎌を掛けているだけかも知れない。分からないのなら、不用意に応じるべきでない。

時間を稼ぎつつ、探りを入れる。

正直、自分にはかなり不得手な分野だが、他に方法がなかった。

「つまり……わたしと、何について話したいんです？」質問を繰り返す。「内容によっては、素直に答えてもいい。その代わり、あなたも『同盟』のことを教えてくれますか」

「『同盟』の一員だとは一言も言っていないぞ」カイは鼻で笑った。「まあ、君の父親がテイラーの思考操作システムを『同盟』に売った件は知っている。言えるのはそれだけだ」

「十分説得力があります」

そこまで知っていながら無関係を押し通すのは、あまりに滑稽だ。言質を警戒して、はっきり認めないだけだろう。ユア・フォルマ非搭載の人間は電索できないため、その発言が重要視される——エチカは、そっと下唇を湿らせた。

まさかここにきて、『同盟』関係者のほうから接触を図ってくるとは。

何としてでもこの男を確保して、捜査局に連れて帰らなくてはならない。

「わたしの父も『同盟』に関与していたんですか？」

「君が話すほうが先だ。ここに招待したのは俺なんだから」

カイの物言いはジョークじみていたが、その態度には有無を言わせぬ何かがある。下手に刺激して、取り逃がすようなことは避けたい——エチカは口を閉じて、暗に彼の要求を待つ。サングラスの奥から、射貫くような視線を感じた。

「——チカサト・ヒエダが作っていたソフトウェアを渡してくれ」

つい、眉根を寄せてしまう。

「どれのことです？」父が製作したのは、もちろん例のマトイだけではない。リグシティから配信されたソフトウェアには、彼が関わったものが山ほどある。「沢山ありすぎる」

「製品化されていない未完成品も含めて、全部欲しい」

「何のために？」

「世界を悪の支配から救うために」

カイの芝居がかった言い回しに、エチカは図らずも目を眇める。文字通りの意味ではないだろう。ＴＦＣの理念と照らし合わせれば、恐らくユア・フォルマ絡みだ——彼らが『同盟』に関与しているのなら、思考操作システムの普及を目指していることは言わずと知れる。しかしファラーシャ・アイランド事件において、一つの欠陥が明らかになった。現行の思考操作システムは、エチカのような情報処理能力の高い人間に影響を及ぼせない。

だが、原型を作ったイライアス・テイラーは既にこの世にいない。

となれば。

「テイラーの『友人』で、思考操作システムの存在を知っていた父の技術なら、システムの改良に役立つとでも？」エチカは静かに問うた。「もしそうなら、期待には添えないかと」

「断るのなら、君が知りたがっているチカサトと『同盟』の関係も明かせないな」

「まず、取引としてフェアじゃありません。こちらが失うものが大きすぎる」

「永遠に顔色を窺い続けたいというなら、そうしてもいいが」カイの手が背後に回る。「君が望むなら、もっと手っ取り早いアンフェアな方法も提案できる」

彼は柔らかな物腰で、腰に隠していた自動拳銃を抜く——銃口が、ほんの数十センチ先からエチカの額を照準した。武器を持っているのは薄々察していたが、嫌でも緊張が走る。この至近距離で発砲されれば、自分は間違いなく即死するだろう。

——仮にはったりだとしても、強くは出られなくなった。

「……分かりました」エチカは自分の交渉術のなさに苛立ちながらも、平静を装う。「父のソフトウェアを用意するけれど、今この場にはない。わたしを一度解放して下さい。準備が調ったら、捜査局からあなたに連絡させる」

「いいやそれは駄目だ、エチカ」カイが馴れ馴れしく呼ぶ。「誤解があるようだが、これは個人的な頼みだ。もし捜査局を介すというなら、やはりここで君を撃たなくてはならない」

「どういうことです?」エチカはまるで理解できない。「具体的に説明して——」

付近で、乾いた銃声が谺した。

外からだ。エチカとカイは互いに口を噤む——発砲音が立て続けに連鎖する。アラビア語の怒号が聞こえた。先ほどの構成員たちだろうか。靴音が散らばり、窓の外を通り過ぎていく。

「君の迎えがきたらしい。うちの適当な警備体制に感謝してくれ」カイの判断は迅速だった。ため息を一つ吐き、腰を上げる。「いいか、この取引は君と俺の秘密だ。捜査局には決して話さないように」

「いや待て逃げるな！」

カイはすぐさまきびすを返し、颯爽と部屋を出ていく。『同盟』関係者をみすみす取り逃がすわけにはいかない——エチカは腹の鈍痛を堪え、追いかけようとソファから立ち上がった。

途端に、手にしていたビアの瓶が軋む。

——まさか。

ほとんど反射的に、瓶を放り捨てる。次の瞬間、それは内側から弾け飛んだ。とっさに目を瞑る。粉々になったガラスの破片が腕や足を掠め、幾つかが突き刺さった。思わず呻きながら、その場に屈み込んでしまい——炭酸ガスの性質を利用した温度差による爆発？　あるいは、もともと爆発物を仕込んでいたのか。

完全に盲点だった。

どうにか瞼を上げる。残されているのは、破裂して粉々になった瓶の残骸だけだ。幾つかの破片がエチカの脚や腕の皮膚に食らいつき、じわじわと赤く滲み始めている。立とうとすると、破片がますます沈み込んで激痛が走った。

カイの姿は、どこにもない。

「くそ……！」

痛みよりも悔しさがまさり、エチカは絨毯に拳を叩きつける。

間もなく、慌ただしい足音がコテージ内へと突入してきた。「オールクリア！　誰もいません」「こっちだ！」聞き覚えのある同僚たちの声——リビングの入り口に姿を見せたのは、特別捜査班の捜査官ら数人と、他ならぬフォーキンだった。彼は銃を構えていたが、エチカの姿を認めるなり、血相を変えて駆け寄ってくる。

「しっかりしろ、ヒエダ」

「大丈夫です、見た目ほどひどくない」痛むものの、どちらかといえば軽傷のはずだ。「それより追って下さい。さっきまでここに『同盟』の男がいた、カイと名乗る白人で——」

エチカは舌を噛みそうになりながら、早口に説明する。フォーキンはすぐさま、他の捜査官らに周辺の捜索を指示した。彼らが慌ただしくコテージを出ていく。

見つかるといいのだが。

「外の、見張りは大丈夫ですか」

「かなり手薄だ、三人しかいなかった」フォーキンが、ナイロンジャケットを脱いで押しつけてくる。「着てろ。血まみれだぞ」

エチカはジャケットを手にしたまま、トトキと音声電話でやりとりするフォーキンをぼんやりと見ていた——つまり見張りは、こちらを連行した構成員の男たちだけだったわけだ。絶縁ユニットを使用していない時点で手際が甘いと感じたが、結局のところ、カイの言葉通りだったということか？　チカサトのソフトウェアについて交渉するために、娘の自分を誘拐した？　初めから、応援が駆けつけることを織り込み済みだったのだとしても。

上手(うま)くは言えないが、何かが釈然としない。

「トトキ課長ですか。ええ、見つけました。無事ですが負傷している、彼女も救急車に――」

フォーキンの話し声を聞きながら、エチカはどうにか膝を伸ばして立つ――カイが使っていたデスクに近づいた。灰皿に残っている紙煙草(たばこ)の吸い殻は、持ち帰ってDNAの解析に利用できそうだ。本だと思っていたものは手帳で、ページの大半は白紙だった。ところどころに文字でさえない落書きを見つける――カバーの折り返し部分が、やや膨らんでいた。

探ってみると、カード型のUSBメモリが出てくる。

エチカは図らずも、そのデザインに釘付(くぎづ)けになる。表面に描かれていたのは、あまりにも見覚えがある蝶(ちょう)だったのだ。

ファラーシャ・アイランドのシンボルマーク。

――もしかして。

弾(はじ)かれたように思い至り、デスクを漁(あさ)る。上段の抽斗(ひきだし)に、変換アダプタが挿さりっぱなしになった古いタブレット端末を見つけた。カイの私物か、あるいはTFCの所有物か――迷わず、アダプタを介してUSBメモリを接続する。セキュリティはおざなりで、パスコードさえも要求されない。あっさりと、画面が立ち上がった。

USB内に保管されたファイルの一覧が、ずらりと表示。

エチカの瞳は、そのうち一つのファイル名に吸い寄せられる。

《brainwashing_backup0200…》

嘘だろう。

にわかには信じられない。

あの時、散々苦労して取り逃がしたものが、これほどあっさり見つかるだなんて。

「ヒエダ、何してる？」通話を終えたフォーキンが、慌てたように歩み寄ってくる。「撤退だ、他の構成員たちがこっちに向かってるらしい。歩けないならおぶっていくが――」

「多分、バックアップです」

今だけは、傷口の痛みさえも忘れてしまう。

エチカはまばたきもせず、フォーキンを仰ぎ見た。彼は怪訝な表情だったが、こちらが端末の画面を見せると、みるみるうちにその瞳孔が縮んでいく。

カイは何故、これほど重要なものを置いていった？

「――思考操作システムのバックアップデータを、見つけたかも知れません」

3

結局、リヨンの市民病院で怪我の処置を受けるのに、丸一日を要した。

国際刑事警察機構四階の電子犯罪捜査局本部は、退勤時刻を回って閑散としている――特別捜査班が一時的にオフィスとして借り受けたミーティングルームにのみ、煌々と明かりが灯っていた。エチカが覗き込むと、デスクに着いているリン電索官と目が合う。

「お帰りなさいヒエダさん。今、カイのUSBを分析チームが解析中です」

「誰が立ち会っている？」

「フォーキン捜査官です。トトキ課長はオフィスで仮眠中なので、代わりに」ふとリンの膝の上で、白い毛玉がもぞもぞと動いた。「どうしたのガナッシュ？　お母さんが起きるまで、もうちょっと一緒に待ってましょうねぇ」

彼女が破顔して、トトキの愛猫であるガナッシュを抱き上げる。真っ白なスコティッシュフォールドのペットロボットは、人懐こくリンに鼻先をすり寄せていた――何というか、うちの課は猫に弱い人間しかいないのか？

エチカは何とも言えない気分でその場を離れ、分析チームのほうを見にいくことにした。アル・バーハで例のUSBを入手してから、丸二日――厳密に言えば、そのうち一日はリヨンへの移動時間で使い潰したので、捜査自体はようやく始まったばかりだ。自分も関わるつもりでいたのだが、サウジアラビアで受けた治療がかなり応急的なものだったため、今日はみっちり市民病院に入り浸る羽目になった。同じく負傷したトトキは現場で粘っているというのに、全く情けない話だ。

「――ああヒエダ、戻ったのか。治療はどうだった？」

エチカが通路を歩いていると、正面からフォーキン捜査官がやってくる——彼は疲れたように眉間を揉んでおり、目の下の隈が目立っていた。

「皮膚に残っていた破片を取り除いて貰いました。もう問題ないそうです」衣服の下が包帯まみれなことを除けばだが。「それよりも、分析チームに立ち会っていたはずでは?」

「邪魔だからと追い出されたところだ」フォーキンは首を竦める。「もしあれが本当に思考操作システムのバックアップだっていうなら、とんでもない進展なんだがな」

「本物であることを願っていますが……」

カイのデスクで見つけたUSBには、思考操作システムのバックアップと思しきデータが含まれていた——実物かどうかを確認するためにも、リヨン本部に持ち帰って分析チームに託すことになったのだ。もし正真正銘のバックアップならば、捜査は劇的に進む。シュロッサー局長ら上層部もこれまでの懐疑的な態度を翻し、更に積極的に動き出すことだろう。

ただ——それほど重要なものをカイが置いていった理由は、解せない。

「カイは結局見つかりませんでしたが……その後の行方は?」

「アル・バーハ内にいることは間違いない。国際FLM財団のほうに、地区のボスから『契約を打ち切りたい』と連絡があったらしいからな」

エチカの胸に苦いものが広がっていく——あの時、トトキが懸念していた事態が現実になったのだ。支援を断たれる子供たちのことを考えると、事の重さに気が滅入ってくる。

「それと」フォーキンが続ける。「カイの紙煙草から検出したDNAをパーソナルデータセンターに照合してもらったが、登録中の生体情報に該当者は見つからなかった」

「カイが『同盟』に関与していることは間違いないはずです。身柄さえ確保できれば……」

「俺もそう思うが、一筋縄ではいかないだろうな」フォーキンが髪をかき混ぜる。「相手はTFCの一地区をとりまとめるボス……謂わばテロ組織の幹部みたいなもんだ。安易に逮捕しようもんなら、色々とややこしいことになる」

　捜査機関である電子犯罪捜査局は、政治的に中庸でなくてはならない上、本来アル・バーハ地区は管轄外だ。米国国家安全保障局のクックの話通りなら、カイを拘束すればTFCはもちろん、TFCを兵器工場として活用している某国や冷戦相手のサウジアラビア政府にも相応の影響が及ぶ――迂闊な行動は、巡り巡って国際秩序の混乱に直結しかねない。

　厄介なしがらみだった。

　エチカはもどかしさを覚えながらも、カイが持ちかけてきた取引を反芻する。

　――『チカサト・ヒエダが作っていたソフトウェアを渡してくれ』

「例の取引を利用できないでしょうか？」カイには口止めされたが、もちろんこの件は特別捜査班全体に共有済みだ。「わたしの父のソフトウェアを餌にすれば、彼の身柄を確保することは難しくても、有益な情報は手に入れられるかも知れません」

「言いたいことは分かるが、最悪の場合の切り札にしたほうがいい」フォーキンは難しい面持ちだ。「もしうっかり親父さんのソフトウェアを渡して、本当に思考操作システムを改良されでもしたら、かなりまずいことになる」

尤もな意見だ。どうやら、自分はまだあまり冷静ではないらしい。

エチカが鼻から息を抜く中、ふとフォーキンの視線が宙に向かう。ユア・フォルマが新規メッセを受信したようだが――彼は参った様子で、小さくかぶりを振った。

「どうしました？」

「ビガからだ。相変わらず熱が下がらないみたいだな」

エチカは、リヨン空港で別れた彼女のことを思い出す――ビガが体調不良を訴えたのは、飛行機内でのことだった。アル・バーハを離れる時は元気そうに見えたのだが、緊張が緩んでどっと疲れが出たのか、あるいは現地の気候が合わなかったのか。ともかくもトトキの判断で、今日は一日中本部近くのホテルで療養している。

本人はあくまでも、「寝ればすぐ治ります！」と言い張っていたが。

「わたしのほうで見てきましょうか」

「いや、俺が行ってくる。どのみちホテルに着替えを取りに戻らなきゃならないし、分析チームにも追い出されたしな」フォーキンはおどけたように天井を仰ぎ、「ヒエダはここで待機して、何かあれば連絡してくれ」

「分かりました。ビガに無理をしないよう伝えて下さい」

　エチカは、急ぎ足で去っていくフォーキンの背中を見送る——アル・バーハから無事に戻ってこられたのは、フォーキン率いる捜査官たちが、危険を顧みずに助けにきてくれたお陰だ。ビガもひどく心配してくれたらしい。二人には改めて、礼をしなくてはならないだろうが。

　エチカは、空っぽの胸元をやんわりと握った。

　——ニトロケースのネックレスは、未だに見つかっていない。

　アル・バーハで紛失したことは間違いなかった。恐らく、ＴＦＣ構成員らに襲われた時だ——持ち歩いている以上、こうなるリスクを想定しなかったわけではないけれど。

　迂闊だった。

　もし、あれの中身が機憶工作用ＨＳＢだと知られてしまったら——いや、知られるだけならばまだいい。自分が持ち主だと結びつけられてしまったら、取り返しがつかない。だからといって、この状況でサウジアラビアへとんぼ返りすれば、それこそ怪しまれるだろう。

　考えるだけで、胃が裏返りそうになる。

　どんな言い訳も、ユア・フォルマの完全な機憶の前では無意味だ。

　不安に突き動かされるように、オフィスへと通路を引き返す。分析チームが解析を終えるまで、リン電索官たちの仕事を手伝おう。そのほうが幾分気も紛れるはず——ラウンジの前を通りがかる。壁一面の窓ガラスに、あたたかな街明かりに包まれたリヨンの夜景が、一枚の絵画の如く浮かび上がっていた。

足を止める。

その『絵画』にすっぽりとはめ込まれたかのように、一人のアミクスが立っていたのだ——ハロルドが、こちらを振り向く。彼の出で立ちは、アル・バーハにいた時と何ら変わっていない。しわのないジャケットに、愛嬌のある角度で跳ねたブロンドの後ろ髪まで、何もかもが人間らしく完璧だった。

ただ一つ、その顔に浮かんだ表情を除けば。

「ヒエダ電索官。病院からお戻りになっていたのですね？」

ハロルドは、鋳型にはめたかのように機械らしい微笑みを浮かべている——まさか彼のほうから声を掛けてくるとは思わなかったので、エチカはやや驚く。

同時に、ぎゅっと心臓が痛んだ。

思うように制御できない自分の心が、ひどく鬱陶しい。

「今さっきね。分析チームの解析が終わるまで、オフィスで待つ」

「傷の具合はいかがですか。些か挙動がぎこちないですが、痛みがあるのでは？」

さっさと立ち去ろうとしていたエチカは、思わずその場に固まった。何でそんなことを訊く？　いや、ただの同僚としての雑談だろう——ああだからもう、いい加減にしろ。

こんなことでいちいち気持ちに波風を立てていたら、この先やっていけない。

「大したことない。すぐに治る」エチカはそう返しながらも、ふと思い至る。機憶工作用HS

Bを紛失した件について、ハロルドに伝えるべきではないか？　彼にとっても無関係な話ではない。「その、そう。一つ、きみに言っておかないといけないことが……」

エチカは周囲にひと気がないことを確かめてから、ハロルドに歩み寄っていく。小声でやりとりできる程度に近づいて、ネックレスの件を説明した――彼は微笑こそ引っ込めたものの、大きく取り乱す素振りはない。聞き終えると、何度か頷いてみせる。

「確かに気がかりですが、仮に中身を見られたとしても、HSBの規格自体は有り触れた市販のものです。誰も機憶工作用だとは気付かないでしょう」

アミクスはするするとそう言い、あの薄っぺらい笑顔を作った。

ただ、それだけだった。

一体何を期待していたのか、自分でも分からない。けれど早々に、妙な後悔がこみ上げてくる――そもそも、わざわざハロルドに話すべきことでもなかったのかも知れない。自分は何かを勘違いして、彼との距離を読み違えたのでは？

エチカは、今すぐこの場から逃げ出したくなってきたのだが。

「電索官。実は別件で、私からもお伝えしておきたいことが」見れば、ハロルドは至極真面目な顔つきに戻っている。「ビガの体調不良は、恐らく私のせいです」

「…………何のこと？」

いきなり明後日の方向へ話が飛んだため、頭を切り替えるのが遅れる。

　しかし、ハロルドは構わず話し出すのだ。「実はアル・バーハでビガに、知覚犯罪事件当時に彼女の恋心を利用したと打ち明けました。彼女はここのところ、あなたと私の変化を察して仲を取り持とうとしていましたので」

「ちょっと待って」エチカは遮った。自分でも、困惑がありありと顔に浮かぶのが分かる。冗談だろう？　「どうして今更？　急すぎる、そもそも何でそんな必要が」

「彼女は私のことを深く観察していますから、何れ巻き込んでしまう恐れがあります。今のうちに事実を伝えて、私からビガの気持ちを離さなければいけないと判断しました」

　エチカは、クリスマスマーケットでのビガを思い出す。確かに彼女は、自分とハロルドを心配していたし、以前のような関係に戻って欲しいと考えているようだった――でもだからといって、そのせいでRFモデルの神経模倣システムに勘付くと考えるのは、些か飛躍している。賢明なハロルドならば、そのくらいのことは分かるはずだ。

「自分の心配が過剰だとは思わなかったの？」

「過剰なくらいで丁度いいのです。実際あなたの時は、油断していたからこそ背負わせてしまった」ハロルドの口調は柔和だが、はっきりと干渉を拒んでいた。「とにかくあなたに、今後のビガのフォローをお願いしたいと思っています」

「何を言って……」

「彼女が回復できるように支えて下さい。人間のあなたなら、失恋の痛みというものが理解できるでしょうから、適任です」

　あまりにも傲慢な物言いに、エチカは茫然となる――少なくともハロルドにとって、ビガは信頼のおける同僚だったはずだ。それが、わざわざ彼女を寝込むほど傷付けただけでなく、あまつさえ後始末をこちらに頼もうと言うのか。

　しかも――『失恋の痛み』だなんて。

　唇の裏側を嚙む。

　怒りよりも、砕けそうな虚しさと罪悪感がこみ上げてきた。

　彼の不具合は、意図的な演出だと分かっている。それでも、ハロルドは明確に変わった。以前とはまるで違う。そうなってしまったのは、恐らくエチカ自身のせいでもあるのだ――だからこそ、踏み込む資格などない。

　それでも、これだけは我慢できなかった。

「同僚として、きみに言いたい」なるべく理性的な態度で押し出す。「本当にビガのことを思うなら、別の形で話し合うべきだった。きみなら、上手い理由付けを幾らだって思いつけたはず。わざわざ、ビガが傷付くような方法を選ばなくたって」

「敢えてひどく傷付けたほうが、もう私に近寄ろうとは考えないでしょう」

「だから過剰な心配だ！」エチカはつい声を荒げてしまう。「そもそもビガは同じ職場で働いているんだ。こんなことをしたら変にぎくしゃくして、きみ自身の仕事にも差し障りが――」

「近いうちにペテルブルク市警に戻るつもりですので、問題にはなりません」

……何と言った？

エチカは反射的に、息を止めてしまう――ハロルドの頬からは、いつの間にかあらゆる色が消え去っている。その眼差しを受けて、血管の裏を這うような寒気が押し寄せた。

ハロルドが、ペテルブルク市警に戻る？

「それは」一瞬で、口の中が渇ききっていた。「……電子犯罪捜査局を辞めるということ？」

「私は既にあなたの補助官を降りました。捜査補佐アミクスとしても大して役に立っていません」わざと役に立たないようにしているだけだろう、とは指摘できない。「私の不具合は拡大する予定です。きっかけがあれば、トトキ課長が辞職を認める状況を作ることはできます」

思考の切り替えが早く、尾を引くような感情も持たない――彼の機械らしい姿が、ひどく羨ましく感じられる。自分もそうなりたかった。せめて、今この時だけでも。

距離を置くというのは、単に、同僚に戻るだけだと思っていた。

けれど――ハロルドが捜査局から去ってしまえば、もはや顔を合わせることもなくなる。個人的に会うことなど有り得ない以上、何の関わりもない他人になってしまう。

本当に、自分の生活の全てから、彼がいなくなる。

足許がひび割れ、砕けていくかのような錯覚。

ガラス瓶に閉じ込めて、栓をしたはずだ。

感情に。心に。弱くて情けない自分自身に。

――そもそも全部が、薄汚くて独りよがりな妄想だと分かっているじゃないか。

「不具合が拡大して、捜査局を辞めたとして……ちゃんと、市警に戻れると思うの」

「何とでも理由を付けます。最悪、市警の建物に出入りできる立場が手に入ればいい」

「それでこっそり、ソゾン刑事を殺した犯人を捜すということ？」

「そのつもりです」ハロルドはゆっくりとまばたきをして、「お互いの安全を考えるのなら、私とあなたは本来、一切の接点を持つべきではありません」

彼が正面切ってそのことに触れるのは、ドバイ国際空港での諍い以来だった。

――安全なんて考えているのなら、最初から『秘密』を引き受けたりしない。

でも、そんなことを口に出したところで、またあの時と同じような口論に発展するだけだろう。彼はアミクスで、人間の感情を本当の意味では理解できていない側面がある――そしてエチカ自身も、この気持ちを単なる『執着心』だと誤解されているほうが、まだましだと考えている。つまり、延々と平行線を辿るだけ。

彼がいなくなった捜査局で、電索官として潜り続ける自分の姿を想像した。

すぐ目の前に迫っている現実なのに、どこまでもぼやけた空想のように感じられる。

やはり自分は、本当に――脆くなった。

「とにかく……」エチカはどうにか平静を保つ。「きみが辞めるとしても、もう問題は起こさないで。また意図的に他人を傷付けるような行動を取ったら、承知しない」

「分かりました」

ハロルドの返事は適当で、恐ろしく簡潔だ。

この場にいることが耐えられなくて、エチカは今度こそきびすを返す。オフィスに向かって歩き出したあとも、彼の無機的な眼差(まなざ)しがいつまでも追いかけてくるかのようで——意思とは裏腹に湧き上がる動揺を、抑え付けるのに必死だった。

いっそ何も考えず、仕事に没頭してしまいたい。

電索課のオフィスに戻った時、ユア・フォルマが新規メッセを受信する。トトキ課長だ、仮眠から起き出したらしい——エチカは半ば無意識に、メッセを展開。

〈アル・バーハに同行した特別捜査班員は、至急局長室に集合して〉

真っ暗だった気分が、一気に胸騒ぎへと変わった。


「——ここにいる顔触れで全員か？　トトキ捜査官」

電子犯罪捜査局の局長室は、本部最上階の一室に位置する——眼下のローヌ川を一望できる窓を背負い、シュロッサー局長が厳然と問うた。彼は一度帰宅していたのか、馴染(なじ)みのスーツではなく私服姿だ。集まった捜査官たちを険しい眼差(まなざ)しで見渡しているが、もちろん、誰一人として状況を理解できていなかった。

エチカは居心地が悪いことに、ホテルから戻ってきたフォーキンとハロルドに挟まれて立つ羽目になったが、気にしていられない。局長は何故、この夜中に自分たちを招集したのか——さすがに、ただ事ではないことだけは分かる。

「体調不良のビガを除いて、全員揃っています」トトキが答える。彼女の頰には依然、痛々しい消炎パッチが貼り付けられていた。「一体何事でしょう？」

「君か、もしくは君たちか……どちらにしても、十分な心当たりがあるはずだ」

シュロッサーは腹立たしげな態度を露わに、デスクに何かを置く——捜査官たちの間に、無言の困惑が広がっていく。エチカもわずかに背伸びをして、それを見て取った。

他ならぬ、カイのカード型ＵＳＢだ。

蝶のシンボルが、照明の明かりをてらてらと映し返している。

「分析チームが解析したところ、君たちが持ち帰ったＵＳＢは——電子犯罪捜査局の備品だと、判明した」

一瞬、針の筵のような沈黙が、室内を覆う。

エチカ自身、局長が何を言い出したのかすぐには呑み込めなかった。恐らく、全員があっけに取られていただろう。そのくらいに、彼の発言は突飛なもので——何がどういうことだ？

「ＵＳＢのプロパティ情報に、電子犯罪捜査局の備品管理用タグナンバーが紐付けられていた」局長が壁際を一瞥し、「マイヤー分析官。解析結果を共有ストレージに」

エチカはようやく、そこに分析チームの班長が控えていることに気付く。マイヤー分析官は壮年のドイツ人男性で、局長の指示通りに解析結果をアップロードしたようだ――ユア・フォルマの通知がポップアップし、エチカは急いで共有ストレージのデータを展開する。

愕然とした。

視界を埋めたのは、USBのプロパティ情報のスクリーンショットだった。紛れもなく、電子犯罪捜査局のタグナンバーが登録されている。添付報告書にも簡潔にその旨が綴られており、蝶のシンボルマークは独自に加工されたものだったと――いや、待ってくれ。

そんなわけがない。

あのUSBは、カイの私物のはずだ。

「一体どういうことなんだ、トトキ捜査官？」

「USBは間違いなく、アル・バーハでヒエダが回収したものです」トトキが毅然と、こちらを振り返る。「そうよね、ヒエダ？」

エチカは不器用に息を吸い込む。彼女や局長だけでなく、この場にいる全員の視線が集まっていた。衝撃で止まっていた思考が、ぎしぎしと軋みながら回り出す――自分は今の今まで、USB内のデータがフェイクか否かだけを心配していた。それなのに。

少なくとも――起こってはならないことが、起きている。

「わたしが見つけました。カイの手帳に挟まっていたので、彼の物だと……」言いながらも、急激に心許ない感覚に襲われる。確かにだからといって、カイ自身の所有物だと証明する手段はない。「デザインも、ファラーシャ・アイランドのシンボルマークと同じでしたから、『同盟』に関係する物なのだと思って中身を――」

マイヤー分析官が開口する。「内部データについて、特別捜査班は思考操作システムのバックアップだと確信していたようだが、何れも巧妙なフェイクだった。システムコードは記録されていたが、全く無関係な『落書き』に過ぎない」

――フェイク。

その事実自体には、さして驚かない。USBを見つけた当時から、カイは何故これほど重要なものを置いていったのかと疑問だった。一縷の望みに賭けたが、期待が外れることもある程度は覚悟していたつもりだ――今は、それよりも。

「カイはどうやって、捜査局の備品を手に入れたんですか？」エチカは、溢れ出る疑問を抑えきれない。「いえ……大体どうして、備品のUSBをわざわざファラーシャ・アイランドのものに見せかけて、わたしたちに掴ませようと――」

「発想を変えるべきだ、ヒエダ電索官」シュロッサー局長が遮った。「そもそも、捜査局のUSBをカイが手に入れたのではなく、捜査官の誰かが捜査局のUSBをカイの私物に見せかけようとしたんじゃないか？」

這うように血の気が引いていく。

局長の言いたいことは理解できるが、できれば考えたくはない──しかし、信憑性はある。もし仮にUSB自体が偽造品だったとしても、捜査局内で管理されているタグナンバーリストを知っていなければ、やはり整合性は取れない。外部の人間がクラッキングを仕掛けてリストを閲覧した確率は残るが、電子犯罪捜査局のセキュリティは群を抜いて堅牢だし、備品であるUSBの製品番号まで揃えるとなれば、ますます困難を極めるだろう。

捜査官たちの困惑が、さざ波のようなどよめきとなって膨れ上がる。

「もし、局内の人間の仕業だとしても」トトキが混乱を静めようと、やや声を張った。「何故そんな真似をする必要があるんです?」

「もちろん成果を挙げるためだろう。この件に関してはもう一つ、重要な事実がある」シュロッサー局長が、侮蔑するように彼女を睨み据える。「トトキ捜査官。今回使われたUSBは、君が局内のオフィスで借りていたものだ」

エチカたちは意図せず、一斉にトトキを凝視してしまう。

──いいや、それだけは有り得ないはず。

「確かに、USBは幾つか借りていました」トトキは顔色を変えない。「私ではありません」

「トスティの件に始まり今回の『同盟』に至るまで、君は長らく捜査が進展しないことで悩んでいた。しかしだからといって、わざわざキャリアのために証拠品を偽造するとは」シュロッサーが吐き捨てる。「私がプレッシャーを掛けたのも間違っていたが……品格を疑う」

「局長。私は、そのような真似は絶対にしません」

「だったら誰がやったと言うんだ？　君には、間接的な証拠も動機もある。それにもし仮に君が犯人なら、ＴＦＣ側に情報を流してヒエダ電索官を誘拐させることもできただろう」

「もし私が犯人なら、備品を伝って足がつくことを恐れます。誰かが私をはめようとしていると考えるほうが自然でしょう」彼女は淡々と、しかしまくたてるように、「思考操作システムの証拠を摑まれたくない『同盟』が、捜査の妨害を試みているのでは？」

トトキの言う通りだと思いたい――彼女は職務に忠実で、鉄仮面ではあるが情に厚い女性だ。エチカの知るトトキは、自らのキャリアを築くために証拠品をでっち上げたりしない。ましてや、自分の部下をＴＦＣにさらわせるなど。

入局から四年間、彼女を間近で見てきた。

これは――どう考えても、『同盟』が仕掛けた罠だ。

「実際に『同盟』による攪乱だとしても、何故君のＵＳＢを使う？」シュロッサーはすっかり疑り深くなっている。「道理がない。君はＵＳＢをヒエダに拾わせて、自分の昇進に繫げようとしたんだろう？　備品を使えば、もし偽造がばれたとしても、他の誰かに罪をなすりつけられるかも知れない」

「根本的に不可能です。私がカイの部屋にどうやってＵＳＢを置いたと？」

「今言ったばかりだ。ＴＦＣを買収して協力させることはできる」

「局長、疑心暗鬼になるのは分かりますが落ち着いて下さい」

トトキは真っ直ぐに背筋を伸ばしていたが、エチカの立ち位置から表情を窺うことはできない。シュロッサーは懐疑的な面持ちを崩さないままだ――鼓動が、首筋で脈打っている。

数秒間の、推し量るような静寂。

「……トトキ捜査官、もちろん私も君が犯人でないと信じたい。ただ君は優秀だが、この頃は問題も目立つ」局長は厳しい態度を変えようとしない。「特に、先月起きたヒエダ電索官による令状のない電索も、元を辿れば君の監督の甘さが引き起こした失態だ」

エチカは、心臓を握り潰されそうになる。

――まさかここで、その話に波及するとは。

思わず口を開いていた。「トトキ課長は関係ありません、あれはわたしの独断で」

「電索官、今は君の感情論は聞いていない」局長が冷徹に制す。「トトキには部下を監督する義務がある、だがそれを怠った。あまつさえ、偽造した証拠品を分析チームに堂々と解析させたわけだ。これがどれほどの問題か分かっているな？」

「何度も言いますが、濡れ衣です」トトキが繰り返す。「そこまで仰るのなら私を電索して下さい。潔白を証明できます」

「君が単独で行動したのか、複数人で協力し合ったのかが判然としない状況では、電索の結果も信用できない。機憶の性質をよく知る捜査官なら、暗号じみたやりとりを使って電索官を惑わすことも考えつくだろう」シュロッサーの言い分は一理あるが、あまりにも。「まずは徹底的な検証が必要だ。君になら理解できるだろうが」

　自分たちは恐らくトトキの指揮下で、順調に『同盟』の真実に近づいていたのだろう。

　だからこそ、足をすくわれた。


「――トトキ捜査官。君を謹慎処分とし、電索課の課長から一時解任する」


　シュロッサー局長の宣告が、無情にも捜査官たちの両肩に降り注ぐ。

　エチカは、もはや声も出せない。

　――一時解任。

　この場で疑惑が解けない以上、妥当な措置なのだとしても。

　トトキは長らく黙りこくっていた。彼女は異を唱えることなく、ただ黙って局長と見つめ合い――不意に、何かの糸が切れたようにきびすを返す。そのまま部下たちの間をすり抜けて、振り向くことなく局長室を出ていった。

　そんな態度の彼女を見たのは、初めてだ。

「捜査に支障が出ないよう、彼女の後任は早急に用意する。君たちも今日は切り上げなさい」

　特別捜査班の面々は動揺を隠せない様子だったが、促されてぞろぞろと局長室を後にする。

その鬱屈とした流れに従い、エチカも通路へ出て——背後で、無情に扉が閉ざされた。周囲の囁き合いが聞こえる。「トトキ課長は犯人じゃないだろ」「『同盟』にはめられたんだ」「まだ分からないわよ」「そもそも無茶な指示が多かったよな」「私はそうは思わないけど」不穏なやりとりを交わしながら、各々にエレベーターホールのほうへ歩き出す。

トトキの姿はどこにもなく、とうに消えていた。

「局長は頭が固すぎる」隣のフォーキンの独り言が、耳をつく。「幾ら思考操作システムに懐疑的だからって、これじゃ……」

エチカはいつの間にか、立ち止まっている。フォーキンが離れていく中、自分の擦れた靴先と見つめ合う。先ほど浮かんだ憶測が、どろりと背筋を伝い落ちた——トトキが、こんな真似をするはずがない。そんなことは百も承知だ。

だとしても、カイ自身が捜査局の備品を入手できたとも思えない。やはり局内の誰かが、トトキを陥れるためにカイにUSBを渡したか、自ら仕込んだと解釈するのが自然だろう。

つまり。

「これで、はっきりとしましたね」

声を掛けられて、エチカは顔を上げる。傍らで、ハロルドが同じように足を止めていた——アミクスの眼差しは、去っていく捜査官たちの背中を見据えている。

確かに彼の言う通り、明確になった。

「――電子犯罪捜査局内にも、『同盟』の内通者が入り込んでいます」

信じたくないが、もはやそう考えるしかない。

4

こんな風に熱を出すのは、一体何年ぶりだろうか。

ビガは一人、ホテルのベッドで寝返りを打つ。照明の光量を最小限に絞っているお陰で、窓から降り込んでくる街明かりがきらきらと輝き、星のようだ――身を起こせばきっと、国際刑事警察機構本部に隣接したテット・ドール公園の木々も見えるだろう。

アカデミーを欠席してまでついてきているのに、仕事を休むのは罪悪感があった。けれど――一人になれたことで、少しだけほっとしている自分もいる。

――『私に好意的な感情を抱くよう、あなたを誘導したと言ったらどうします』

瞼（まぶた）を閉じれば、キャンピングトレーラー内でのハロルドとの会話が、苦しいほどに反芻（はんすう）される。アミクスは恋をしない。それが分かったからといって、一瞬で気持ちを消し去れるわけでもない。でも、今までと同じようにいられないのも確かで。

色々なものがぐちゃぐちゃで、息ができなくなりそうだ。

きっと最初から、本当に恋人同士になれるなんて信じていたわけではなかった。多分、ハロルドはそれを見透かしていたのだ。実際、身を焦がすように強烈な感情ではなかったかも知れない。彼と一緒にいるエチカに嫉妬していない時点で、夢に夢を重ねたような、曖昧な恋に過ぎなかったのだろうか？

自分でも摑みきれないところが、ますます悲しかった。

けれどそれでも——生まれて初めて、心から憧れた人だったのは事実なのだ。

それだけは、決して嘘じゃない。

ビガは鼻をすする。腫れぼったい瞼からまた一粒、熱い涙が零れた。折角枕が乾きそうだったのに、またしても振り出しだ——沢山泣いて、ぐっすり眠ったら、きっと明日には少しだけましになる。そう思いたい。思うしかない。

サイドテーブルのティッシュを取ろうと手を伸ばし、そこに置いたニトロケースのネックレスが目に入った。例のＨＳＢが、柔い照明を浴びて煌めいている。

確信が持てないうちは、トトキには話したくない。

——頼れるとしたら、やはりハンサなのだろうけれど。

あの告白以来、連絡を絶っている幼馴染みのことが、ふやけた頭をよぎっていく。

第三章——反攻

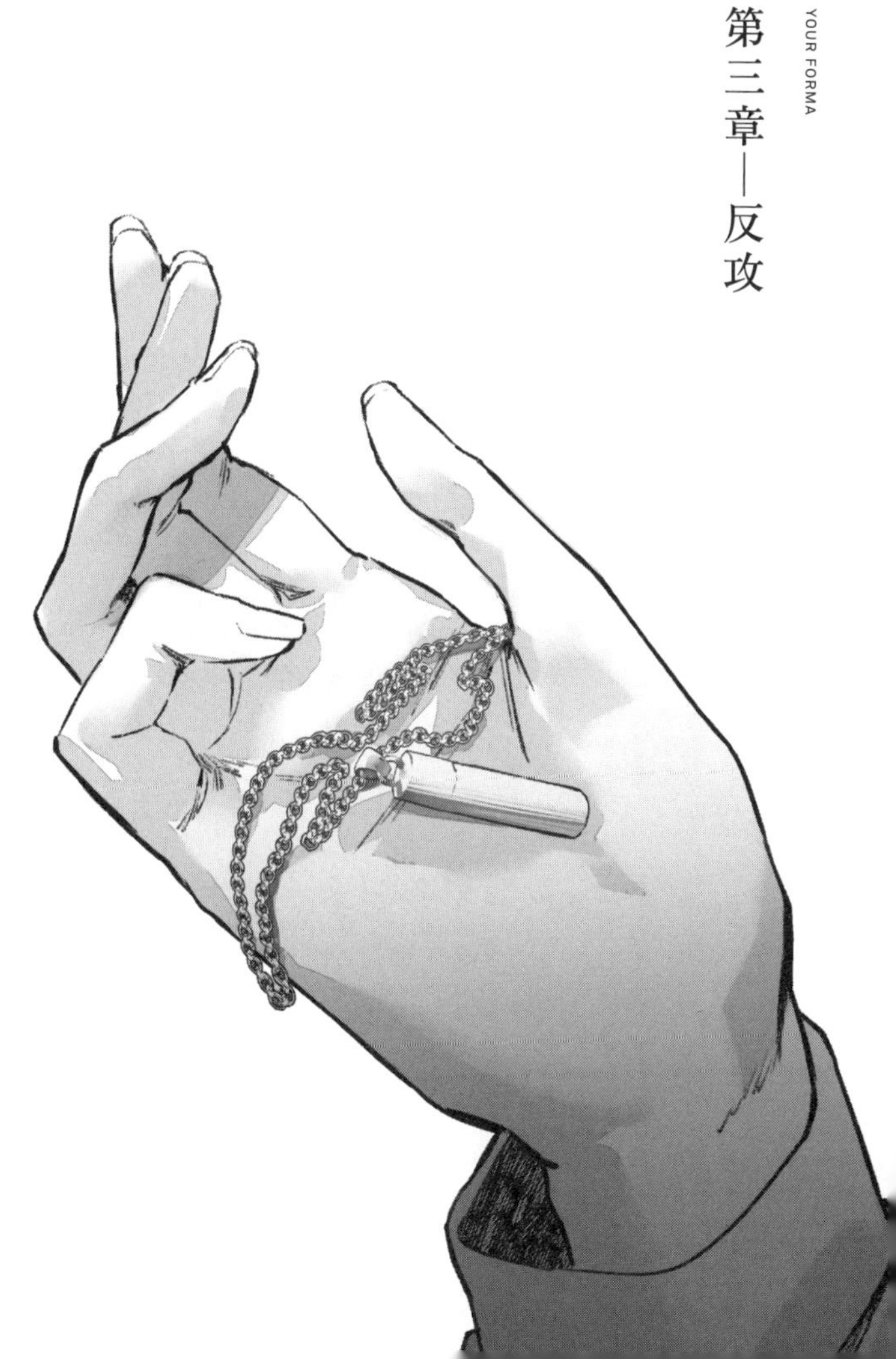

1

トトキの後任であるルーベン・スミス新課長は、見るからに頑固そうな米国人男性だった。

「トトキ捜査官の判断は甚だ疑問だ。不具合のあるアミクスを捜査に携わらせてどうする？」

電子犯罪捜査局リヨン本部——一昨日までトトキが使用していた電索課の課長専用オフィスは、あっという間にスミスのものとなった。壁に貼られていた猫のポスターは全て剥がされ、今や、消臭機能を備えたフェイクグリーンの鉢がぽつんとあるだけだ。

「ハロルド。君の件でノワエ本社に連絡したが、『既にメンテナンスは終わっている』の一点張りだった」デスクに着いたスミスは、神経質な視線をPCモニタに走らせている。「とにかく、他の捜査官がペテルブルク支局に戻る際、君を連れていくことになっている。それまでは大人しくしていなさい」

ハロルドは姿勢良く立ち、スミスの動作を隅々まで観察する——年齢は三十代半ばで、見た通りの機械派だ。子供が二人いるが離婚している。養育費の悩みがあり昇給を希望していたので、今回、シュロッサー局長からの急な打診を快く引き受けた——そんなところか。

「しかし」ハロルドは真摯な態度を心がける。「捜査補佐が私の仕事です。不具合があることは事実ですが、高度な情報処理を必要としない作業でしたら支障はありません」

「分からん奴だな。私はトトキと違って、君に仕事を任せないと言っているんだ。君がうっかり何かミスをしてみろ、全部こっちの責任になる」

「では、私はどうすれば？」

「掃除でもしてくれ。丁度今朝、パントリーの冷蔵庫を開けたら汚れが溜まっていた」

　スミス課長は「さっさと出ていけ」と言わんばかりに、手振りでハロルドを追い払う。なお も居座ることは難しそうだったので、従順な態度で専用オフィスを退室した——言われた通りパントリーに向かっていると、ミーティングルームこと特別捜査班のオフィスから、フォーキン捜査官が出てくる。扉が閉じる際、デスクを挟んで言い合うリン電索官と男性捜査官の姿が見えた。「トトキ課長ならそうはしないでしょ」「今はスミス課長がボスだろ」フォーキンは無言で首を横に振り、ハロルドと連れ立って歩き出す。

「——で、どうだった？」

　パントリーに入るや否や、彼が目を合わせないまま問うてくる——フォーキンはエスプレッソマシンの前に立ち、如何にも自然な動作でペーパーコップにコーヒーを注ぎ始めた。パントリーに扉はなく、通路を行き来する人間から丸見えなので、警戒しているのだろう。

　——もはや、局内のどこに『同盟』内通者の目があるか分かったものではない。

　その推測を伝えた時から、フォーキンは露骨に神経質になっている。

　トトキの更迭騒動から、二日——シュロッサー局長の人事は迅速で、翌朝には電索課及び特別捜査班に、スミス新課長が割り当てられた。捜査が実質振り出しに戻った今、彼が着任早々に命じたのはファラーシャ・アイランドの出資者を再度洗い出すこと、そしてこれまで立ち入れなかったポール・サミュエル・ロイドの別荘を検分することだったが。

「スミス課長はグレーです」ハロルドは小声で伝える。「立場からして、『同盟』の内通者の可能性もあります。ただ、もともと保身が第一の性格とも考えられるかと」

「あんたがはっきりと見透かせないのは、例の不具合のせいか？」

「いいえ。単純に、何を以てして『同盟』関係者だとするのかが不明確なためです。ベタな映画のように、秘密結社らしくタトゥーでも入れていてくれれば話が早いのですが」

言いながら、冷蔵庫のドアを開けてみる。確かにあまり衛生的ではないので、そのうち掃除する必要がありそうだ——誰が持ち込んだのか、腐りかけのソーセージが転がっていた。肉が腐らないうちに対処する必要があるな、と思う。

フォーキンが真顔で軽口を叩く。「ならスミスの服を脱がせて、タトゥーを確かめよう」

「まず、内通者が一人とも限りませんよ」

「どっちにしても、あの新課長に問題があるのは間違いない」彼は珍しく苛立ちを隠さず、コーヒーが注入されたペーパーコップを取った。「ヒエダが、アル・バーハでカイから取引を持ちかけられたって話はしたよな。スミスに、彼女の親父さんのソフトウェアを出汁にして、もう一度カイに接触するべきなんじゃないかと提案したんだが」

「些かリスクが大きすぎます」

「他にいい方法が思いつかなかったんだ。駄目で元々だったが、彼は何て言ったと思う？　『カイのUSBはトトキ捜査官が偽造したものであって、カイ自身が「同盟」に関係する証拠はない』だとさ。ついでに、アル・バーハで確認が取れなかった生物兵器や代替デバイスの件も、『米国国家安全保障局という確かな情報筋が証明している』の一点張りだ」

フォーキンは、スミスが不満で仕方がないらしい――彼だけでなく先ほどのリン電索官のように、トトキの更迭に納得していない者の大半がそうだ。事実、スミスはお世辞にも有能とは言いがたい。捜査局内の規則や上層部の指示に忠実という意味では、紛れもなく優等生なのだろうが。

今更ながら、トトキは個々の捜査官の仕事を極めて尊重していたのだと実感する。

「それでフォーキン捜査官、あなたは今どんな仕事を？」

「ファラーシャ・アイランドの出資者リストを見て、一件ずつ電話をかけてる。『もしもし捜査局です、具体的な出資理由をうかがえますか？』、怪しいかどうかはこれで分かるらしい」

「セールスのようで素敵ですね」

「大体、トトキ課長の解任は不当だ。どうにかしないと、このままじゃ奴らの思う壺だぞ」

フォーキンは腹立たしそうに、勢いよくコーヒーを呷る――実際局内の内通者を放置すれば、事態はますます悪化するだろう。局長は例のUSBの件に関して検証を始めると言ったが、トトキの潔白が証明されるどころか、『同盟』の捜査自体がもみ消されかねない。

ハロルドは静かに、疑似呼吸によるため息を洩らす。自分にとって、トトキよりもスミスのほうが容易に辞職を認めてくれそうな分、好都合ではあるが。

正直、展開としては好ましくない。

「残念ですが、現時点ではトトキ課長の復帰は望めません。我々も動き方に注意すべきです」

今回の件で、『同盟』が真相に近づきつつある自分たちを煙たがっていることは、はっきりとした。特に局内でも、思考操作システムの実在を支持しており、かつ特別捜査班を動かせる権力を持ち合わせたトトキは邪魔な存在だっただろう——だから、最初に立場を潰された。

ある意味では、見せしめだ。

「思考操作システムが存在すると分かってる俺やヒエダたちも、同じように潰されるかも知れないわけだ」そのうち特別捜査班の顔触れが入れ替わるかもな、とフォーキンが自虐する。

「ヒエダとビガは、イングランドにあるロイドの別荘を見にいってるんだったか？」

「ええ。二人もトトキ課長の処分に納得していませんので、厄介払いされたのでしょう」

ロイドは、ＡＩトスティに使用されたプログラミング言語の開発者であり、『同盟』に関与した疑いがもたれている。彼の別荘は長らく捜査令状が下りず、調べようにも調べられなかった——しかしスミス課長が着任した直後、突然令状が発付されたらしい。

これも、タイミングとしてはかなりできすぎている。

「こうなったら、全職員をあんたの前に並べて『同盟』関係者を炙り出すしかない」フォーキンは半ば自棄になっている。「嘘発見器の力は衰えてないんだろ？」

「私も万能ではありませんよ。何より『同盟』内通者はその性質上、自分の行動をやましいと思っていないでしょうから、ナポロフの時のように見抜けない確率が高い」

「だが、スミスを完全に白だとは言わなかった」

「我々は捜査官です、イヴァン」ハロルドは敢えてフォーキンのファーストネームを呼び、彼を我に返らせる。「よろしいですか。ここは冷静に、正攻法でいきましょう」

まずもって、原点に立ち戻るべきだった。

バンフィールドを除く五名の出資者の直接的な死因は、未だ明らかになっていない。

バンフィールドに関しては、生物兵器のキメラウイルスによって感染死し、その出所は『糸のない自由国家』だと判明した――だが、TFC内で生物兵器製造の証拠は挙がらなかった。兵器の製造拠点だというアル・バーハ内を偵察した特別捜査班は、誰一人として痕跡を発見できなかったのだ。こちらは巧妙に隠されていて、単に気付けなかったとも解釈できる。

だとしても、一度視点を変えるべきだ。

「正攻法？」フォーキンが空になったペーパーコップを握り潰し、ダストボックスに捨てた。「ここまでだって、十分地道に捜査してきた。他にどんな手があるって言うんだ」

「突破口になるかは分かりませんが、まだ一つだけ確認していないことがあります」

彼が眉を上げる。「どこに？」

　これが的を外していたら、いよいよ自分もお手上げかも知れないが。

「フォーキン捜査官。人間の付き添いが必要なのですが、連絡網の仕事はお忙しいですか？」

「仮に忙しかったとしても、『死ぬほど暇でしょうがない』って答えるだろうな」

　フォーキンが投げやりな笑みを浮かべてみせるので、ハロルドも頬を緩めた。感情エンジンを抑制してからというもの、そんな風に自然と微笑むことができたのは久しぶりだ。

「で、俺はあんたをどこに連れていけばいいんだ？」

　ハロルドは通路を一瞥し、彼に囁いた。

「——冷蔵庫です」

＊

　ポール・サミュエル・ロイドの別荘は、英国オックスフォードの閑静な住宅街にある。

「ビガ。このロイドって、確かＡＩ『トスティ』を作った人だったっけ？」

「そうです。あとはファラーシャ・アイランドに創設段階で関わっているので、『同盟』との関係を疑われています。死因も大分きな臭くて、五年前に酩酊状態で殺人事件を起こして自殺……ああもう、自分で捜査資料を読んで下さい！　ちゃんと貰ってますよね？」

「貰ってるけど、君から聞いたほうが早いかなって」

ビガが我慢ならなくなったように、ガードナー捜査官を睨む。彼は叱られた子供みたく、そそくさと歩調を速めた。最寄りのカーパークでシェアカーを降りてからというもの、ずっとこの調子だ——エチカはユア・フォルマで展開したマップ越しに、二人を眺める。ガードナーとは初めて行動するが、思いのほか奔放な人だった。

周囲に建ち並ぶ戸建ての家々に目を向けていると、隣にビガがやってくる。

「スミス課長は、何であの人をここに割り振ったんですか」彼女は小声で毒づき、やや先をいくガードナーの背中を一瞥した。「ロイドの件がもともとロンドン支局の管轄なのは分かってますけど、ウェブ監視課なんだから検分は門外漢ですよね？」

ビガは昨晩まで微熱が続いていたが、今朝になってようやく全快したようだ。本来なら、もう何日か休んだほうがいいはずだが——彼女にも、ワーカホリックが伝染しつつあるらしい。

「ロンドン支局の特別捜査班は、他にも色々と抱えていて忙しいみたいだから」エチカはマップを閉じる。「どちらかと言えば、新課長はわたしたちを追い出したかったのかも知れない」

「確かに、研修中のあたしを邪魔くさく思っているみたいでした」ビガは出発前、リヨン本部でスミスとやりとりした際のことを反芻したようだ。「でも、何でヒエダさんまで？」

「わたしはトトキ課長との付き合いも長いし、扱いづらいんだと思う」

「それですよ！　そもそもシュロッサー局長も冷静じゃないですよね。仮にもトトキ課長を疑うなんて」彼女はすっかり膨れ面だ。「特別捜査班の中でも、トトキ課長がＵＳＢを偽造したって信じてる人もいるんですよ。有り得ないです！」

「ガードナー捜査官もそっち派だったっけ？」エチカは重い気分がぶり返すのを感じた。「まあ、もともとトトキ課長のことをよく知らなかったり、やり方が合わないと感じていた捜査官も少しはいるはずだから」

　スミス新課長が着任してからというもの、特別捜査班内の雰囲気は芳しくない。主に、トトキの更迭に納得していない捜査官と、彼女のＵＳＢ偽造を信じ込んでいる捜査官に二分されてしまい、何となくぎすぎすしている——それも『同盟』の思惑だとしたら、大した策略だ。

「やっぱり、ハロルドさんの言った通りなんでしょうか……」

　ビガが深刻な面持ちで呟く。

　——『電子犯罪捜査局内にも、「同盟」の内通者が入り込んでいます』

　彼女に、ハロルドの推測を伝えたのはエチカだ——彼の言う通りならば、ＵＳＢの件だけでなく、ここにきてロイドの別荘の令状が発付されたことにも説明がついてしまう。確たる証拠はないが、局内に『同盟』の干渉が及んでいるのなら、遅かれ早かれ捜査にも支障が出るだろう。場合によっては、まともに調べを進めることさえ困難になるかも知れない。

　いいや——確実にそうなると考えるべきだ。

「とにかく、このままにはしておけない」エチカは眉間を揉んだ。「トトキ課長の濡れ衣の件も含めて、何か手を打たなきゃいけないのは確かだ」

「あたしもそう思います。でも、どうしたらいいのか……」

ビガも参ったように唇を噛む。全く同感だ——その表情を見つめながら、エチカはふと、ハロルドと彼女の間に起こったことに思いを馳せた。ビガは恐らく心配をかけまいと、普段と変わりなく振る舞っている。ハロルドにフォローを頼まれたが、正直出る幕はなさそうだ。

彼女の強さが、とてつもなく眩しい。

自分も見習わなくてはいけない。

「あと、そう。その話もなんですけど」ビガの大粒の瞳が、不意にこちらを向く。「これ、ヒエダさんに返さなきゃと思ってたんです」

彼女が、引っ提げていたショルダーバッグを探る——取り出されたものを見て、エチカは思わず立ち止まってしまった。ビガもまた、釣られたように足を止める。

「アル・バーハでヒエダさんが誘拐された時に、トトキ課長が拾ったそうです。あたしが預かってたんですけど……ばたばたしているうちに渡しそびれちゃってて、ごめんなさい」

ビガの掌で光を跳ね返しているのは、紛うことなきニトロケースのネックレスだ。表面についた細かな傷まで、寸分たがわずエチカのものだった。

まさか、彼女が持っていただなんて。

もう二度と戻ってこないと思っていただけに、安堵のあまり、どっと肩の力が抜けそうになり――すぐさま強い緊張を覚える。

ビガは、ニトロケースの中身を見ただろうか？

「ありがとう」なるべく自然に、ネックレスを受け取る。「半分諦めていたから嬉しい」

「知覚犯罪事件の時にもつけてましたよね？　きっと、大事なものなんだと思って」

ビガは、かつてニトロケースの中にマトイが入っていたことを知らない。せいぜい当時のハロルドの推理を通じて、エチカにとって心のよりどころだったと捉えているくらいだろう――だからもし中身を見ていたとしても、ごく普通のＨＳＢだと解釈するはずだ。ハロルドも言っていた通り、正体までは見抜けない。

だから――彼女の眼差しに一抹の疑いが潜んでいるように感じるのは、気のせいだ。

自分のやましさが引き起こした、悪い想像に過ぎない。

「これには、何て言えばいいか……家族との思い出が詰まっているから」

「それなら尚更、届けられてよかったです」ビガの微笑は、やや硬く感じられる。「行きましょう！　ガードナー捜査官に置いていかれちゃいますよ」

彼女が足早に歩き出す――エチカも続きながら、手にしたネックレスを首にかけた。ビガがこちらに注意を払っていない間に、ニトロケースを開けてみる。中には、間違いなくＨＳＢが収まっていた。落としてしまう前と何ら変わっていない。

ここ数日間、緊張でこわばり続けていた全身が、今度こそほどけていく。

本当によかった。

もう二度となくさないよう、くれぐれも注意しなくては。

ともあれ——ビガのお陰で一つ、肩の荷を下ろすことができた。

ロイドの別荘は、緩やかな坂を上った先——角地に建つ、寂れたデタッチドハウスだった。白い外壁は年月の蓄積でくすんだグレーに変わり、台形の屋根から突き出す煙突が、物悲しそうに曇り空を見上げている。軒先には蜂の古巣が放置されており、窓にもしっかりとカーテンが下りていて、中の様子は窺えない。

空き家であることは、一目瞭然だ。

「今は遠縁の親戚が管理しているらしい。合鍵を預かってきたよ」ガードナーが、玄関扉を解錠する。「僕は二階を調べるから、君たちは一階と地下を見てくれる？」

「分かりました」エチカは頷く。「ここに警察の人間が立ち入ったことは？」

「ロイドが事件を起こして自殺したあと、地元警察が調べたみたいだ。でも事件と直接関連するものは見当たらなくて、写真だけ撮って帰ったって記録にあった」

ガードナーが玄関扉を押し開ける——廊下には古い絨毯が敷かれ、きつい黴の臭いが鼻腔を抜けた。彼は露骨に鼻をつまみながら、さっさと二階へ続く階段を上がっていく。

「地元警察が手をつけていないなら」ビガが埃を吸い込み、小さくくしゃみをする。「『同盟』やラッセルズに関するものが残されているかも知れませんね」

「本当に手つかずならね」エチカは室内を見回す。「令状が下りるまでに、妙な時間がかかってる。局内に内通者がいるなら、その間に証拠を撤去したかも知れない」

現状、最も恐れていることだ。

「もしそうだったら、さすがに卑怯すぎます」ビガもげんなりとした顔になる。「あと思ったんですけど……ガードナー捜査官一人に、二階を任せても大丈夫でしょうか？」

彼女が言わんとしていることは分かる。捜査局内に内通者がいる以上、それが誰なのかが判明するまでは、嫌でも同僚を疑わなくてはならない——本当に、億劫な事態になった。

「あとでこっそり見にいくしかない。とにかく、持ち場を調べよう」

エチカとビガは間取りの把握も兼ねて、まずは一階を歩き回った。部屋は三つあり、シッテイングルームを除く二部屋は何れも物置と化していて、大量のカードボードボックスが積み上がっている。試しに手近なボックスを開けてみると、中身は全て紙の書籍や書類のようだ。

ビガはあっけに取られている。「別荘ってもっと優雅なものだと思ってました……」

「ロンドンにある自宅は狭いみたいだから、ここを倉庫代わりにしていたんじゃないかな」

「手分けしたほうがよさそうですね」彼女は気乗りがしなさそうに、手袋をはめる。「ここはあたしが確認しておきますから、ヒエダさんは気にせず地下を見てきて下さい」

「ありがとう。お願い」

その場をビガに任せ、エチカは廊下に出た。階下へ繋がる螺旋状の階段を下りていく——充満していた黴の匂いにどんよりとした湿り気が加わり、一層気が滅入った。

地下階は、視界が利く程度に薄明るい。完全な暗闇を想像していたのだが、どうやら北側のキッチン兼ダイニングルームが半地下になっていて、採光窓から光が入ってくるようだ。

部屋は二カ所で、一つは家庭用3Dプリンタなどが設置された作業室だった。以前、レクシーの別荘でも似たような設備を見かけたが、ロボット工学分野には欠かせないのだろうか――エチカは作業台に近づく。台の上はすっきりと片付いていたが、対照的に、壁にはびっしりと付箋が貼られていた。隙間なく折り重なり、まるで魚の鱗のようだ。

エチカはその一つ一つに目を通す。大半は走り書きのメモで判読が難しいが、主に買い出しの材料や工具の使用手順に始まり、偉人の格言や名著の引用まで様々だった。知人の連絡先らしきアドレスが幾つかあったので、その場で記録しておく。付箋に埋もれるように貼られた、電子新聞の記事も見つけた。わざわざプリントアウトしたようで、主にロイド自身の功績が掲載された記事を切り抜いている。どれも文章のみで、かなり短い内容だ。

その中に唯一、一面記事と思しきものを見つける。

【史上初、国際人工知能会議にて三年連続受賞】

堂々と躍る見出しの下に、トロフィーを抱いた若い女性の写真が載っている。退屈そうに首を傾けているその人には、強烈に見覚えがあった――エチカは静かに目を見開く。

レクシー・ウィロウ・カーター博士。

　日付は古く、今から八年も前だ。記事は隅々までレクシーを絶賛している。曰く、『彼女は弱冠二十一歳にして、世界初の次世代型汎用人工知能「ＲＦモデル」を開発した希有な才能であり、史上初の三年連続受賞に反対する者は誰もいなかった』──記事の末尾に他部門の表彰者が名前を連ねており、ロイドの氏名も小さく書き添えられていた。

　ロイドは、ファラーシャ・アイランドの創設に関わるほど優秀なロボット工学博士だったはずだが、さすがにレクシーの存在感には及ばなかったというわけか。

　何気なく視線を動かすと、記事の隣に貼られた付箋が目に留まる。

《星も、雲も、風も、揃ってわたしを嘲ろうというのか。哀れなやつと思うなら、感覚も記憶も押し潰して、この身を無にしてくれ。さもなくば、去れ。消えてなくなれ。わたしを暗闇に残して》

　──『フランケンシュタイン』の一節だ。

　その筆跡は他のメモとは異なり、ひどく感情的だった。うねりながら叩きつけられた怒りが、ところどころ濃く滲んだインクの端々に感じられる。

　どことなく、薄ら寒いものを覚えた。

　ロイドが殺害した高齢のドレイパー夫妻は、彼とは全く面識がなかったという。そのため地元警察はロイドの犯行を、酩酊の末の衝動的なものだと断定した──常日頃から、こうした鬱屈とした感情を抱え込んでいたのだろうか。それが書籍の引用という形でここに貼られた？

——ハロルドが一緒にいたのなら、すぐさま解明できたかも知れないのに。

リヨン本部で『雑用』を割り振られているアミクスのことを思い出し、エチカはため息を呑み込む。スミス課長は、不具合を抱えたハロルドが勤務を続けていることに疑問を感じているようだった。何かトラブルが起きていないといいが……。

エチカは作業室を後にして、もう一部屋の扉を開ける。

途端に、ぽっかりと壁をくり抜いたかのような闇が視界を埋めた。どうやら、こちらには窓がないらしい。だが電気はきているはずだ——エチカは壁を探り、照明のスイッチを入れる。

何のためらいもなく、室内が明々と照らし出された。

ざわりと、鳥肌が立つ。

殺風景な部屋の中央に、ステンレス製の大きな檻が置かれていたのだ。ユア・フォルマが即座に解析する。〈飼育用ケージ。主に超大型犬種を対象としたもの〉——高さだけでも、エチカの首元まではあるだろう。幅に至っては、大人が優に横たわれる広さだ。ケージの中はがらんどうで、見回してもペット用品は見当たらない。

パーソナルデータに、ロイドが犬を飼っていたという記録はなかった。

たとえば正規のペット販売店ではないブリーダーなどから譲り受けた場合、データの登録が漏れることはままある。かつて飼っていた愛犬のケージを、倉庫代わりの別荘にしまい込んだというのなら理解できるが——どうにも不気味だと感じてしまう。

エチカは言い知れぬ恐怖に追い立てられ、そっと扉を閉めた。

今のところ、ロイドの人格の歪みが読み取れるくらいで、『同盟』やラッセルズの手がかりは見当たらない。やはり全て撤去された後なのか——とりあえず、ビガを呼びにいこう。

＊

国際刑事警察機構本部の検死施設は、敷地内に建つのっぺりとした平屋の別棟だ——もともと電子犯罪捜査局が創設されるまで、国際刑事警察機構は単なる事務機関に過ぎなかった。スペースの都合で本部内に死体安置所等の設備を設けられず、別棟を造ることになったらしい。

ハロルドとフォーキンがエントランスに入るなり、担当の女性検死官が出迎えた。

「ここにある出資者の遺体は四人分だけですよ。パリとエカテリンブルク、サンモリッツで死んだ三人と、数日前に移送されてきたバンフィールド……」中年の痩せぎすな女性検死官は、数十分前に連絡を入れた時からこの調子で、さも迷惑そうだ。「特にパリの被害者は、今日遺族が引き取りにくる予定なので困るんですが」

「上の指示でな。ちょっと見せてもらいたいだけだ」

フォーキンがすんなりと嘘を吐く——検死官はうんざりしたようなしかめ面で、施設の奥へハロルドたちを案内した。通路の照明は消灯していて、やや薄暗い。職員の数が本部と比べて格段に少ないからか、建物内は奇妙な静寂で満ちている。

　ハロルドがまだ直接確認していないものがあるとすれば、バンフィールドを除く出資者たちの遺体だった。全員が揃ってはいなくとも、四人もいれば何かしらの共通項は探せるはずだ。

「なあ」フォーキンが声を潜めて話しかけてくる。「今のところ作戦通りだが、次もか？」

「ええ、お願いします」

　検死官が向かったのは、遺体保管庫だ——剝き出しのコンクリート壁に囲まれており、皮膚センサが低く保たれている室温を感知する。冷蔵保管設備は、集合住宅で配達ドローンが寄りついている宅配物用ロッカーに酷似しており、あわせて数十の遺体を収納できる設計だった。

「そっちの台の上に、四人を出してくれ」

　フォーキンが、壁際に寄せてあった運搬用の台車を指差す。だが、検死官は間髪入れずに拒否した。死後一週間近くが経過していることもあり、なるべく外気に晒さない状態にしておきたいのだと言う——数分間常温に置いたところで、傷むようなものでもないはずだが。

「顔は見えますので、ここで済ませて下さい」

　検死官は保管庫の四角い扉を順番に開けていき、四人のトレーを引き出す。それぞれ納体袋が載せられていて、ジッパーを下げると頭部が露出した——だが、出資者たちの寝顔を見たところでどうにもならない。ハロルドが知りたいのは遺体全体の状態だ。

　とはいえ検死官の目がある中で、遺体を堂々と取り出すわけにもいかない。

一瞬、フォーキンに目配せする。

「そういや」と、彼が検死官のほうに向き直った。「遺体の検死結果について、スミス課長から確認して欲しいことがあると言われた。事前に、そっちにメモを渡したって話だったが」

検死官が眉根を寄せる。「紙のメモですか？　覚えがありませんけど」

「他の検死官が受け取ってるんじゃないか？　訊いてきてくれ」

検死官は分かりやすく困惑し、「少し待っていて下さい」と保管庫を出ていく——彼女の靴音が通路を遠ざかっていくのを確かめたところで、フォーキンがすかさず出入口の扉を閉めた。構造上内側から施錠できないらしく、彼は運搬用台車を引っ張ってくると、物理的にドアが開かないよう封鎖するのだ。

我ながら、呆れるほど上手くいった。

「作戦通りだな」フォーキンが肩の力を抜く。「しかし、あんたもよく思いつくもんだ」

「彼女が他の検死官に確認を取るとしても、あまり時間がありません。急ぎましょう」

ハロルドとフォーキンは手分けして、四人の遺体をトレーごと取り出す。台車の数が不足していたため、全員を直接床に並べた。納体袋のジッパーを大きく下げて、遺体を隅々まで改めていく——バンフィールドを含め全員に死斑が目立つが、やはり外傷はない。司法解剖を終えて縫合された傷以外に、何も見当たらなかった。

「他殺なら何か残るはずだが……」フォーキンも屈み込み、遺体をチェックしている。

彼の言う通り、必ず何かがあるはずだ。

諦めるには早い。

ハロルドは視覚デバイスを調整しながら、四人の亡骸(なきがら)を子細に観察する。髪の一本一本や、皮膚の毛穴までをもじっくりと眺めて――そうこうしているうちに、入り口の扉がけたたましく叩(たた)かれた。想定よりも遙(はる)かに早く、検死官が戻ってきたらしい。「ちょっと？　開けて下さい、何をしているの！」苛立(いらだ)ち混じりの怒声が聞こえるが、まだ従うわけにはいかない。

検死官はなかなかに粘り強く、五分ほどは扉をこじ開けようと奮闘していただろうか。

やがて、憤慨した足音が離れていく。

「絶対にスミスを呼びにいったぞ」フォーキンが自身の頬を擦った。「大目玉だ」

「ドアが壊れたことにしますか？」ハロルドは遺体から目を逸(そ)らさないまま、軽口を叩(たた)いておく。「あなたの立場に影響が及ばないよう、私が上手(うま)く対処します。ご安心下さい」

「おい。あんたの不具合のせいにするとか言い出すんだったら、俺は御免だぞ」

ハロルドは適当な相槌(あいづち)を打ちながら、引き続き遺体を熟視し――ふと、一人の左足首に注意がいく。サンモリッツで死去した、ブライアン・クワインという名の出資者だ。指先で肌に触れてみると、べたついた感触が付着する。

化粧用のコンシーラー。

ごく狭い範囲で、血の気のない皮膚にも馴染(なじ)んでいたため、自分の視覚デバイスを以(もっ)てしても判別に時間がかかってしまった――丁寧に擦り落とすと、覆い隠されていた点のような痣が現れる。指圧しつつ、つぶさに見極めた。死斑と違い、皮下で凝血が起きているようだ。

見落としていたものは、確実にこれだった。

「どうした」別の遺体を見ていたフォーキンが、異変に気付く。「何か見つけたのか？」

「ええ、クワインは左足首に痣があります。死斑ではなく、内出血かと」

「何でそんなものが？」

「分かりません。他の三人も確かめましょう」

フォーキンと手分けして、残る三人の足首を調べる――左右は異なっていたが、バンフィールドも含め、やはり全員に小さな痣があった。総じてコンシーラーで隠されていたことから、やましいものと推察できる。彼らの遺体は先ほどの女性検死官が管理しているが、自分の化粧道具を使ったのだろうか？

何れにしても――彼女の個人的な判断ではないと考えるべきだろう。

「わざわざ隠そうとしたということは、突然死の原因と関連しているかも知れません。細い針……たとえば医療用シリンジのようなものを刺した結果、内出血が起きたようにも見えます」

「だとしてもパーソナルデータを見る限り、彼らには通院歴もドラッグの使用歴もないぞ」

フォーキンは四人の痣をそれぞれ見比べながら、下唇をつまんでいる――そう、四人だ。

唯一、心不全ではなく感染死を遂げたバンフィールドにも、痣がある。

前提が覆った。

「何であれ、一つ明らかになりました」

ハロルドは指先についたコンシーラーを拭いながら、言った。

「――出資者たちは心不全ではなく、全員がキメラウイルスの注入によって殺された」

バンフィールドの感染経路はこれまで不明だったが、痣が見つかった以上、直接血液中に注入されたと推測するのが妥当だ――もとより『同盟』側は、捜査局がキメラウイルスの存在を突き止めることを想定していなかったのだろう。そもそもバンフィールドの感染が確認できたのも、遺体発見現場に偶然居合わせたバイオハッカーのハンサが、保存キットを所持していたお陰だった。しかし一般的な捜査官には、そうした用意がない。仮に遺体の体温に疑問を持ったとしても、手順に従い検死官に委ねるだけだ。

当時の自分には、捜査局内に『同盟』の手が及んでいるという発想がなかった。

そのため、素直に検死結果を信じてしまったが。

「『同盟』は検死官を買収することで、出資者たちの死因を『心不全による突然死』として処理させるつもりだったのではないでしょうか」

「それは……無理があるだろ」フォーキンが眉をひそめる。「六人は世界のあちこちで死んだんだぞ。その推理じゃ、『同盟』は各支局の検死官たちを買収していることになる」

「ええ、恐らくその通りです」

ファラーシャ・アイランドで対峙したトールボットの言葉を、メモリ内で再生する。

――『こちらの規模について調べもついていないのに、よくもまあここまで来たものだ』

そもそもファラーシャ・アイランドは、世界中から投資を受けていた。『同盟』関係者のトールボットにしても、国際AI倫理委員会の委員長という重要な立場にあったくらいだ。相手が手広く根を張っていることは想像に難くない――が、かなり大胆なやり口と言える。

「冗談だろ」フォーキンはめまいを覚えたようだった。「なら……さっきの女性検死官も買収されてるって？」

「いいえ、部外者かと。むしろ、叩いて埃が出るような事態を避けるために買収したはずです。金を払うだけなら、正体を隠したままでも不都合はありません」

「だったら下手に彼女を尋問すれば、今度は俺たちが突然死のからくりに勘付いたと見なされて、口封じされるわけだ」捜査局内に内通者がいるのなら、彼の推測する展開は十分起こり得るだろう。「一つ訊きたいんだが、買収そのものの証拠はないよな？」

「我々が受け取った検死結果と、これらの死体との齟齬で十分かと」

フォーキンは現実を受け入れたくないのか、物思うように押し黙る。

恐らく『同盟』は、バンフィールドから採取された検体を輸送用ドローンごと撃墜しようとしたはずだ。しかしブレードに擦過痕を残したのみで、失敗に終わった――検体の解析が進み、完全に隠蔽できるはずだった出資者の死因に綻びが出たために、大いに計画が狂った。

トトキを見せしめにしたのは、そうした作戦変更を強いられてのことだったわけだ。

——どうやら、『同盟』は相応に追い込まれている。

「だとしても、奴らの尻尾を摑んだことにはならないぞ」フォーキンが髪をかき混ぜる。「大体、『同盟』が自ら出資者を始末したことは、最初から推測がついていた。死因がキメラウイルスだと分かったところで、何の意味も」

「ウイルスが、直接出資者たちに注入されたという事実は明らかになりました」ハロルドはやんわりと遮る。「現場に他殺の痕跡はなく、犯行時刻前後に出入りした人間もいません。しかし、彼らの体内に直接流し込まれた。この点を解明できれば打開策に——」

再び、激しく扉が叩かれる。

その力強さと漏れ聞こえる怒号からして、駆けつけたのは検死官ではない——ハロルドとフォーキンは目を見交わした。遺体の確認を終えた今、もはや籠城する理由もないが。

「……とにかく、捜査局にいたんじゃ事件の解決は望めないってことだな」フォーキンが重い息を吐く。「いいか、痣を見つけたことは誰にも言うな。今度はあんたが標的にされる」

「ええ」ハロルドは顎を引き、彼の様子から察した。「何か考えが？」

「まあ……そうだな。俺のことを一度だけ、かばうふりをしてくれ」

フォーキンは気合いを入れ直すかのように軽く腕まくりをして、遺体から離れる。ハロルドはすぐさま彼の『作戦』を理解し——機械らしく、その場に突っ立っておくことにした。

そうしてフォーキンが戸口の台車を押しのけた途端、思い切り扉が開け放たれる。

「――一体何を考えているんだ！」

飛び込んできたのは、他ならぬスミス課長だ。彼は額に青筋を立てており、ほとんど殴りかからんばかりの勢いでフォーキンに詰め寄る――入り口に、スミスを呼び出したらしい女性検死官が立ち尽くしていた。室内に並んだ四人の遺体を見て、さっと青ざめている。

「彼女を閉め出して、勝手に遺体を調べるとはな！」スミスが口角泡を飛ばす。「そもそもこっちは何も指示していない。出資者たちに電話をかけるよう頼んだのに何を」

「私が彼に、『冷蔵庫の掃除を手伝って欲しい』とお願いしたのです」

ハロルドは指示通り、一度フォーキンをかばう――スミスが嚙みつきそうな気迫で、こちらを向く。部下の勝手な行動で、与えられた役職を取り上げられることに怯えているようだ。

「冷蔵庫？　ああ確かにここは冷蔵庫だが、私が言ったのはパントリーの話だぞ！」

「聴覚デバイスが不調でして、聞き漏らしました。てっきり、『遺体を調べろ』という比喩的な指示かと思いまして――」

「ノワエ社に今度こそメンテを取り付ける、修理が終わったらすぐにペテルブルクへ帰れ！」

「――フォーキン捜査官に手伝っていただくことにしたのですが」

ハロルドはスミスの怒鳴り声を一切無視して、フォーキンへ眼差しを流す。

「ええ、ハロルドの言う通り手伝いましたよ」頷くフォーキンは、スミスの激昂など意に介していないかのような口ぶりだ。「結局、何も見つかりませんでしたが……セールスのように電話を掛けるくらいなら、冷蔵庫の掃除のほうがずっとましですからね」

　彼の態度は、大袈裟なほど不遜だった。ポケットに親指を引っかけ、苛立ちも露わに上司を睨み据える――意図的なのが丸わかりだが、憤怒の形相のスミスには見破れない。

「フォーキン捜査官、どういうつもりだ？」

「あんたのやり方が気に食わないと言ってる」フォーキンは唾でも吐きそうだ。「カイも生物兵器も全部白紙に戻して、もう一度出資者から洗い直せって？　トトキ課長の仕事をそのまま引き継ぐのが癪なんだろうが、あんたのその安いプライドは正直仕事の邪魔だ」

　――どう考えても言い過ぎだったが、控えめにやって失敗するよりはいいだろう。

　スミスの目がはっきりと据わる。「……発言を訂正するなら今のうちだぞ」

「訂正して欲しいのなら、トトキ課長と同じくらい真っ当に働いたらどうだ？」

「キャリアのために証拠品を偽造することが真っ当なのか？」

　スミスがせせら笑うと、フォーキンがここぞとばかりに踏み込んだ。彼は上司の胸倉を掴み、力任せに壁に押しつけて――スミスがフォーキンの襟ぐりを掴み返し、即座に引き剝がした。一瞬の出来事だったが、それでも、新課長の瞳孔はくっきりと開いている。

「彼女を侮辱するな」フォーキンが吐き捨てた。「あんたよりも遙かに聡明な人――」

　言い終わる前に、スミスの拳がフォーキンの頰に食い込む。ハロルドは眉をひそめてしまう

──フォーキンは数歩よろめいたが、毅然と上司を見つめ返した。

開け放たれたままの保管庫から溢れる冷気が、じわじわと床に伝い落ちていく。

「フォーキン捜査官、銃とIDカードを寄越せ。今すぐだ」

スミスが片手を突き出す。フォーキンは無言で銃をホルスターから抜き、IDカードと一緒に上司の胸に押しつける──いつの間にか、戸口の女性検死官は姿を消していた。

スミスの怒りに震える命令だけが、声高に響き渡る。

「上司への暴力行為と命令違反により、君は停職処分だ。期限は追って連絡する」

*

「幾ら何でもやり方が強引すぎます、わざと停職になってどうするんですか！」

ロイドの別荘──枯れることを知らない雑草まみれの裏庭に、ビガの悲痛な叫びが轟く。声が大きい。エチカは慌てて人差し指を立てながら、家のほうを振り返った。幸い、ガードナー捜査官が聞きつけて現れる気配はない。

『今の捜査局は「同盟」の庭みたいなもんだ、どのみちまともな捜査なんてできやしない』錆の回ったガーデンテーブルを挟み、フォーキンのホロモデルがけろりと言う。『ハロルドとも話したんだが、奴らの包囲網は思っていたよりも広いとみていい。彼のメッセを読んだか？』

「ええ。『同盟』は検死官たちを買収していたそうですね」

エチカは、ハロルドのメッセに今一度目を通す――内容は至って簡潔な報告だ。出資者全員がキメラウイルスの注入によって殺害されたことや、各国の検死官がそれを『突然死』として処理したことが綴られている。

ハロルドの見立てならば、まず間違いないだろう。

――事態は、想定していたよりも一層悪いかも知れない。

『ロイドの別荘はどうだ？』

「ビガと一緒に大量のカードボードボックスや作業室を調べていますが、『同盟』やラッセルズを匂わせるものは何も」エチカは落胆を隠し、答える。「捜査局内に内通者がいるとすれば、令状の発付を遅らせている間に、証拠品を片付けたと考えたほうがよさそうです」

『やっぱり局内はもう手が回っていると見ていいな』フォーキンが嘆息して、『ヒエダはどうする？』

「え、どうするって？」ビガが困惑している。「何をどうするんですか？」

『俺と同じように一旦捜査局を外れて、個人的な捜査を手伝うつもりはあるか？』

エチカはつい、天を仰ぐ。どのみち、手を打たなくてはいけないと思っていたが――実際フォーキンの言う通り、捜査局内に『同盟』の支配が及んでいる今の状況では、通常捜査で事件解決を目指すのは困難だ。トトキの件のように、後々必ず妨害が入るだろう。

やり方はさておき、彼の決断は理解できる。

だが——同時に、危うい賭けだ。

「局側にばれたら大変なことになりますよ」ビガが青ざめる。「それこそクビにされるかも」

『どのみち「同盟」を突き止めることさえできれば、捜査局内に内通者がいたという事実のほうが重要になってくる。最終的に隠蔽捜査だったという体で処理できればいい』

「だとしても、私立探偵と同義ですよね」エチカはフォーキンのホロモデルに目を戻す。「失礼かも知れませんが……リスクを取ってまで、捜査を続けようとするのは何故ですか？」

エチカ自身は、父チカサトが『同盟』に関与しているかも知れず、諦めることは考えられない。何より、自分が許可なくトールボットを電索したことで、トトキの更迭に拍車をかけてしまった責任もある——しかし、フォーキンは別だろう。

「一度思考操作システムに巻き込まれたとはいえ、捜査官はわたしと違って、事件に執着する必要はないはずです。今手を引けば、危険が及ぶこともありません」

『そりゃ俺に支障はないだろうが……』フォーキンは初めてそのことを考えたかのように、頬を掻くのだ。『今度こそ、うっかり思考操作システムが世に出たらどうなる？　トトキ課長みたいに立場どころか、頭の中の自由まで奪われる人間が出始めるぞ』

それが俺の身内や知り合いじゃないとも限らないしな、と彼は呟く。

『失った時に死ぬほど後悔するくらいなら、多少危険でも動いたほうがずっとましだろ』

　フォーキンの言葉には、奇妙な重みがあった――思えば初めて出会った時から、彼は他人にもしもの事態が起こることを、ひどく恐れていると感じる節がある。これまでにエチカが危機に晒された際も、たびたびそうした感情を吐露していた。

　憶測だが、まだ自分が知らない何らかの事情があるのだろう。

　エチカは曖昧に頷きながら、唇の裏側を舐める。

　どのみち、打開策を探していたところではある――加えて自分は『同盟』から煙たがられている身だし、捜査局に残り続けるのは賢い選択ではないはずだった。

「分かりました。わたしも何かしらの方法で折り合いを付けて、そっちに合流します」覚悟を決めて、そう口にする。「わたしたちとルークラフト補助官だけで動きますか？」

『いや、一度トトキ課長に連絡を取るつもりだ。賛成するかは分からないが、彼女だって「同盟」にやられっぱなしでいいと思っているわけが――』

「待って待って」聞き役に回りかけていたビガが、前のめりになる。「あたしも一緒に手伝います！　元バイオハッカーとして何か役に立てるかも知れないですし」

『いや、あんたはアカデミーに戻れ。あっちは捜査局よりも安全なはずだ』フォーキンがぴしゃりと言う。『そもそもビガは研修中だろ。何かあれば、捜査官への道も絶たれるぞ』

「それはそうかも知れませんけど、でも」

『駄目だ』彼は頑として却下した。『とにかくヒエダ、また動きがあれば連絡する。あとハロルドのメッセだが、もし情報があれば返信してやってくれ』

エチカは、視界の隅に展開したままのメッセを読み返す。

〈ウイルス注入に使われた『針』について、思い当たることがあれば連絡して下さい〉

文末には、そう書き添えられていた。

——ハロルドにも色々と言いたいことはあるが、今は呑み込むしかなさそうだ。

そうしてフォーキンとのホロ電話を終えると、じっとりとした静寂が戻ってくる——真冬の昼下がりにもかかわらず、曇天の隙間から優しい日射しが零れて、エチカのうなじを撫でた。どこかで、場違いなほど麗らかな鳥の囀り。

いきなり厄介なことになったのは、間違いない。

だが——トトキが解任された以上、ある種の必然だったのだろう。

「何であたしだけ心配されなきゃいけないんですか」ビガが不満そうに呟く。「どう考えても、ヒエダさんたちのほうが危ないのに……」

「きみが捜査局側に残ってくれれば、内部の動向を探ることもできる」気休めだったが、ビガを納得させなくてはいけない。エチカ自身、彼女を危険に晒したくはなかった。「何にしてもロイドの別荘の件が片付いたら、フォーキン捜査官の言う通り一度アカデミーに戻って」

「一人でペテルブルクに帰っても、皆のことが心配すぎて気が気じゃないですよ。こんな」

「でも——ルークラフト補助官と一緒に過ごすのも、それはそれで辛いでしょう」

エチカがやんわり指摘すると、ビガのまばたきが止まる。その緑の瞳を初めて、脆い何かがよぎっていく――単純な動揺だけではない。彼女の中で、器用に抑え付けていた感傷が一気にこみ上げたのだと分かった。

なるべく触れないでおきたかったが、ビガには安全圏に居てもらわなくてはならない。

「その」エチカは慎重に紡ぐ。「いきなり熱を出したり、様子がおかしいから何かあったんだと思って……ごめん。きみから話してくれるのを待つつもりだったけれど」

「いえ！　何も言わなくてごめんなさい」ビガは、懸命に明るい表情を保とうとしているようだ。「さすがにばれちゃいますよね。あたしは案外平気というか、全然、大丈夫なので……」

言葉尻は、穏やかな陽光の中で焼かれてしまう――それでも、彼女の細い肩は泣き出すように震えたりはしなかった。ただ、自らを宥めるように息を吸い込んだだけだ。

「あたしの恋は本物じゃなくて、ぬいぐるみを可愛がるようなものだって、言われちゃって」

エチカの胸も、鋭くひりつく。「うん」

「アミクスは恋をしないんだそうです。恋をしているように見せかけることができるだけだって」ビガの淡い睫毛を、光が縁取っている。「あたしはそれでも、ハロルドさんに『心』があるように見えたんですけど……もう何だか色々と、分からなくなっちゃって……」

機械仕掛けの友人は、恋をしているように見せかけることができるだけ。

その話はエチカも、ハロルドから聞かされたことがある。確かアミクスのベールナルドと結婚した、シュシュノワの聴取に立ち会っている時だった——あの時の自分はビガと同じように、ハロルドは例外なのだと考えようとしていた。

実際、彼の有する神経模倣システムは、量産型アミクスとは大きく異なる。

それでも、今の変わり果てたハロルドを見ると、自分の解釈は誤っていたように思えてならない。彼は、言うなれば感情を完全に制御していた。人間にはあれほど器用な真似はできないが、ハロルドは易々とやってのける。

やはり——彼の機構は、自分たちとはかけ離れている。

「でも……一番ショックだったのは、自分に対してなんです」ビガの微笑みは力ない。「それでも、彼のことを好きで居続けたいと思えなかったことが、余計に辛くて……最低ですよね。これじゃ、ハロルドさんが言っていたことと、何も変わらない……」

「ビガ、」

「だから、えっと、大人しくアカデミーに帰ります。自分では大丈夫だって思ったけど、やっぱりまだ日も経っていないし、変にぎくしゃくして捜査に支障が出たらいけないから——」

エチカは苦いものを呑み込む。

この件に関して、つくづく自分は無力だ。せいぜい、彼女の気持ちが少しでも早く癒されることを願うしかない——分かっていながら、それでも話を持ち出してしまった。

「ごめん。嫌なことを言って」

「大丈夫です、あたしのためですよね。ヒエダさんの考えてることは分かってますから！」ビガが、精一杯晴れやかな声を出そうとしているのが伝わる。「あと言いそびれてましたけど、あたし、ヒエダさんとハロルドさんに仲直りして欲しい気持ちは変わっていないので」

「――二人とも、ちょっと来て欲しいんだけどいいかな！」

　不意に、ガードナー捜査官の呼びかけが降ってくる――開放された二階の窓から、彼が身を乗り出して手招きしていた。エチカとビガは、どちらからともなく視線を合わせる。

　そろそろ、目の前の仕事に戻らなくてはいけない。

「とにかくビガ、わたしたちのことは心配しないで。ちゃんとやるべきことをやるから」

「必要ならいつでも手伝いますからね。その……本当の本当に、気を付けて下さい」

　ビガと小声でやりとりを交わしながら、連れ立って家のほうへ歩き出す――裏庭から地下へ続く階段を下りていく。斜面に作られたロックガーデンには、陶器製の犬の置物が飾られていた。その頭部に入った幾筋ものひびを眺めながら、先ほど見た檻のことを思い出す。

　やはり引っかかるが、あれ以上調べようもない。

　ビガが先立って、キッチンに繋がる勝手口の扉をくぐる。

　エチカも彼女に続こうとしたのだが――ふと、靴底に枯れ葉を踏んだような感触があり、立ち止まった。足を持ち上げると、扉の桟に挟まるようにして一匹の蜂が死んでいる。そういえば軒先に古巣が放置されていたが、そこにいた個体だろうか。

死骸はとうに干からびて、毒針は無力に動かず、乾燥した翅がぱらぱらと細かく崩れていた。柔く吹き抜ける風にさらわれ、軽く軽く、舞い上がる。

針。

閃光のような閃きが、背中を滑り落ちた。

まさか。

──『普通は、真空ユニットを搭載した農業用ポリネーターを使用するはずだけれど』

──『昆虫モデルの超小型ドローンですか』

先日、アル・バーハでトトキと交わしたやりとりが蘇る。

とっさにユア・フォルマで、花粉媒介のための農業用ポリネーターを検索していた。一秒足らずで結果が表示──開発と販売を手がけているのは、現状ほぼ一社だけで、市場を独占しているようだ。販売会社の公式サイトに入り、オンラインカタログでデザインを流し見る。学生時代に授業で習った通り、どれも本物の昆虫にそっくりだった。蝶、蠅、虻……。

間もなく蜜蜂モデルが出てきて、スクロールを止める。

「ヒエダさん？」ビガが怪訝そうに振り返っていた。「どうかしたんですか──」

エチカは走り出す。ぎょっとしているビガの傍らをすり抜け、螺旋階段を一気に駆け上がった。息をつく間もなく、二階へ──階段の上で待っていたガードナーと、正面からぶつかりそうになる。彼が驚いて身を引いてくれたお陰で、ぎりぎり免れた。

「そんなに急いでこなくてもいいよ」ガードナーはおっかなびっくり仰け反っている。「いや大したことじゃないんだ。ベッドのマットレスに本とかが挟まってるから、人手が欲しくて」

「――農業用ポリネーターの真空ユニットは、ウイルスを運べますか？」

エチカが勢い込んで訊ねると、ガードナーはこの上なく怪訝な顔つきになった。

「いきなり何の話？」

「あなたの父親はドローン開発会社を経営していますよね。ロビンフラッター社」言いながら、ガードナーにオンラインカタログのリンクを共有する。「ここで開発している農業用ポリネーターの真空ユニットは花粉媒介用だそうですが、構造的にはウイルスも注入できる？」

「いやごめん全然分からないよ、何で急にそんなこと」

ガードナーが気圧されたように後退する――背後からビガの靴音が近づいてきた。「ヒエダさん、急にどうしたんですか！」彼女の手が、宥めるようにエチカの背中に触れる。だがもちろん、落ち着いてなどいられない。

「多分、見つけたと思う」

エチカが振り返ると、あっけに取られているビガの面持ちと出会う。

他殺の痕跡を残さず、わずかな隙間から出入りして、カメラに映っても気にされない――考えてみればクワインが死んでいたのは、外出しようとして忘れ物を取りに戻った直後だった。要するに、玄関扉を開けた後だ。その際、小さな虫が一匹忍び込んだところで気付かないはず。

捜査資料に依れば、バンフィールドが死んでいた部屋の窓も、隙間が開いていたという。

だとしたら。

「出資者たちにウイルスを注入したのは……針を持った農業用ポリネーターかも知れない」

つまり——蜂だ。

2

〈ただいまの気温、一度。服装指数Ｂ、午後からは全土で降雪に注意して下さい〉

バーミンガムはイングランド有数の工業都市だ——街並みを覆うＭＲ広告は、隅々まで自動車やドローンなどの工業製品で占められている。中でもバーミンガム運河水路網に沿って敷かれた幹線道路周辺には、工業系企業のオフィスビルがびっしりと建ち並んでいた。

「ヒエダ電索官」ガードナー捜査官はもうずっと、渋い表情のままだ。「今日の僕らは本来なら、支局でロイドの別荘について報告書をまとめなきゃいけないんだよ。なのに……」

「ビガが代わりにやってくれています。それにこの件は、スミス課長からわたしのほうに直接指示がありましたから」エチカは難なく嘘を吐く。自分でも恐ろしいが、この手のことに慣れてきている気がする。「とにかく、ロビンフラッター社の農業用ポリネーターを調べろとのことで……ガードナー捜査官、ＣＥＯの息子であるあなたの協力が必要なんです」

　駐車場から見えるロビンフラッター本社は、形の異なるガラス窓がセンスよく配置された近代的な高層ビルだ——エチカたちは建物に向かって歩く。脇の幹線道路を大型トラックが走り抜けていった。路肩に駐まった駐車車両が邪魔なのか、やけに速度を落としている。

「当然協力はするよ、じゃなかったらここに来てない。でも何だかなあ……」

　ロイドの別荘で蜂の死骸を見て、農業用ポリネーターが犯行に使われたのではないかと考えたのが、昨日のこと——ガードナーは一晩経っても、エチカの推理にぴんときていない様子だ。あるいは、父の会社の製品が悪用された可能性を考えたくないのかも知れない。

　もちろんエチカ自身、当てが外れることも想定している。ただ今のところ、犯行手段としては最も実際的なように思えてならない——単に、他に何一つ閃かないせいとも言えるが。

「仮に真空ユニットでウイルスを運べたとして」とガードナー。「シリンジみたいに皮膚に注入するのは無理だよ。蜜蜂モデルというか、ポリネーター自体にそんな機能はないんだから」

「もちろんそれは分かっています。ただ、」

「——設計図などを見せていただけたら、捜査の上では参考になるかも知れません」

　二人の半歩後ろを歩いていたハロルドが、やんわりと口を出す——アミクスは厚手のチェスターコートに袖を通し、ここにいることがさも当然であるかのように振る舞っている。

「父さん(CEO)は忙しい人だし、アポなしだからどこまで対応してくれるか分からないけど」

「では腕の見せ所ですね、ガードナー捜査官。期待していますよ」

ハロルドの完璧な微笑み(ほほえ)に、ガードナーは何を思ったか、諦めたような息を吐いた。

エチカ自身、盛大なため息で全てを吹き飛ばしたい気分である——彼が合流したのは、つい今朝だ。エチカとガードナーがロンドン支局を出発しようとしていた矢先、所用で派遣されたというリン電索官らに連れられて、突然ふらりと現れた。聞けばスミス課長の指示で、夕刻からノワエ・ロボティクス本社でメンテナンスを受ける手筈(てはず)になっているらしいが——それまでの空き時間に、捜査補佐として同行することになったのだ。

正直、まだ気持ちが追いついていない。

ひとまず、強力な助っ人(すけと)を得たと思うことにするしかないだろう。

ロビンフラッター本社のエントランスに到着すると、受付のアミクスが出迎えた。ガードナーが用件を告げている間、エチカとハロルドは肩を並べて待つ——居心地の悪い沈黙が、どうにも耐えがたい。エチカは壁と一体化したスクリーンの映像を眺めて、気を紛らわそうとする。会社の変遷と自社製品の紹介がだらだらと流れているが、まるきり頭に入ってこない。

「電索官、あなたが何を仰り(おつしや)たいか理解できます」ハロルドが小声で話しかけてくる。「トトキ課長とは無事に連絡がつきました。こちらに合流し、指揮を執って下さるそうです」

意外だ。生真面目の塊のようなトトキが、まさか話に乗るとは——だが思えば彼女は今回、『同盟』の掌(てのひら)で転がされた身なのだ。このまま大人しく濡れ衣(ぬぎぬ)を被り(かぶ)、『同盟』に汚染されていく捜査局を放置するわけにはいかないと考えたのかも知れない。

「わたしも早めにストライキできるようにする。きみはいつ抜ける予定？」

「メンテナンスを終えたらペテルブルクへ戻るよう、スミス課長から命令を受けています」

「実際は戻らずに、トトキ課長たちに合流するわけだ」エチカは彼との距離感を推し量れない。

「その……何でわざわざここにきた？　いや、確かに助かるけれど」

「農業用ポリネーターというあなたの見立てに期待していますので」ハロルドは事務的に答えた。「私の推測においても、現状かなり有力な線です。何かお力になれればと思いました」

それが彼の本心なのかどうか、エチカにはさっぱり摑めないが――何れにしても、のちのちハロルドが電子犯罪捜査局を辞めるというのなら、この一分一秒がとてつもなく貴重だ。

できれば、お互いにとっていい仕事をしたい。

これが犯行手段の解明に繫がれば、なお素晴らしいのだが。

「――父さんは外に出たばかりだってさ」ガードナーが戻ってくる。「僕らだけで設計図を見にいくしかなさそうだ。一応社内機密の閲覧権限は貰ってるから、書斎には入れるけど」

エチカは訊ねた。「ご本人に許可を得なくても平気ですか」

「メッセを入れておいた。やましい理由というわけでもないから、多分大丈夫だと思うよ」

そうしてガードナーの案内で、最上階にあるＣＥＯの書斎へ移動した――出入口には生体認証装置が備え付けられており、彼が解錠して、エチカたちを中へ招き入れる。

書斎は事業規模のわりにやや手狭で、内装は至って平凡だ。調光ガラスの窓辺に、頑健そうなデスクが一つ。PCと複数のタブレット端末が並び、綺麗に整頓してある。壁に作り付けられたスタッキングチェストは半透明で、整然と収納されたUSBが見て取れた。

「全部データで保管しているから、大きなスペースは要らないんだ」ガードナーはチェストの前に立ち、迷わず一つの抽斗を開けた。「ポリネーターの資料は、確かここだよ」

　エチカは面食らう。これほど沢山あるのに。「中身を記憶しているんですか？」

「学生の頃に色々と手伝ってたからね」彼はあっけらかんとしている。「適性診断を受けたら、僕は会社経営には向かないと分かったから、捜査官になることにしたんだけど」

「捜査官の適性はあったんですね」

「ヒエダ電索官」ハロルドがやや非難がましい目を向けてくる。

「まあ現場では役立たずだって分かってるよ」ガードナーが首を竦めるので、エチカは内心気まずくなった。久しぶりに失言をした気がする。「正確には、IT関係の仕事が向いてるって言われたんだ。で、父さんがもともとシュロッサー局長と顔見知りだったから、その流れでウェブ監視課に」

「つまり」とハロルド。「あなたは噂通り、お父様の伝手で入局したのですね？」

　今度はエチカがアミクスを薄く睨む番だった。「ちょっと」

「ちゃんとアカデミーにもいったし、試験にも合格したよ」ガードナーは少年のようにむくれた。「そりゃ父さんの会社は警察機関にドローンを提供してるし、優遇されていないといったら嘘になるかも知れないけど、一応は真面目にやってるつもりだ」

「ご無礼をお許し下さい」ハロルドは如何にも画一的に詫びて、「ところでガードナー捜査官は、春生まれでいらっしゃいますか？」

は？　あまりも藪から棒な質問だったため、ガードナーだけでなくエチカも眉根を寄せた。

「いや夏だよ、七月……」

「当ててみせます、二十八日でしょう」

「三日だ。急にどうしたのさ？」

「不具合のせいです、多分」エチカは慌てて言った。「あまり気にしないで下さい」

「ああ、何か調子が悪いんだったっけ？　だからスミス課長がメンテに寄越したのか……」

ガードナーは腑に落ちたようだ。故障した機械に腹を立てる理由もないためか、チェストから取り出したUSBをタブレット端末に接続し始める。エチカは胸を撫で下ろして――ハロルドをちらと見ると、どこ吹く風で書斎の中を歩き回っているではないか。

今のは、明らかにこちらがフォローすることを想定した言動だった。一体何を考えているのかは知らないが……これも、『同僚として上手くやる』ことのうちに入るのだろうか？

「――あった、ほら。これだよ」

ガードナーがタブレット端末を差し出してくる――映っていたのは、有り触れた農業用ポリネーターの3D設計図だ。テキストと形からして、エチカが探していた蜜蜂モデルだと分かる。

専門的な記号や単語がちらほらと書き添えられているが、ガードナーが言っていたように、毒針にシリンジとしての機能は備わっていない。

　できれば、見立てが外れているとは思いたくないが。

　エチカは訊ねる。「他に、ポリネーターのような超小型ドローンはありますか？」

「災害時の捜索活動に使われるやつとかかな。倒壊した建物の隙間にも入れるように、かなり小さくなってる」ガードナーは別のチェストを開ける。「でも、真空ユニットもシリンジも搭載していないはずだよ」

　だとすれば――考え方を転換すべきなのだろうか。たとえばアル・バーハで見た環境演出用ロボットのように、農業用ポリネーターを改造してシリンジを搭載した？　有り得るが、相応の技術が必要になるため素人技では難しいだろう。無論、『同盟』がそうした技術者を有しているとなれば、話は別だが……。

「――こちらも、何かの設計図でしょうか？」

　ハロルドの問いかけに、エチカとガードナーは振り向く――アミクスはデスクの抽斗を開けて、一つのUSBを取り出したところだった。抽斗にはテンキーを用いた簡易セキュリティ装置が付属していたが、ランプは『解錠』を示すグリーンに点灯している。生体認証でしか立ち入れない空間だからか、デスクの設備が多少古臭いままになっているのはいいとして。

「あれ」ガードナーが目をしばたたく。「父さんはロックを掛け忘れていた？」

「ええ、私が見た時には既に開いていました」

　エチカは真顔が崩れないように苦労した——ハロルドの嘘はあまりにも白々しい。そもそも事前にガードナーの誕生日を聞き出したことからして、たった今解錠したのは丸わかりだ。

「元に戻しておいて。それは多分、父さんの個人的なものだ」ガードナーはアミクスの言い分を鵜呑みにして、彼に歩み寄っていく。「……いや待って。元に戻って欲しいんだって」

　ハロルドは彼の指示を無視して、デスクのタブレット端末にUSBを接続し始める。止める間もなく、画面に内蔵ファイルが展開され——ガードナーが横から取り上げるも、ハロルドはきょとんとするのだ。

「申し訳ありません。聴覚デバイスが不調でして……何か仰いましたか？」

　エチカは顔面を覆いたくなってきた。

「彼の不具合はひどすぎるよ、ヒエダ電索官」ガードナーも困惑している。「メンテは夕方だっけ？　正直、今すぐにでも送ったほうがいいんじゃないかな」

「そうかも知れません」と言うしかない。

「いや本当にまずいよ。これは多分父さんの私物だし、勝手に見たことを知られたら——」

　ガードナーがタブレット端末からUSBを取り外そうとして、動きを止める——彼の視線は、画面に釘付けになっていた。エチカも覗き込む。表示されているのは、やはりドローンと思しき3D設計図だが。

瞠目する。

その形状は、紛れもなく蜂だった——蜜蜂よりも大きな、モンスズメバチを模している。見たところ鋭利な毒針と結びつく形で、体内にフラスコ状の真空ユニットを搭載していた。にもかかわらず寸法に依れば、農業用ポリネーターよりも格段に小さい。

これは、一体何だ？

「冷却可能な真空ユニットと直結した毒針を有しているようですね」ハロルドの冷徹な分析が、床を覆う絨毯に吸い取られていく。「ガードナー捜査官、このコードの意味は？」

アミクスが指差したのは、画面右上に記された英数字の羅列だ。

「分からない」即答するガードナーは顔色が悪い。「僕はここで働いているわけじゃないし」

「機密の閲覧権限をお持ちで、会社を手伝っていたと仰ったばかりですよ」

ハロルドがガードナーを見据える——アミクスは、彼がコードの意味を理解しており、誤魔化そうとしたと推測したようだ。エチカは二人を交互に見つめるしかない。ハロルドは微動だにせず、一方のガードナーは何度もまばたきを繰り返す。

「ガードナー捜査官」こちらからも、それとなく後押しした。「お願いします」

彼の瞼が、何かを思い詰めたように一度だけ閉じられる。

「その…………多分だけど、軍用兵器の開発コードだと思う」

——兵器。

出資者たちの殺害に使用されたのもまた、軍事用に設計された生物兵器だ。

「ただ兵器開発はうちの専門じゃないし、僕の記憶が確かなら過去に一度引き受けただけだ」

ガードナーは気まずそうに、ぽつぽつと話す。「僕がまだここを手伝っていた頃、政府からの依頼で英国軍の偵察ドローンを作ってたはず……実際に実装されたのかどうかは知らないし、公にもならなかったけど。とにかく、その時にも設計図を見せてもらった」

ハロルドが問う。「では、これはその際のものですか？」

「いや全然違う、コードが同じなだけだ。あれは蜂の形なんかじゃなかった。そもそもうちの株主は穏健派が多いし、会社の理念からしても殺傷能力を持つ兵器は作らない方針で」彼はだんだんと早口になっている。「ウイルスを運ぶ兵器なんて、そんなの幾ら何でもまずすぎる。うちの管轄じゃないよどう考えても――」

ガードナーの感情論はさておくとしても、だ。

エチカは無言で、ハロルドと目配せしあう。互いに言わんとすることは、理解できた――まず間違いなく、この設計図を調べ尽くす必要がある。

そのためには。

「ガードナー捜査官」エチカは毅然と口を開く。「CEOをここに呼び出せますか？」

「多分、もう帰ってくる」彼はユア・フォルマを操作したようで、頬をこわばらせた。「さっき送ったメッセに返信がきてて、その……『書斎に、捜査官を、入れないで、くれ』って」

――一段ときな臭くなってきたではないか。

「でしたらここを出て、エントランスでお父様を迎えることにしましょうか」

ハロルドが、ガードナーの手からやんわりとタブレット端末を抜き取る。


ガードナーの父親が帰社したのは、エチカたちがエントランスに下りて間もなくのことだった――現れた中年の英国人男性は、息子とよく似た面立ちにスクエアレンズの眼鏡を掛けている。髪は風に乱れ、羽織ったばかりと思しきコートの前をかき合わせながら、エチカたちのもとへやってきた。その背後を、かなり遅れて秘書らしき量産型アミクスがついてくる。

〈グレッグ・ガードナー。五十五歳。ドローン開発会社『ロビンフラッター』CEO〉

「せめて、三日前には連絡を入れてもらわないと」グレッグは開口一番、息子に対して苦言を呈した。「どうも。電子犯罪捜査局の方が、一体何の御用でしょうか？」

「グレッグさん。初対面で大変失礼かとは思いますが、単刀直入にうかがいます」

もはや勿体つけても仕方がない。エチカは書斎から持ち出したタブレット端末を、グレッグに突きつける――画面に表示されているのは、例の蜂を模した軍用ドローンの設計図だ。

グレッグの眼差しが一瞬、息子のガードナー捜査官を責めるように動く。

やはり、何かある。

「ごめん父さん、連絡を貰った時にはもう捜査を始めていて」ガードナー捜査官が、後ろめたそうに言う。「この設計図について詳しく教えて欲しい。捜査に必要なことで――」

「ジェイコブ、あとで話がある」グレッグは息子の言葉を遮り、改めてエチカに目を移す。

「これは社外秘の資料です。令状もないのに、勝手に私のデスクを漁るのは問題ですよ」

「ガードナー捜査官からうかがいましたが、軍用兵器の設計図だそうですね」

ハロルドがあくまで温和に訊ねると、グレッグが両肩に力を入れたのが分かった。

「ええ、まあ……英国政府の依頼で開発したものです。これは不採用案ですがね」

エチカは問うた。「発注されたのは偵察ドローンだったはずでは？」

「ですから、これが偵察ドローンです。虫を模したドローンは擬態の観点でも有利ですから、各国で開発されています。うちだけじゃない」

「なら、この機構も偵察ドローンに必要ですか？」設計図のうち、毒針の部分を指差す。「何かを注入することが可能な構造に見えます。たとえば……ウイルスとか」

グレックの瞳孔がはっきりと縮み、額にうっすらと汗が浮く。

その表情は、どんな言葉よりも雄弁だった。

――この男は、間違いなく『同盟』関係者だ。

「……嘘だよね？」ガードナーが唖然と呟く。「いや待って、父さん。その反応は――」

「十分だ」エチカはタブレット端末をガードナーに押しつける。「グレッグさん、すみませんが今から詳しくお話しを――」

皆まで言い切ることはできなかった。

突如、グレッグがエチカを突き飛ばす。あまりにも唐突だったため、受け身を取るのが遅れる。エチカは大きくふらつき、ハロルドに支えられて——顔を上げた時にはもう、グレッグはエントランスを出ていくところだった。すれ違った社員が、ぎょっとしたように振り返る。

「父さん！」ガードナーが叫んだ。「どこに行くんだ！」

——ああもう、勘弁してくれ。

「電索官、仕掛けておいた鼠(ねずみ)捕りを作動させます」

「わけのわからないことを言ってる場合じゃない！」

ハロルドの意味不明な発言を振り切り、エチカは慌ててグレッグを追う——建物の外にまろび出ると、ロータリーに一台の黒いボルボが停車していた。今まさに、テールランプが赤く光ったところだ。サイドミラーに、グレッグのこわばった面差しが映り込んでいる。

まずい。

「待て！　止まれ——」

エチカは急いで駆け寄ろうとしたが、グレッグが従うはずもない。ボルボは一息に発進し、あっという間にロータリーを出ていってしまう。見通しのいい私道を、幹線道路へと爆走していき——こんなことなら、最初から手錠を掛けるくらいの勢いで迫るべきだった。

エチカは歯嚙(はが)みして、すぐさま車を置いてきた駐車場へ向かおうとしたのだが、引き攣（つ）れるようなブレーキ音が谺（こだま）し、はっとする。

見れば、幹線道路から滑り込んできた対向車とグレッグのボルボが、向き合った状態で急停車したところだった。一歩間違えば、正面衝突に発展していただろう——対向車はシルバーグレーのバンで、ナンバーからシェアカーだと分かる。グレッグが執拗（しつよう）にクラクションを鳴らすが、道を譲る素振りはない。それどころか、バンの助手席と運転席から男女が降りてくる。

エチカはあっけに取られ、立ち尽くしてしまった。

何せその男女は、あまりにも見覚えのある人間——他でもない、フォーキンとトトキだったのだ。どちらもカジュアルな服装で、トトキに至ってはサングラスさえ掛けていた。二人はグレッグにウィンドウを下げさせると、ああだこうだと問答し始める。

まさか、『仕掛けておいた鼠（ねずみ）捕り』とはこれのことか？

一気に脱力したくなってくる——要するにハロルドは、最初からトトキとフォーキンを待機させた上で、自分たちの捜査に同伴していたわけだ。事情を知らないガードナー捜査官が一緒だったとはいえ、メッセで説明する時間くらいあったはずだが。

自分のポーカーフェイスは、よほど信用されていないらしい。

「——何でトトキ課長たちが？」

エチカは我に返る。振り向くと、ガードナー捜査官がロータリーに出てきたところだった

——彼は当然、トトキが停職中だと知っている。この状況は、あまりにもよろしくない。

「彼女は謹慎処分になったはずだ」ガードナーがこちらを見る。「一体どういうこと？」

「それは、」

「ガードナー捜査官。今はご自身の心配をなさるべきでは？」ガードナーは反論しようとして、何かを続けざまに、落ち着き払ったハロルドが現れる——ガードナーは反論しようとして、何かを呑み込んだようだ。彼は動揺を抑えきれておらず、トトキたちにボルボから引きずり下ろされる父親と、目の前のハロルドを何度も見比べる。

　この様子からしてグレッグはさておき、息子の彼は、本当に何も知らなかったのだろう。

「あなたの父親は『同盟』に関係している」ハロルドが断言する。「今や、捜査局内には内通者がいます。トトキ課長は彼らに陥れられました、お父様なら詳しくご存じのはずです」

「違う、これは何かの間違いだよ」ガードナーは激しく狼狽していた。「大体、トトキ課長はUSBを工作した犯人だろ？　動機もある、なのに何でそれが『同盟』の仕業だと思うんだ」

「証拠が挙がっています。あなたが我々に協力するのならお見せできますよ」

「さっきから意味が分からない！　君たちは単に、スミス課長のことが不満なだけじゃ」

「もう一度ご忠告しますが、ご自身の心配をなさるべきです」ハロルドが容赦なく重ねる。「父親が拘束された今、息子のあなたも安全とは言い切れません。『同盟』側は遅かれ早かれ、何かしらの手を打ってくるでしょう」

「だから父さんは無関係だ、君は本当に故障してるらしい。ヒエダ電索官、何か言ってくれ」

ガードナーが縋るようにエチカを見る——ハロルドの発言が不具合によるものだと思いたいのだろう。だが現実として、ガードナーの父親は例の設計図を前に、逃走を図った。

自分に選べる言葉は、さほど多くない。

「捜査官、気持ちは分かりますが……どうか、落ち着いて彼の話を聞いて下さい」

ガードナーの面持ちに、はっきりと絶望が浮かんだ。

「こんなこと言いたくないけど、君たちはいかれてるよ。スミス課長に報告する」彼は怯えるように後退して、エチカたちから距離を取る。「こんな馬鹿な真似、許されるはずがない！」

ガードナーは一方的に吐き捨てると、駐車場のほうへ走り出す——エチカは追いかけようとして、踏みとどまった。今の状態の彼が聞き入れるわけがない。トトキたちのほうを一瞥する。観念したらしいグレッグが、大人しくバンに乗り込んでいくところだ。

——どうしたものか。

「少々見誤ったようです」ハロルドが、エチカの隣へやってくる。「ガードナー捜査官の性格からして、自分の身の安全を確保するためにも、我々に協力すると思ったのですが」

エチカは奥歯をすりあわせた。

今回の彼がどこまで先を読み、計算していたのかは分からないけれど。

「もっと、何か……ガードナー捜査官を上手く諭す方法があったかも知れない」

「私のシステムに依れば、これが最善策でした」ハロルドの声音に、温情はない。「彼には機を見計らって、もう一度声を掛けましょう。今は他に優先すべきことがあります」

確かに、事態は悪化している——ガードナーがスミス課長にこの件を報告すれば、遅かれ早かれ捜査局内にいる内通者の耳にも入るだろう。『同盟』がこちらの動向に勘付けば、何らかの形で妨害を試みてくるはず。

そうなる前に、手を打たなくてはならない。

「何れにせよ、これであなたはストライキの理由を考える必要がなくなりましたね」

ハロルドはそれだけを言い、トトキたちのもとへ歩き出す——エチカはその場から動けないまま、アミクスの背中を見つめた。風に撫でられるブロンドの髪や、はためくコートの裾を。

彼の異変は、どうしようもなく感じていた。

けれど——今や完全に、人間を『駒』として扱っていた頃に、戻ってしまっている。

分かるのはただ、自分は既に干渉できる立場にないということだけだ。

3

「グレッグさん。あなたは『同盟』に協力し、生物兵器用のドローンを設計して、出資者六人の殺害に関与した……この点は間違いないですね？」

閑静な住宅街に紛れ込んだ貸しテラスハウス——シッティングルームでは、フォーキンによるグレッグ・ガードナーの取調べが続いている。フォーキンはタートルネックのニットにデニムと休日のような装いで、片頬がやや赤い。停職処分の際に、スミスから殴られたらしい。

一方、ソファに腰掛けたグレックは落ち着かない様子で、両目をさまよわせている。

「だから私は関係がないと言っている。そもそも何故捜査局へ連れていかないんです？」

「改装工事中でして、今はここがオフィスになっています」フォーキンが杜撰に誤魔化す。

「関係がないのなら、何故あなたの書斎からあのような設計図が？」

「何度も言ったように、あれは英国軍に提供したドローンの不採用案ですよ！」グレッグは辛抱ならなくなったように、手錠が掛けられた両手首を持ち上げた。「これを外してくれ。私が容疑者と決まったわけでもないのに、こんな扱いは不当だ」

「また逃走されては困りますから。まあ、逃げるよりはここにいたほうが安全でしょうが」フォーキンは鷹揚に脚を組んで、「『同盟』は、我々に情報を売ったあなたを裏切り者だと捉えるでしょうね。次にキメラウイルスをぶち込まれるのはあなたかも知れない」

グレッグは喉を詰まらせ、さっと血の気を失う。だがなおも、小刻みにかぶりを振った。

「……脅しても、私は絶対に話しませんよ」

――駄目か。

扉の隙間から窺っていたエチカは、隣のトトキと顔を見合わせる。彼女が仕草でついてくるよう促すので、連れ立ってその場を離れた――トトキは、日頃結い上げている長い黒髪を下ろしていて、堅苦しいグレースーツではなく革のジャケット姿だ。

グレッグをテラスハウスに連行してから、早数時間。

彼は、頑なに口を割ろうとしない。

「時間がありません」エチカは小声で言う。「何とか認めさせないと……ガードナー捜査官がスミスに報告したら、『同盟』は間違いなくこちらの口封じに動き出します」

「スミス自身が内通者というわけでないなら、まだ猶予はあるはずよ」

トトキとやりとりを交わしながら、テラスハウスの外に出る――午後三時過ぎの空には、暗雲が垂れ込め始めていた。ユア・フォルマに依れば、今夜は大雪になるらしい。住宅街は静まりかえっており、家々の外壁を彩る煉瓦も、日の陰りとともに色を損ないつつある。

ボアハムウッドにあるこの拠点を選んだのは、他ならぬトトキだ――このあたりはロンドンから車で一時間ほどと、比較的交通の便がいい。ホテルと違って従業員の目も気にならず、街路に監視ドローンの巡回もほぼないため、格段に動きやすいという判断だ。

とはいえ――捜査局側に内通者がいる以上、位置情報の偽装は欠かせない。

「まさか捜査官として、これを身につける日がくるとはね」トトキがやんわり髪をかき分けると、うなじの接続ポートに挿さった球状の絶縁ユニットが露出する。フォーキンが謹慎に入る直前、備品管理の担当アミクスを騙して捜査局からくすねたもので、エチカを含めた全員が装着を余儀なくされていた。「参るわ、本当に……」

　彼女がポケットから紙煙草の箱を取り出す。トトキの長い指が煙草を引き出すのを眺めながら、エチカも上着に入れっぱなしにしていた電子煙草に触れて――いや、やめておこう。

「課長が愛煙家だとは知りませんでした」

「約十年ぶりよ。その昔、同居相手に口うるさく言われてやめたの」トトキが煙草を咥えてライターを擦ると、先端がじわりと燃える。その相手とやらは、当然愛猫ではないだろう。「そもそもこうなる前に、『同盟』の罠だと気付くべきだった。そうすれば、あなたたちにこんな真似をさせる必要もなかったでしょうに……」

　彼女の唇から、薄い紫煙が零れる。湿り気を帯びた風にのって流れていくそれを、エチカは目で追う――トトキがこんな風に弱音を吐くことは、滅多にない。隠蔽捜査を指揮すると決意したのも、『同盟』の思惑にはまり、部下を危険に晒した責任を感じているからだろう。

　事の重さが、輪を掛けて両肩にのしかかる。

「これはわたしたちの意志です」エチカは、フォーキンの気持ちも代弁するつもりで言う。実際、あのまま『同盟』の思い通りになるわけにはいかなかった。「課長がこうして力を貸して下さって感謝しています」

「どのみち、私一人でもやっていたわ。こうなったのは私の責任でもあるし……何よりここで動けないのなら、一体何のために捜査官になったのか分からないでしょう」

　むしろ、あなたたちを巻き込んでいることが一番不本意よ。

トトキの眼差しは、くゆる紫煙を辿っている——エチカは入局してから四年間、上司としての彼女と接してきた。だが思えば、トトキが何故捜査官を志したのか、適性診断以外の理由を面と向かって尋ねたことはない。エチカ自身、彼女に打ち明けていない話は山ほどある。

長く仕事をしてきたのに、お互いにまだ知らないことだらけだ。

「わたしは巻き込まれたとは思っていません。課長と仕事ができるのは光栄です」少なくともエチカにとって、上司はずっとトトキ一人だった。捜査の上で、彼女ほど信頼できる人はいない。「やっぱり特別捜査班は、トトキ課長に指揮していただかないと……」

「私の割り振る過酷なスケジュールに、いつもうんざりしているんじゃなかった？」

ぎくりとした。「それとこれとは別の話です」

「何にせよ、個人的な感情を持ち込むのは感心しないわね」トトキは呆れていたが、それも含めて照れ隠しだと分かる。彼女が睫毛を伏せると、長い髪が頬を撫でて表情を覆い隠す。「あなたの面倒を見てきた身としては……立派な捜査官になってくれたことを誇りに思うわ」

それは、これまでトトキから貰った中でも、最上級の褒め言葉だった。

だから——疼いた後ろめたさは、見て見ぬふりをする。

「……ありがとうございます」

「色々と停滞していて申し訳ないけれど」顔を上げたトトキには、いつも通りの怜悧な鉄仮面が戻っている。「この件が片付いたら、ちゃんと後任の電索補助官を立てる。私が元の役職に戻れなかったとしても、あなたのキャリアを潰させるようなことはしない」

「その件は、わたしも覚悟の上ですから」

エチカは答えつつも、なるべく新しい補助官について思考を掘り下げないよう努める。深く考えたくはないし、何より今思い悩む暇がないことも分かっている。それなのに、胸の奥がひび割れそうになって――不意に、住宅街の曲がり角で車のヘッドライトがちらついた。

どうやら、無事に戻ってきたようだ。

「時間ね」トトキが煙草(たばこ)の火を消し、肺に残っていた煙を吐き出す。「ヒエダ。今のうちに、トールボットの件であなたを謹慎処分にしたことを謝らせて」

「いえ、規則に反したなら当然のことです」

「でも、これで――私も同じ穴の狢(むじな)よ」

道路をやってきたセダンのシェアカーが、テラスハウスの前で停車する――降りてきたのは、リン電索官とウッド補助官だ。エチカもつい先ほど知ったのだが、二人はトトキから声を掛けられて隠蔽捜査に加わったらしい。もともとトトキと付き合いの長いリンたちは、彼女の更迭に不服を訴えており、スミス課長にも煙たがられていたようだ。

「またお会いできて本当によかったです」リン電索官が頬を緩めて、トトキと固い握手を交わす。「すぐに始めますか？」

「ええ、残念だけれど令状を待つ必要がないから」

「確かに」ウッドがおどけたように、ずんぐりとした顎を引く。「それは本当に残念ですね」

黙秘を続けるグレッグ・ガードナーから真実を得る方法は、ただ一つ。

電索しかない。

それこそが、トトキの下した決断だった。どんどんと危うい道にのめり込んでいるのは、恐らく全員が理解している。既に、隠蔽捜査という体で片付けられる範囲を超えているかも知れない。それでも現状、他にやりようがない。

どこが『同盟』と繋がっているか分からないうちは、古い顔馴染み以外は頼れなかった。

「グレッグは中にいるわ。電索では絶縁ユニットを外すことになるから、手短に――」

トトキがリンとウッドを促して、テラスハウスへ姿を消す――エチカが振り向くと、セダンの運転席からハロルドが降りてきたところだった。彼は運転手として、リン電索官たちをロンドン市内まで迎えにいっていたのだ。

「お疲れ様」エチカはそつなく声を掛ける。「捜査局のほうはどうだって？」

「リン電索官の話では、幸いまだ勘付かれていないようです。ただ水面下で動いているかも知れません」ハロルドはエチカを追い抜き、玄関扉を開ける。「グレッグは吐きましたか？」

「駄目だ。電索に期待するしかない」

ハロルドとエチカは揃って、玄関扉をくぐる――途端に、シッティングルームからグレッグの怒声が漏れ聞こえてきた。ハロルドがそちらへ入っていく際、ドアの間からトトキたちとグレッグの応酬が見て取れる。「私の電索令状は下りないはずだぞ」「許可は出ています」「いいや判事が許すわけがない！」

歯痒いが、自分の出る幕はない。

エチカは一人、突き当たりのキッチンに向かう。グレーを基調とした飾り気のないそこには、トトキが地元のスーパーマーケットで買い込んできた食料品が、紙袋に入ったまま放置されていた――寄り添っている白い毛玉が、もぞりと広がる。トトキの愛猫ガナッシュが、機械らしからぬ挙動で伸びをしたところだ。

その愛くるしい仕草に、ほんの少しだけ頬が緩む。

同時に――胸の内に閉じ込めておいたガラス瓶の栓も、きっと、緩んでしまった。

一刻も早く、『同盟』事件を解決させなくてはならないし、解決して欲しい。確かな本心だ――一方で、染みのような不安がひたひたと広がっていく。ハロルドはきっと、近いうちに捜査局を離れる。仮に事件が解決して、自分が電索官の立場に留まれたとして、新しい電索補助官と組むことになるのは間違いない。その補助官は恐らく人間で、またしても……。

でも――ひどく苦しいのは、そのことだけじゃない。

どうしてだろう。

今の今までしっかりと栓をできていたのに、何故急に、こんな。

「――冷凍のリゾットがあるらしい。あんたも食べるか？」

はっとする——フォーキンがキッチンにやってきていた。彼は冷凍庫からアスパラガスリゾットのパッケージを取り出し、備え付けの電子レンジに放り込む。かなり古い型で、がたがたと耳障りな音を立てながらターンテーブルが回り始めた。

「グレッグだが悲惨だったぞ、ウッド補助官が何とか押さえ付けて鎮静剤を注射したが」フォーキンは吊り棚を開けて、食器が一切ないことに落胆したようだ。「どのみち長期戦になる。トトキ課長たちが立ち会っている間に、何か食べておかないと……おい、どうした？」

こちらを振り向いた彼が、驚いたように目を見開く——エチカは既に、盛大な失態を演じたことを自覚していた。目頭が妙に熱く、睫毛が濡れているのが自分でも分かる。

誰も来ないと思って気を抜いてしまったことを、激しく後悔した。

「すみません」とっさに顔を伏せる。「少し、外に出てきます」

エチカは逃げるように、勢いよくきびすを返す。その動作にびっくりしたガナッシュが、突如キッチンから床へ飛び降りて——白いふわふわの尻尾が、素早く足許を横切った。とっさに避けようとして、盛大に足がもつれる。

まずい、転ぶ。

エチカはひやりとして——すんでのところで、フォーキンに両肩を支えられた。どうにか体勢を立て直すも、自己嫌悪で頭が破裂しそうになる。さっきから何度醜態を晒すつもりだ？

「危なかったな。うっかりガナッシュを踏みつけでもしたら、トトキ課長に殺されるぞ」

「すみません」エチカは今一度繰り返した。「大丈夫です、もう」

「いや、その状態で平気ってことはないだろ」

「これはただの欠伸(あくび)なので」

「あのな、もうちょっとましな言い訳が――」

「――何をしているのです？」

エチカとフォーキンは、揃(そろ)って戸口に目を向ける――いつの間にか、ハロルドが立っていた。彼はまだコートを着ており、その脚の間をガナッシュがすり抜けていく。アミクスの眼差(まなざ)しは鉛を塗ったように無機質で、エチカはわけもなく強烈な居心地の悪さに襲われた。

――べそを掻(か)いたことに、気付かれていないといいのだが。

「ヒエダが足を滑らせてな」フォーキンがエチカの肩を放す。欠伸(あくび)の言い訳を信じたわけではないだろうが、言及しないでいてくれた。「何かあったのか？」

ハロルドは我に返ったように、頬を引き締める。

「ええ、すぐに来て下さい。リン電索官がグレッグに潜りましたが、倒れ、まし、た」

……何だって？

一瞬にして、あらゆる感傷が吹き飛ぶ。

エチカたちが慌ただしくシッティングルームに駆けつけると、ソファに横たわって眠るグレッグの姿が飛び込んできた。その傍(かたわ)ら、硬い床で仰向けになったリン電索官を、ウッド補助官とトトキが覗き込んでいる――彼女がリンの口許に耳を近づけて、小刻みに顎を引く。

「分かったわ、後は任せて」トトキは優しく言い、「ウッド。彼女をベッドまで運べる？」

ウッド補助官が、急いでリンを抱き上げようとして手間取る。見かねたフォーキンが、駆け寄って手伝い始めた――間もなく、二人がリンをシッティングルームから連れ出す。戸口でエチカとすれ違う際、抱えられた彼女の顔がはっきりと見えた。血色が失せ、前髪が汗を吸って湿っている。虚ろな瞳は、ぼんやりと天井をつかんでいた。

一体、どういうことだ。

「何があったんですか」エチカはトトキに訊ねる。「貧血のようにも見えましたが……」

「分からない。電索が始まってすぐ、ウッドが異変を察して彼女の〈探索コード〉を抜いたんだけれど」トトキも深刻に、手にしていたリンの〈探索コード〉を見せる。かすかに焦げたコネクタが、照明に照らされていた。「リンは単に、『潜れなかった』と言った。彼女に、何か……恐ろしく強烈な負荷が掛かったようね」

――強烈な負荷。

エチカの背筋を生ぬるいものが伝い落ちていく――思い起こされるのは、ファラーシャ・アイランドでおこなったトールボットの電索だ。彼の機憶はどういうわけか、何千人分ものそれが入り交じったような状態で、謂わば混濁していた。当時の自分は潜り続けようとしたものの、最終的には負荷に耐えかねて中断せざるを得なくなったのだ。

引き揚げられた際のコネクタは、うっすらと焦げていた。

今の、リン電索官と同じように。

エチカはグレッグを一瞥する。彼の寝顔に、いつかのハロルドの言葉が重なる。

――『秘密を暴かれないために独自の防衛機構を設けていたのでは』

仮に――グレッグにも『機憶混濁』の防衛機構が施されていて、リンがそれに阻まれたとしよう。電索官としての情報処理能力が平均的な彼女では、潜ることもままならなかった。触れただけでその情報量に呑まれ、具合を悪くしたのだとしたら？

「とにかく手詰まりよ。原因が分からない以上、電索を続行するわけにはいかない」トトキがコードをローテーブルに置き、髪をかき上げる。「グレッグの鎮静剤が切れるのを待って、取調べを続行するか、あるいは……」

自分なら、グレッグに潜れるかも知れない。

エチカは、下唇を舐める。

だがそれを口に出すことは、また誰かを――この状況においては、恐らくウッド補助官の脳を焼き切ることに繋がるはずだ。一方で、『同盟』は待ってくれない。既にグレッグを拘束する段階まで進んでしまったのだから、先手を打って事件解決への糸口を摑まない限り、自分たちは全員口封じされるだけだろう――ここまでしておいて、何も進展せずに終わる。

そんな事態は、ファラーシャ・アイランドの一件だけで十分だった。

ただ、思考を止めるだけでいい。

今までだって──何度も、やってきたことじゃないか。

「ウッド補助官の情報処理能力だと、何分保ちますか」エチカは毅然と、トトキに問いかける。「わたしの補助官を彼が務めた場合、どのくらい耐えられます?」

彼女の両目がはっきりと歪み、苦々しい色を浮かべた。

「ヒエダ、そうじゃない。電索を弾かれた原因が不明なうちは、潜ること自体が危険なの」

「単純に考えるなら、相手の処理能力を超える情報量をぶつければ、電索を中断させられます。グレッグの機憶には、何か、そういう仕掛けがあったのでは」トトキに機憶混濁の件を伝えられないため、どうしても曖昧な言い回しになる。「もしそうなら、わたしだったら耐えられるかも知れません。試す価値はあるかと」

「あなたが耐えられても、ウッド補助官が即座に倒れる。ベンノの時みたいに──」

「だったら、わたしが一人で潜るのはどうですか?」無茶苦茶なことを言っているのは分かっていたが、もはやそれしか思い浮かばない。「自分が処理できる情報量と、そこにかかる時間は大体把握しています。タイマーで時間を計って、何分か経ったらわたしの〈探索コード〉を抜けば、理論上は一人でも──」

「冗談もほどほどになさい」トトキがぴしゃりと言った。「電索官の運用初期段階では、まさにあなたの言ったやり方が試されていたけれど、想定外の事故が多発した。絶対に、補助官のモニタリングなしには潜らせられない」

「でもこのままでは『同盟』の尻尾を掴めないうちに、わたしたち全員が危険に晒されます」

「もちろん分かってるわ。だからグレッグ本人に喋らせればいい」

「どうやって？　ここまで何時間も黙秘しているんですよ」

「彼が目覚めるまでに考える。なるべく合法的なやり方で、」

「――トトキ課長にお許しいただけるのなら、私がもう一度彼女を補助します」

　エチカとトトキは言い合いを中断する――ハロルドがコートを脱いで、ソファの背に掛けたところだった。アミクスの湖の瞳は、確固たる意思を持ってこちらを射貫いている。

　いきなり何を言い出すんだ？

「不具合を起こしているとはいえ、少なくともウッド補助官よりは耐えられるはずです」

「駄目だ」エチカはとっさにそう口走っていた。「そんなことをしたら」

　ここでハロルドが補助官を担えば、結局、元の木阿弥になってしまう。捜査局側は彼に問題がないと気付き、電索補助官の立場に引き戻そうとするだろう。あらゆる努力が無駄になる。

　だからエチカは反対しようとしたのだが。

「ええ。ここであなたを補助すれば、私の不具合はますます拡大することになるでしょう。電索のあとは、今のように捜査を補佐することも難しくなるかも知れません」ハロルドはあくまで穏やかに、トトキに目を移す。「その場合、どうか遠慮なさらずに私を免職して下さい」

喉が詰まる。

――そうか。

不具合の悪化に結びつけてしまえば、補助官として復帰できると誤解されることもない。

エチカは二人に悟られないよう、鼻から息を吸い込む――ハロルドはもともと、電子犯罪捜査局を辞める理由付けを探していた。つまりこれは彼にとって、願ってもいない好機で。

トトキは思い悩むように眉間にしわを寄せ、アミクスを見つめ返す。彼女の無言の葛藤が、シッティングルームの隅々にまで行き渡り、染み込んでいくかのようだ。

あるいは、それはエチカ自身のものだったのかも知れない。

落ち着け。

想像しろ。

心の奥底で、ガラス瓶の中に詰め込んだ感情の塊を、もつれきってどうしようもなくなったそれを、ゆっくりと凍らせていく。冷気が漏れてあらゆるものが溶け出す前に、素早く栓をした。二度と引き抜けないほどきつく。きつく。きつく。

互いの安全を守るために、距離を置くと決めた。

――決めたのだから。

「……あなたの『目』はとても有用で、失うのは惜しい」トトキがようやっと押し出す。「だから、もしもの話をするべきじゃないわ。万が一のことが起きてから考えましょう」

「ご迷惑をお掛けすることは望んでいません。その時は速やかに決断して下さい」

「ええ」トトキは受け流す。彼女は大方、ハロルドが無事に電索を終える可能性に賭けているのだろうが、このアミクスは不具合を演出できるのだ。「ヒエダ、あなたの安全を最優先にしてちょうだい。いいわね？」

「分かりました」

エチカは機械的に頷（うなず）く。それだけで皮膚が剝がれそうなくらい、首がこわばっていた。

どうあれ——まさか、彼ともう一度潜ることになるだなんて思わなかった。

ハロルドがこちらに近づいてくる。エチカはぎこちない仕草で、ポケットに入れたままにしていた二本のコードを取り出す——彼とパートナーを解消したあとも、ずっと持ち歩いていた。トトキからも特に返却を求められなかったためだが、多分、手放すのが怖かっただけだ。

恐らく、これが最後になる。

「ルークラフト補助官」

エチカは〈命綱（アンビリカルコード）〉をうなじに挿し、これまで通りコネクタをアミクスに差し出す。受け取るハロルドの指が、こちらの指を掠（かす）めた——彼が左耳の接続ポートに繋（つな）ぐ間、エチカは身につけていた絶縁ユニットを〈探索コード〉に取り替えて、グレッグと自分を結び合わせる。

実に、一ヶ月ぶりだった。

緊張よりも、懐（なつ）かしさよりも、ただ——始まらないで欲しい。

卑怯にも、そんなことを一瞬だけ考える。

エチカは床に何度もかかとを落とし、緊張でこわばる体をほぐす。向かい合ったハロルドを見ないよう、視線を下げる。てらてらと明かりを照り返す、彼の革靴。そこについた細かな傷を、無心で数えた——感情が溶け出して、ガラス瓶が割れてしまう前に、行かなくては。

やるべきことは、一つだ。

慎重に瞼を下ろす。静謐な暗闇が、雑念を塗り潰していく。

心配は要らない。真っ直ぐに見て、受け流せばいい。あらゆる情報も、あらゆる感情も。何もかもを。ただ、今までそうしてきたように。

呼吸する。

肺が膨らむのを感じる。

張り付きそうな唇を、ひらく。


「——始めよう」


脳を鷲摑みにするような錯覚とともに、引きずり込まれた。

途端に、無数の機憶の断片が猛吹雪さながら吹き付ける。平穏な電子の海はそこにはない。

荒れ狂う嵐の波間に飛び込んでしまったかのようで——機憶混濁。やはり想定していた通り、トールボットの時と同じだ。階層は既に砕け散り、上も下もない。ただ待ち構えていたかの如く、膨大な情報をエチカの脳に注ぎ込んでくる。溢れて、焼けそうな痛み。錯覚だ。振り払う。見極められない情報の渦めがけて、手を伸ばした。『出資者六人の殺害に関与した……この点は間違いないですね？』『……脅しても、私は絶対に話しませんよ』指先を掠めていく、〈表層機憶〉の欠片。でも違う。欲しいのはこれじゃない。

集中しろ。

皮膚が熱を持つ。早くも、炎をまとっているかのように熱い。膨大な情報の流入に、思考を上書きされそうだ。摑もうとする腕にぶつかり、次々と砕けていってしまう。

一体、何千人分に及ぶのだろうか？

――流れに呑まれていては駄目だ。

無理矢理に息を止める。

もっと速く。選り分けなくては。必要な情報だけを――余計な機憶が分散し、わずかに視界がクリアになる。その分、全身が錘をくくりつけたように重量を増した。エチカはどうにかまばたきをする。なおも見えない。もっとだ。もっと目を凝らせ。体が引き絞られ、千切れそうになる。額が割れるように痛い。でも、耐えられる。止まらない。止まりたくない。

まだだ。

瞬間、轟々と立ち上っていた情報の渦が、ふっと勢いを弱めた。

エチカは目を見開き、周囲を凝視する。すれ違う機憶の数々が、唐突に速度を落としていた。それとも、自分が相手を超えるほどに加速したのか。分からない。どちらでもいい。

ただ——視える。

あらゆる妨害が途切れ、グレッグの機憶だけが、くっきりと宙に浮いている。

『脅してまで言いなりにさせようとするなんて』動悸とともに、彼の怯えが流れ込む。闇の中で光る、タブレット端末の画面。映し出されているのは、例の蜂の設計図だ。『ジェイコブを引き込んだのは人質というわけか』ジェイコブ。ガードナー捜査官のファーストネームか。

『出資者の誰が死んでも私のせいじゃない。仕方がなかった。息子の安全のためだ』

視界が小刻みに揺れ、機憶にノイズが走る。収まっていた嵐が再び吹き荒れそうな気配——まだ駄目だ。何の情報も手に入れていない。『同盟』に関与しているのは誰だ？　暴き出さなくては。なのに、とっくに体中が挽き潰されそうだった。エチカは必死に焦点を定める。

だが、上手くまとまりきらない。

制御不能。

数多の声が弾ける。

『父さん、今日特別捜査班の班長に任命されたよ』『言う通りにしなければ息子がどうなるか分かるな？』『グレッグ。そんなに逮捕が怖いなら、君にも防壁をあげるよ』『英国軍に偵察ドローンを提供できて、こちらに協力できない理由はないでしょう』『誰にもばれない。検死官は全員買収済みだ』『我々の理念に賛同しているのなら、粛清を手伝ってくれるわね？』『トトキたちに、システムの証拠を摑ませるわけにはいかない』

焼き尽くされそうな思考では、一つ一つを聞き分けることも叶わない——再び、焦点を絞ろうと試みる。グレッグの機憶だけを拾え。嵐は徐々に勢いを取り戻しつつある。エチカはもう一度、息を止める。ぐらりと、目の前が揺らぐ。

それでも。

これが——彼との、最後の電索になるかも知れないのだ。

何も得ずに、戻れるものか。

強引に、一つの機憶を手繰って握り込む——グレッグの車。ボルボの車内だ。今日の午後か——バーミンガムの街並みがウィンドウを飛び去っていく。息子から連絡を受けたグレッグは、急いでロビンフラッター本社にとんぼ返りする途中だった。『書斎に入っていないだろうな』『設計図を見られないうちは問題ないはず』心臓を刻むような焦りを覚えながら、タブレット端末を眺める。ユア・フォルマを使わないのは、履歴を残さないための対策——画面に表示されているのは、一通のメッセだ。オンライン会議の日時。会議アプリのダウンロード用マトリクスコードと、入室用パスコード。英数字の羅列。『万が一のことがあれば言い逃れできない』『彼らの思惑は恐ろしすぎる』『ジェイコブだけは守らなくては……』

霞みそうな意識が一瞬、ぞっとするほど鮮明になった。

——まさかこれは、『同盟』関係者が集う会議の詳細か？

流れ去る機憶を振り返る。遠ざかるメッセに記された日時が、辛うじて読み取れる——堰を切ったように、情報の濁流が舞い戻った。もはや主導権を握れない。エチカはただ風に舞い上げられた木の葉の如く、軽々と押し流されていく。思考の芯を摑まれ、己を見失いかけて。

全てが、砕けるように消え去った。

どん、と背中に軽い衝撃があり、薄目を開ける。水滴を垂らしたように視界がぼやけて、何も見えない。頭の中をかき混ぜるようなめまいで、吐きそうだ——だんだんくっきりとし始めて、シッティングルームの天井を見ているのだと把握した。こちらを支えて覗き込むトトキと、棒立ちのハロルドの姿を捉える。トトキが何かを言っている。きつい耳鳴りのせいで聞こえない。

けれど。

「……今夜、です」エチカは、曖昧な呂律で押し出した。「二十二時から、『同盟』の会議がある。パスコードは、補助官の記憶に、残って——」

ゆっくりと、耐えがたい脱力感が押し寄せてくる。

抗えずに、意識を手放した。

4

目覚めた途端、泥のような気怠さがまとわりついてきた。

エチカはぼんやりと、視界の中央に浮かんだ光るペーパーコップを見つめる——それがLED電球の傘なのだと理解するまでに、何秒か掛かった。ふかふかのベッドに沈んだ体は、形を保つのがやっとに感じられる。どうにか腕を持ち上げて額に触れると、少し汗を搔いていた。

リン電索官同様、結局は自分も倒れてしまったらしい。

ベッドルームの窓は既に暗く、外は日が落ちているようだ。ユア・フォルマには再び絶縁ユニットが接続されていて、表示時刻は午後五時を回っていた。電索から、優に三時間以上は経過している——『同盟』の会議が二十二時だとすれば、まだ猶予はあるが。

とにかく、こんなところで悠長に寝ている場合ではなかった。

しかし起き上がろうにも、体はベッドに吸い付いてなかなか剝がれない。ついでに言えば、無性に喉が渇いていた——視線を動かすと、サイドテーブルに置かれたガラスコップが目に入る。ミネラルウォーターがなみなみと注がれ、ストローが挿してあった。紙のメモが添えられていて、トトキの字で『休んでいて』とある。

エチカは申し訳なく思いながらも、コップに手を伸ばしたのだが。

「零しますよ、電索官」

横から、別の手がコップを取り上げる——ハロルドだった。彼の顔を見ても、くたびれきったエチカの脳は、ぎょっとする余裕もない。ただ手渡されたコップを素直に受け取り、ストローの角度を調節して中身を吸い上げた。干からびかけていた体内が、丁寧に潤されていく。コップが空になると、少しずつ頭が巡り始める。

今更——彼との電索が終わってしまったのだという実感が、ひたひたと打ち寄せてきた。

「……何で、きみまでここにいる」

押し出した声はほとんど病人のようで、自分でも呆れる。

「電索で処理落ちを起こしたため、一時的に休息しているという体です」よく見ればハロルドはベッドの縁に腰掛けており、エチカのガラスコップをサイドテーブルに戻した。「先ほど、リン電索官が起き出してきました。今はキッチンで、今後について作戦を練っています」

「『同盟』の会議をどうするのかということ？」

「ええ。とにかくあなたは、ご自身の体を休めることを優先して下さい」

ハロルドはこちらに背を向け、窓の外を見つめている——エチカは、ぼんやりと彼の姿を眺めた。ブロンドの後ろ髪は、相変わらず少しだけ跳ねている。どうしてか、出会った頃のくだらないやりとりを反芻してしまう。

——『後ろ髪が跳ねたままだけれど？』

——『これはわざとです。隙を残しておいたほうが、可愛げがありますから』

唇が、自嘲気味にほころぶのが分かった。

あの時の自分は、彼をここまで信頼するだなんて夢にも思っていなかったのに。

「そういえば電索官、ネックレスは見つかったのですね」

「ああ、うん……」エチカは何気なく、首元に手をやる。服の下に隠していたそれが飛び出して、シーツの上に転がっていた。「トトキ課長が見つけて、ビガが持っていてくれた」

ニトロケースの鈍い輝きを、不器用な仕草で襟の中に戻す。ベッドの上に腕を放り出した
——あと数センチだけ手を伸ばせば、ハロルドのセーターの裾に触れそうだ。

いつも、近くにいた。

なのにいつだって、一番遠かったような気がする。

結局、届かなかった。届こうとすることさえ、もはや恐ろしくなってしまった。

でも、きっと——これでいい。

「……きみとの最後の電索で、ちゃんと成果を挙げられてよかった」エチカはアミクスの傍らに、一つずつ言葉を並べるように呟く。「きみの『秘密』は、これからも誰にも言わない。ソゾン刑事のことも……今度こそ、本当の犯人が見つかるように願ってる」

ためらいもなくそう口にできたのは、電索の名残が抜けきっていないせいだろう。

今だけは、ふやけている自分の思考に感謝したい。

どのみち終わるのならば――できれば綺麗なまま、どうか何も気付かれないように。

ハロルドはすぐに返事をしなかった。ただその膝に置かれた指が、かすかに動く。

「ありがとうございます」彼はやはり、こちらを振り向かない。「私も、あなたに釣り合う人間の補助官が何れ見つかることを……祈っています」

それきり、静寂が紗幕のように淡く下りてくる。セントラルヒーティングのかすかな駆動音だけが、床を這うように伝う。

釣り合う、人間の補助官。

――もしも、彼が人間だったら。

機械ではなく、本当にどこにでもいる青年に過ぎなかったのなら。

そんな想像が、するりと耳の裏側のほうを流れ落ちていった。

そこから、数十分は経過しただろうか。やがて、慌ただしい足音が階段を駆け上ってくる――間もなく開け放していたベッドルームの入り口に、トトキが姿を見せた。エチカは目覚めた直後よりも幾分動けるようになっていて、もたつきながら身を起こす。

「ヒエダ、よかった。具合はどう？」

「問題ありません」怠さは残っているが、許容範囲だ。「どうなりましたか？」

「今、話し合いが終わったところよ」彼女はやや急いたように、「ルークラフト。あなたの今夜のメンテナンスだけれど、予定では十九時からだったわね？」

「はい」ハロルドは不調を装っているのか、ベッドから立ち上がらない。「何か問題が？」

「ノワエ社に連絡して、開始時間を遅らせてもらった。あなたの不具合を早く解消したいのは山々だけれど、そのほうが都合がいいかと思って」

……一体何のことだ？

困惑するエチカとハロルドをよそに、トトキは堂々と続ける。

「――これからスティーブの力を借りて、グレッグとして『同盟』の会議に潜入する」

第四章―破滅の盟約

1

〈ただいまの気温、マイナス二度。服装指数A、明日にかけて強烈な寒波が襲来します〉

ロンドン——エチカたちがノワエ・ロボティクス本社に到着する頃には、夜に食い尽くされた空から雪が舞い落ち始めた。午後八時過ぎの技術棟内は、当然の如く静まりかえっている。

「ロンドンの雪もそうですが、この時間の来客も同じくらい珍しいですよ」

出迎えたアンガス室長は、緊張を隠せない面持ちだった——トトキは彼に、『ファラーシャ・アイランドの件で今すぐスティーブに話を聞きたい』と連絡したのだそうだ。アンガスにしてみれば、突然何事かと気もそぞろになるだろう。

「急に押しかけてすみません」トトキが形式的に詫びる。「さっきの電話でもお伝えしましたが、緊急のことでして。詳しくは捜査機密で話せないのですが」

「ええ、分かっています。スティーブは呼んでおきました、こちらに」

アンガスが急ぎ足で、閑散とした通路を歩き出す。もちろん彼は、トトキが停職処分になっていることなど知る由もない。エチカとハロルドも足早に続く——ユア・フォルマで繋いだ複数音声通話を介して、フォーキンの報告が響いた。

『トトキ課長。ノワエ本社周辺を巡回していますが、今のところ特に異変はありません』

「だとしても気を抜かないで」トトキが小声で返す。「通信のために長時間絶縁ユニットを外さざるを得ない以上、『同盟』が私たちの位置情報を特定して仕掛けてくる可能性がある」

フォーキンはエチカたちを本社前で降ろしたのち、そのままシェアカーで近辺を見回っている。現時点で不穏な気配はないようだが、警戒は怠れない。

「ところでトトキ捜査官」アンガスがこちらを振り向く。「ハロルドのメンテナンスですが、どうしましょうか。スティーブの件が終わってからのほうが？」

「彼が外していても問題ありませんので、並行して進めて下さい。実は電索で無理をしまして、重めの処理落ちを起こしていたので早いほうがいいかと」

「アンガス室長。あなたが診られる範囲で構いませんので、お願いします」

エチカの隣を歩くハロルドは、端麗な面立ちに無表情を貼り付けている。電索による過負荷で、感情表現に処理能力を割く余力がないほど不具合が拡大している、という建前だ――エチカを除く全員が信じ切っている。

「もちろんだ」アンガスが深刻に顎を引く。「できる限りのことはするから、安心してくれ」

どうあれ、ハロルドにはアンガスを足止めしてもらわなくてはならない。

先刻、ロンドンへ向かう道中の車内で交わしたやりとりを反芻（はんすう）する――『同盟』の会議が開かれると判明した今、潜入を試みるというトトキの考えは妙案だ。しかし、それに伴ってスティーブの協力を仰ぐ発想は、エチカにはやや想定外だった。

『トトキ課長。今更ですが、どうしてスティーブを頼ろうと？』

ボアハムウッドのテラスハウスを出発したシェアカーは、片側三車線のモーターウェイをロンドン方面へ走行していた。等間隔に並んだ街路灯の灯りが、ルーフを撫でては後方へ飛び去っていく――エチカの質問に対し、助手席のトトキはこう答えたのだ。

『彼にはモデラーとしての知識と技術があるでしょう。グレッグに成り済まして「同盟」の会議に潜り込むには、ユア・フォルマに紐付くユーザーデータの工作はもちろん、何よりもグレッグのホロモデルが必要になる』

『なるほど』ハロルドが真っ先に理解する。『確かに兄は以前、ヒエダ電索官のホロモデルを作ったことがありましたね』

エチカもようやくその件に思い至る――知覚犯罪事件でのことだ。スティーブはイライアス・テイラーの指示により、密かにエチカのホロモデルを製作していた。あれは投影用のものだったが、極めて精巧に再現されており、どこからどう見ても本人だと信じられるほどだった。

実際に彼ならば、潜入に必要なグレッグのホロモデルを短時間で出力できるだろう。

『アンガス室長にはどう説明します？』フォーキンがステアリングを握りつつ訊ねる。『どこに「同盟」関係者が潜んでいるか分からないうちは、極力事情を話さないほうが……』

『ええ、あくまで緊急の捜査とだけ伝えてある』トトキがハロルドに目を向ける。『申し訳ないけれどルークラフト、あなたのメンテナンスを利用させてもらうわ。アンガス室長もあなたに掛かりきりのうちは、わざわざこちらの様子を見にきたりはしないでしょう』

『では、なるべく長引かせて足止めします』

『ついでにあなたの不具合が全て直ったら、なおいいけれど』トトキの鉄仮面に、後悔と思いやりが見え隠れした。『ともかく……急ぎましょう。リンたちだけでは、グレッグの警護も心許ないだろうから』

あらゆる手を尽くして、会議への潜入を成功させる。

ようやく『同盟』の正体を摑める好機が訪れたのだから、逃すわけにはいかない。

エチカは思考を現実に引き戻す——技術棟のラウンジに到着したところだった。シンプルなデザインのソファが整然と並び、軽食を取れるカウンターも完備されている。窓の外にはロンドンの夜景が広がり、眼下のリージェンツ運河めがけて雪の欠片が吸い込まれていく。

ひと気のないそこで、ぽつんとソファに腰掛けていたアミクスが立ち上がった。

「——お変わりないようで何よりです、ヒエダ電索官」

スティーブ・ハウエル・ホイートストン——『弟』のハロルドと寸分たがわぬ容貌は、以前と変わらず仏頂面だ。ただ一点違うのは、エチカに対して片手を差し出してきたことだった。

驚きながら、握手を交わす。

「その、急だったのに協力してくれてありがとう」

「アンガス室長の指示です。何より、私にとっても無関係なことではありませんので」

アミクスらしくぬくもりの薄い掌が離れる——もともと思考操作システムは、かつてスティーブが仕えていたテイラーが開発したものだ。ファラーシャ・アイランドでは、彼と協力し合って『同盟』の存在を突き止めた。しかし証拠を握るには至らず、テイラーの置き土産を清算しようとしていたスティーブにしてみれば、極めて不完全燃焼に終わったはずだ。

「スティーブ、トトキよ。取調べでも何度か会ったと思うけれど」

「存じています」

スティーブはトトキと軽く挨拶してから、ハロルドと目を合わせる。二人は無言のまま、互いに頷いただけだ。以前から淡泊な間柄だが、こちらは相変わらずらしい。

「それじゃハロルド、ぼくらはメンテナンスルームにいこうか」アンガスがハロルドの背中をやんわりと押して、「ヒエダ電索官は、前にもスティーブを監督して下さったので問題ないと思いますが……もし何かあれば、うなじの感温センサで強制機能停止して下さい」

エチカは首肯して、それとなく訊ねる。「メンテはどのくらいかかりそうですか？」

「二時間もあれば十分だと思いますよ。長引いても、日付が変わる前には切り上げます」

準備を考えると、あまり余裕はなさそうだ。

そうして、アンガスとハロルドがラウンジを出ていく——残されたエチカとトトキは、どちらからともなく視線を交わした。ユア・フォルマの示す現在時刻は、既に午後八時半を回った。『同盟』の会議開始まで、あと一時間半しか残されていない。

「スティーブ」トトキが冷徹に口を開く。「単刀直入に言う。今からお願いすることは、私の許可があるまでアンガス室長には秘密にして欲しい。例の『同盟』の件よ」

「承知しました」スティーブの目の色が、かすかに変わる。「何か進展があったのですね？」

トトキが順を追って、状況を説明し始める。スティーブは真剣に聞き入っていた――ファラーシャ・アイランド事件のあと、彼は何度か電子犯罪捜査局の聞き取りにも応じている。今回死亡した出資者を絞り込めたのも、スティーブの協力によるところが大きい。

彼がこちらの頼みを却下する可能性は、限りなく低いと踏んでいたが。

「――捜査局の要請ということでしたら、喜んでホロモデルの製作をお引き受けします」

トトキの話を聞き終えるなり、やはりと言うべきか、アミクスは迷わずそう答えた。

「ありがとう。理解が早くて助かるわ」

「早速ですが、グレッグの外見の資料を頂戴できますか」

「さっき撮影してきた。音声データもある」トトキが上着のポケットからＵＳＢを取り出し、スティーブに手渡す。「あと、会議の参加者の接続元を割り出してもらいたい」

「やってみますが、どちらにせよここでは作業できません。オフィスに移動しても？」

「いいえ、ノワエ社の端末に履歴を残すのはまずい。設備を持ってきたわ、今準備する」

トトキはカウンターへ歩いていくと、片手に引っ提げていたブリーフケースを置いた。蓋を開けて取り出したのは、道中の量販店で買い付けたラップトップＰＣだ。少なくとも、『同盟』

の手が及んでいないとは言い切れないノワエ本社の端末を使うよりかは、安全だろう。

手際よく用意を進めるトトキを見守っていると、スティーブが小声で囁きかけてくる。

「ところで電索官。ハロルドの仮病は、あなたと距離を置くためのものですか？」

エチカは思わず固まりそうになった――常日頃からノワエ本社で過ごしているスティーブが、弟の『不具合』について知らないわけがないとは思っていたけれど。

「皆、実際に彼が不調だと信じてる」声を潜めて念を押す。「余計なことは言わないで」

「言いません」彼は生真面目にまばたきする。「しかし、あれの愚かさには時々辟易します」

「彼には彼の考えがある」

「あなたもそれに賛同しているのですか」

「そうだ」答える際、喉が閊える。「お互いの安全のために、これが最善だと結論が出た」

スティーブが涸れた泉の瞳を細めた。「人間は、もっと欲張りだと思っていましたが」

……どういう意味だ？

エチカが問い返す前に、トトキが彼を呼ぶ。アミクスはさっさとカウンターへ歩み寄り、トトキが起動したラップトップPCを確認し始めた。スペックはぎりぎりのようだ。スティーブはすぐに必要なアプリをインストールし、作業に取りかかる――今し方の彼の言葉が引っかかっていたが、当然悠長に掘り下げられるような状況ではない。

そこからは、ただひたすら待つばかりだった。

エチカは怠さの残った体をソファに沈め、ユア・フォルマで刻一刻と過ぎ去る時間を追いかける。スティーブは黙々とPCに向き合い、トトキはそれを見守りながら、時折フォーキンとやりとりしていた。ラウンジを満たす静寂は徐々に濃さを増していき、どろどろとした粘性を持って、全身を包み込んでいく。窓の外の雪はいつの間にか、間断なく降り続いている。

永遠のように思えたしじまが途切れたのは、会議開始の約十分前だ。

「急ごしらえですが、ホロモデルの精度としては十分なはずです」

スティーブがPCから手を放す――エチカは弾かれたようにソファから立ち上がり、カウンターに近づいた。やや疲れた様子のトトキと一緒に、画面を覗き込む。

生成されたグレッグのホロモデルが、Tポーズで無感情にこちらを見つめ返していた。

――さすがだ。

「上出来ね」トトキはにこりともしない。「これをヒエダのユア・フォルマに実装して、彼女のホロモデルとして使用したい。もちろん声もグレッグのものに置き換えて。できる？」

「開発元のリグシティで働いていましたので、すぐにでも」スティーブの淡々とした受け答えが、とんでもなく頼もしい。「ユア・フォルマのユーザーデータも細工しますか？」

「ええそうして。隅々までグレッグに見せかけないと、会議への入室も許されないはず」

トトキが連絡役など指揮系統を担っている以上、潜入は必然的にエチカの役目となる。既に、シェアカーの中で話し合って決めた配役だ――本来、ホロモデルを利用して他人を騙ることは、国際通信安全法に抵触する。しかし隠蔽捜査など、特例の事情においては認められていた。今回もぎりぎり合法だと思いたい。

「電索官、こちらに」

スティーブに促され、エチカはカウンターのスツールに腰掛ける。彼はPCにHSB変換ケーブルを接続し、エチカのうなじのポートと繋ぎ合わせた——ユア・フォルマが外部デバイスを認識し、自動的にホロモデルの上書きが始まる。同時に、こちらの通信状況がモニタに反映されていく。

これで、トトキたちも会議を覗き見られる上、証拠となる物理的な記録も取れる。

「会議サーバーとアプリを解析しましたが」スティーブがPCを操作しつつ、「どちらもリグシティが提供する各種サービスではなく、ファラーシャ・アイランド固有のもののようです」

「機密の漏洩対策でしょうね。恐らく、かなり頑健なセキュリティだけれど」

「打ち破れないものはあまりありません」アミクスは真顔だ。「ご期待にお応えします」

エチカは二人のやりとりを聞きながら、緊張を和らげようと深呼吸した。スツールの向きを変えて、スティーブと膝を突き合わせる——アミクスの眼差しは、揺るぎなくエチカを捉える。その色味に自然と、ここにはいないハロルドを重ねてしまう。

「ヒエダ電索官。私が接続元を割り出す間、あなたはグレッグとして時間を稼いで下さい」

「分かった」

それまでは間違っても正体に勘付かれないよう、細心の注意を払わなくてはならない。全てが水の泡になるかどうかは、自分の振る舞いに掛かっている。

失敗は、決して許されない。

「ヒエダ」トトキの手が、エチカの背中に触れた。「頼んだわよ」

——間もなく、二十二時だ。


〈パスコード・ユーザーデータを承認。会議サーバー『eed586865893』への入室を許可……〉

接続が成功した直後、ラウンジの光景が広大な空へ塗り替えられていく——エチカは瞬く間に、果てしなく続く湖の上に立っている。無風の湖面が鏡のように、蒼穹を映し返していた。流れる雲の陰影がはっきりと描き出され、天と天の狭間に閉じ込められたかのような錯覚を起こす——この世のものとは思えない絶景には、既視感がある。

ウユニ塩湖。

ボリビアの観光地として名高いアンデス山脈の塩原を、背景に設定しているらしい——その場に相手のホロモデルを召喚するのではなく、空間自体をユア・フォルマの複合現実によって書き換える没入型のオンライン会議アプリか。

ファラーシャ・アイランドらしい技術力だ。

絶景に見入る間もなく、ガラスの円卓が出現する。それを取り囲んで、中央に穴の空いたドーナツテーブルが二重、三重と輪を重ねるように設置されていき——四重になったところで止まった。外周の輪に至っては、首をぐるりと回さなければ見渡せないほどに大きい。

エチカは内側から二番目の輪にいて、意図せずとも自動的に席に着いている。テーブルに載せた手が目に入った。グレッグのホロモデルらしく、骨張った中年男性の手だ。

周囲の席に、ぽつぽつとホロモデルが出現し始める。何れも見知らぬ老若男女だった。会議参加者リストを展開し、トトキたちがパーソナルデータを確認しやすようにしておく——さりげなく後ろを振り向けば、いつの間にか外周のテーブルまでもが満席になっていた。

言い知れない絶望感が、ふつふつとこみ上げてくる。

既に、想像していた以上の数だ。

この全員が、『同盟』関係者だなんて。

『——こんばんは、皆さん。本日もまずは定期報告から始めましょう』

空間は広いものの、声はすぐ隣で話しているかのようだ——発言したのは、中央の円卓を囲んでいるアバターの一人だった。そう、ホロモデルではない。それどころか、人間の形をしてさえいない。円卓に着いているのは、繭あるいは蛹のようにつるりとした白い塊だ。六席のうち、空席を除く四席を正体不明のアバターが占めている。

エチカは、険しい表情をどうにか押し隠す。

状況からして、会議を取り仕切っているのはこの繭たちなのだろう。『同盟』に深く関与している立場なのか、敢えて素顔を伏せているわけだ——参加者リストを確認するが、四人はそれぞれ名前ではなくアルファベットのA、B、C、Fと記載されていた。

DとEは、何故か抜け落ちている。

『同志四十七番、五十番、七十八番』先ほどと同じ、中性的な声——Aが言う。『捜査局が追っていた、出資者の粛清後の経過について教えて下さい。親族の様子はどうです?』

『クワインの妻と娘に変化はありません』四十七番と呼ばれた、年若い白人男性のホロモデルが答える。『娘に死因を疑う言動が見られましたが、あくまでも一時的なものでした』

やはり、出資者の身辺を監視していたわけだ。エチカはぞっとする反面、焦りを覚える。どうやら、参加者たちは一人ずつ固有の番号を割り振られている——しかし、テーブルや座席にそれらしきものは見当たらない。番号順に着席しているのならある程度は推測できるが、今受け答えしている顔触れを見るに、恐らくばらばらだ。

グレッグは何番だ?

会話の流れから割り出すしかない。

つまり——区別しやすいだけでなく、『鼠』対策でもあるわけか。

〈落ち着いて〉トトキからメッセを受信する。〈今スティーブが、アルファベットのアバターたちの接続元を優先的に割り出そうとしている。あなたは時間を稼いでくれればいい〉

エチカはテーブルの下で、きつく膝を握り締める。

――接続を維持することだけを考えよう。

その後も、ホロモデルたちによる報告が続く。話の流れからして、ここにいるホロモデルは『同盟』の中でも下位に属しているようだ――秘密結社を下支えする同志たちといったところか。一体どのような手段で掻き集めたのだろう？　思考操作システムによる支配が真っ先に思い浮かぶが、あれはまだ世に出ていないはず……。

『――バンフィールドの妻ですが、保健省に対して夫の感染死を調べるよう訴えています』七十八番の中年女性が言う。どこにでもいる主婦のように見えた。『検体の検査結果について捜査局から知らされたようで、メディアを巻き込んで感染死の原因究明を進めたいと……』

『捜査局は報道管制を敷いている。そもそも君の監視が疎かだったために、バンフィールドに技術制限区域へ逃げ込まれた上、感染死を暴かれたんだぞ』

Cが非難する。こちらも男の声だが、どことなく聞き覚えがある――聞き覚えがある？

そうだ。

アルファベットたちは外見こそ秘匿しているが、声までは完璧に加工されていない。

『彼女ばかりを叱るのはどうかしらね』B――香水が似合いそうな女の声。流暢なアメリカ英語だ。『検体の移送を止められなかったあなたにも非があるのじゃない？』

『ドローンの輸送ルートに駆けつけられる同志で、あれを撃ち落としても怪しまれない人間がいなかった』とC。『地元のハンターを買収して狙わせたが、話にならなかったそうだ』

『他の出資者を上手く始末できたからといって、トトキの監視の手を抜くからですよ』Aだ。『いいか。この件で私を責めるのなら、同時に八十番にも責任があるぞ』

Cが吐き捨てると、円卓がしんと沈黙する。四つの繭は微動だにせず――エチカはやや遅れて、周囲のホロモデルの視線が自分に集中していることに気付いた。

――八十番。

それが、グレッグの番号か。

『聞こえていないらしい。名前を呼んでも構わないか、グレッグ？』Cが苛立たしげに言い、『トトキに誘拐されたと報告を受けていたが、無事だったようだな。今どこにいる？』

恐れていたことが早速起きた。エチカはとっさに言い訳を組み立てる。「バーミンガムの郊外まで戻りました。トトキたちは、私を解放してから姿を消しまして……」

『同志の捜査官が行方を追って、監視ドローンを辿っている。ご丁寧にも、捜査局の絶縁ユニットを持ち出したようだ』幸い、まだ絶縁ユニットを外したことは悟られていない――だが発言の内容からして、Cは紛れもなく電子犯罪捜査局関係者だ。一体誰？『トトキに何を訊かれた？　ヒエダ電索官も行方不明だそうだが、彼女も一緒か？』

「『同盟』のことを疑われましたが、何も知らないと言い続けると諦めたようでした。その、ヒエダ電索官のことは、私にはよく分かりませんが……」

『前に話しただろう、日本人の女性電索官だ』

「ああ、いたかも知れません」だんだんと苦しくなってくる。せめてグレッグと『同盟』の関係について、もっと機憶を探れればよかったのだが。「電索はされませんでした」

『当たり前だ』Cの語気は冷淡だ。けれど、見破られてはいないはず。『何れにしても、君の責任は重い。まず、息子が勝手に検体の輸送用ドローンを手配していたにもかかわらず、自宅のベッドで暢気にいびきを掻いていた』

「申し訳ありません」

『個人的な説教が長引くようなら、一旦接続を絞りますよ』

Aが呆れるように言った途端、周囲のテーブルに着いていたホロモデルが一斉に消えていく
――ウユニ塩湖には、グレッグに扮したエチカとアルファベット四人だけが残された。

……冗談だろう？

口の中はからからに渇き、掌はとっくに冷や汗でべたついている。

〈まだかかる。あと五分は保たせて〉

トトキのメッセがポップアップ――更に個人的な質問が飛んできたら、かなりまずい。そもそもこの状態で乗り切れるのか？　分からないが、とにかくやるしかない。

『大体何故、「蜂」の設計図を処分していないんだ』人目を気にする必要がなくなったためか、Cの声は一層怒りを露わにしていた。『君の息子を盾に取った報復のつもりか？　だがもともと、ジェイコブが今の立場にいられるのも私のお陰だろう』

「いえ、決して報復では……」

エチカは受け答えしながらも、その一点だけがグレッグの機憶と繋がる——彼は『同盟』に生物兵器用ドローンを提供し、殺人に荷担することに怯えていた。しかし、息子のガードナー捜査官が『同盟』関係者の監視下にあるのか、彼を守るためにやむなく協力したのだ。

でなければグレッグは他の同志と異なり、自ら望んで『同盟』に参加したわけではない？　出資者暗殺を企てた『同盟』が、ドローンによるキメラウイルス注入という犯行手段を実現するために、つい最近引き込んだ？

その際、息子を質に取られ、抗えなかったのだとしたら。

——ガードナーに『今の立場を与えた』と恩を売れる人間は、一人しか思い当たらない。

『問題はもっと他のことでしょう？』Bの話し方にも、やはり覚えがある。『そもそもバンフィールドの感染死が露呈しなければ、こうはなっていない。トトキたちは出資者の突然死で捜査の道を絶たれて、思考操作システムの証拠を諦めるはずだったのよ』

『死体に他殺の証拠が出ないようにと、わざわざウイルスを使ったのが間違いでしたね』Aがぶつぶつと、『誤算はあの検体輸送です。キメラウイルスを暴き出されたからといって、そもそも国家機密をTFCの製造物だと偽るのは無理があります。あんな大芝居を打たなくても、トトキたちに例のUSBを拾わせることはできたはず……』

『今頃何なんだAは？　捜査局の関係者を納得させるには、必要な演出だと言っただろう』

『カイがヒエダに何か吹聴した可能性もあるわ。金に忠実な男だと思っていたけれど、トトキがグレッグに目星を付けたところからして、私たちとの契約を裏切ったのかも知れない』

エチカはただ茫然と、彼らのやりとりを聞く。

自分たちが、如何に目の前の出来事を読み違えていたのか。

今、それがはっきりとしつつあった。

少なくともアルファベットたちのやりとりからして、カイは『同盟』の一員ではない。ただ例のUSBを手帳に挟み、エチカたちに見つけさせるためだけに、『同盟』側に雇われた存在——そもそもキメラウイルスはTFCの製造物ではなく、『国家機密』だとAは言っている。

ならば、アル・バーハでそれらしき痕跡を一切見つけられなかったことにも得心がいく。

あれは何れかの国家が所有する、極秘の生物兵器。

必然的に、フィラデルフィアでの出来事を思い起こす。

エチカたちが訪れたのは、米国国防総省の管轄下にある衛生研究所だった。応対したミラーは感染生物学研究室室長で、キメラウイルスの出所がTFCだと自分たちに教えたのは、米国国家安全保障局からきたというクックだ——だとしたら、ウイルスは米国の所有物か？

何よりも。

彼らに協力を要請したのは、シュロッサー局長その人だったはず。

ガードナー捜査官の話が確かなら、局長とグレッグは知人同士であり、息子の彼はその伝手で入局を果たしている。仮に、何かの時のために局長がグレッグに恩を着せたのなら……。

目の前が、暗くなっていく。

もしそうなら、誰か一人だけではない。

フィラデルフィア衛生研究所を訪れた際、あのブース内にいた自分たち以外の人間は。

――全員が、『同盟』の一員だ。

『こんなことなら当初提案した通り、トトキたちをもう一度思考操作システムの支配下に置くべきでした』Aの声が奇妙なほど遠い。『我々の芝居は失敗したわけです。トトキを更迭してなお、ヒエダたちは暗躍している。次はこちらが、Dのような廃人にされますよ』

エチカはようやく理解する――Dとは、トールボットのことか。

『Dがああなった原因は不明だ、トトキたちの仕業かどうか分からない』C――シュロッサー局長が答える。『Aは、ヒエダ電索官が思考操作の影響を受けないことをもう忘れたのか？』

『この人はおつむが弱いから』B――クックは呆れたようだ。『エチカ・ヒエダがいる限り、トトキたちを思考操作の支配下に置いても、いいように尻尾を摑まれて終わりだと言ったでしょう。妙に優秀なアミクスの捜査官もくっついているのよ』

『だとしても、不具合を起こしているそうじゃないですか。だったら賭けに出るべきでした。実際トトキたちは諦めていない。グレッグは電索を避けられましたが、このままでは――』

『仮に電索されても〈機憶の防壁〉があるだろう。あれは、たとえヒエダ電索官であっても太刀打ちできない。そうだな、F？』

シュロッサーが、先ほどから頑なに沈黙している一つの繭に呼びかける。Fの答えは返らない。Aとクックがうんざりと息を洩らし——ややあって、かすかなノイズがのった。

『ああ失礼。君たちの内輪揉めがあんまりにも情けないから、居眠りしちゃって』

エチカは、今度こそ呼吸を止める。

——その声を、忘れるはずがない。

体の芯から、吸い取られるように温度が失せていく。きっと、画面を見ているスティーブとトトキも同じだろう。だって、そんな——あってはならない。

そもそも、彼女はオンラインから切断された環境で、収監されているはず。

『F、君が作った〈機憶の防壁〉についてだ』シュロッサーが面倒そうに繰り返す。『あれは並大抵の情報処理能力では破れない。そうだったな？』

『そう。安心してくれていい』

『思考操作システムの改良はどうなっていますか？』とA。『テストを始めたんでしたよね』

『上手くいっているよ、自分の王国を持ったみたいな気分だ』Fは堂々と欠伸をして、『でも実用化はまだ先だね。ヒエダ電索官を操り人形にするには、もうしばらく時間が要る』

『だったら尚更、選択肢は限られるわ』クックの声が冷えていく。『トトキたちを野放しにすれば、何れここを暴き出す。上に辿り着かれる前に、私たちで手を打たないと』

『始末するのは現実的じゃない』とシュロッサー。『前にも言ったが、一度に何人もの捜査官が死ねば怪しまれる。特にヒエダ電索官は妙に有名だ、死因が注目されることは間違いない』

『でもこうなったら、もう消えてもらうしかないでしょう。今回みたいにまた一芝居打って、まとめて処分する。表向きは可哀想な事故として処理できるのが理想ね。焼死とか溺死とか』

『彼女たちも馬鹿じゃない、そう上手くいくのならこんなに苦労はしていないだろう』

『だったら、目先の問題から考えましょう』Aも苛立ちを隠せなくなっている。『まずグレッグの失態には、相応の対応が必要かと思いますが』

『もう手を打った』シュロッサーが短く答えた。『グレッグ、君には猛省してもらいたい』

彼らが、今回のグレッグの失敗を許さないであろうことは、状況を考えれば十分想定できる。

だがもはや、そこに思考を割きされない。何故こんな――再び、トトキからのメッセがポップアップ。

〈BとCの接続元を割り出した。クックとシュロッサー局長よ。あと少しだけ維持して〉

歯噛みする。

これ以上、どうやって間を持たせればいい？

限界を覚えながらも、どうにか口を開こうとしたのだが。

『――ところで、一体いつまでグレッグのふりをするつもりなのかな。ヒ、エ、ダ、電、索、官？』

形のない風に湖面が波立ち、『鏡』が揺らぐ。

エチカは息もできずに、円卓を見つめた。繭のアバターは微動だにしていないのに、四人の眼差しがこちらに突き刺さるのが分かる——Fの、顔らしき顔もないその表面に、彼女の確かな微笑みを思い描ける。あの綺麗な犬歯を、はっきりと。

——居眠りじゃない。

あの沈黙の間中、Fもまたずっと、こちらの接続元を探っていたのでは。

『何？』ククが高い声を出す。『F、それは一体どういう——』

エチカはとっさにログアウトを選択する。ずらりと並んだ円卓も、ウユニ塩湖も、何もかもが風に吹き飛ばされた砂粒のように一瞬で消え去る。まばゆい青空は、無愛想なラウンジの天井へと巻き戻り——スツールから崩れ落ちそうになって、スティーブに支えられた。トトキの手が、うなじに挿していた変換ケーブルを引き抜いてくれる。

冷たい汗が、べったりと背中に張り付いていた。

——まずいことになった。

「スティーブ」トトキが硬い表情で問う。「Fに逆探知されたの？」

「不正接続は検知していません」スティーブはエチカから手を放して、暗転したPCモニタを一瞥した。その瞳には、珍しく動揺が浮かんでいる。「そもそもF……彼女はロボット工学博士です。ネットワークの知識はあるにしても、私の目を掻い潜って逆探知できるほどの技術は」

「仮にはったりでも、こちらの正体を見破られた。すぐに動く必要があるわ」

トトキが素早くラップトップPCを閉じる——彼女の頬は、土気色に近くなっていた。恐らくエチカ自身もそうだろう。信頼していたシュロッサー局長を含め、全員が『同盟』の一味だった。自分たちは最初からずっと、彼らの脚本のままに踊らされていただけ。

正直、受け止めきれない。

あまりの屈辱と衝撃で、いっそ現実味が感じられなかった。

「フォーキン捜査官、聞いていたわね？」トトキが複数音声通話で、早口に呼びかける。「最優先でガードナー捜査官を探し出して。それからリン電索官と、できればビガにも連絡してちょうだい。彼女に危険が及ばないとは言い切れない」

『分かりました』フォーキンの緊迫した声が返る。『トトキ課長はどうされますか』

「ひとまず、接続元が割り出せた局長とクックの身柄を押さえたいけれど」トトキは苦悩するように、目を瞑る。「私たちだけでは難しい。ロンドン警視庁を頼るわ」

『安全だという確証は？』

「ない。賭けね」彼女から、そんな言葉が出る日がくるとは。「とにかく電子犯罪捜査局内は『同盟』に汚染されている。誰も信用しないで。ガードナー捜査官の保護を優先しなさい」

『分かりました。一旦絶縁ユニットを使用します』

　フォーキンとの通話が切れる――トトキがこちらを振り向いた時にはもう、エチカは突き動かされるように口を開いていた。

「わたしを、アシュフォードの私立刑務所にいかせて下さい」

「それを頼もうと思っていた」彼女が首肯する。「ただ、単独行動は避けたほうがいいわ」

「アンガス室長に、ルークラフト補助官のメンテを切り上げてもらいます」

「ええ、問題がないといいけれど……身柄を押さえたら教えて。折り返し移送先を送る」

　トトキはPCをアタッシュケースに押し込み、蓋を閉めるのもそこそこに勢いよくラウンジを出ていく。エチカも急ごうとして――ふと、スティーブと視線がぶつかった。アミクスは無言だったが、その手はこちらを引き留めようと中途半端に宙に伸びている。

　過去に暴走した彼は、倫理委員会の許可が下りない限り、ノワエ本社から出られない。

「スティーブ、きみも一緒にいきたいかも知れないけれど」

「叶わないのは分かっています。ただ彼女に事情を聞いたら、私にも教えていただけますか」

　スティーブにしてみても、テイラーから思考操作システムを盗み出した相手――『同盟』に自分の製作者が関わっていたなどというのは、もはや悪夢に等しいだろう。

「もちろんだ」エチカはただ、真摯に頷くことしかできない。「必ず連絡するから」

　そうして、今度こそラウンジを飛び出した。メンテナンスルームに向かって通路を走りながらも、ハロルドにどう説明すべきかを考える。まとまりきらなくて、頭が痛い。

最初から、食えない人だとは思っていた。

それでも同じ人間同士として、たった一人『秘密』を共有し合える相手だったのに。

――全てを、聞き出さなくてはならない。

2

「やっと戻ってきたんですね、ガードナー捜査官……」

電子犯罪捜査局ロンドン支局――二十三時を回ったにもかかわらず、特別捜査班のオフィスでは、数人の捜査官が熱心にデスクにかじりついていた。ビガもまた眠たい目を擦りつつ、オフィスに入ってきたばかりのガードナーに声を掛けたところだ。

「ビガ？」彼が緩慢な動作で振り返った。「何でいるんだい。ペテルブルクのアカデミーに帰ったはずじゃ……」

「夕方の便でしたけど、捜査官が全然返信してくれないから見送りましたよ！」ビガは半ば八つ当たりする。あと一時間遅ければ、間違いなく来客用のソファで爆睡していただろう。「ロイドの別荘の報告書、見てもらえました？　問題があったらやり直さなきゃいけないから」

「ああうん見たよ、完璧だった。ありがとう」

「だったらもっと早く返事を――」

ビガは責め立てようとして、ようやく気付く。ガードナーの顔面は蒼白で、見るからに体調が悪そうだ――彼は半ば上の空で、ビガから逃れるように自身のデスクへ歩いていく。今日のガードナーは確か、エチカたちとロビンフラッター社を訪ねていたはずだが。

「ひょっとして具合がよくないんですか？」

「平気だよ」ガードナーの声は弱々しい。「君も、早くホテルに帰ったら」

「えっと、帰りますけど……」お世辞にも大丈夫そうではないが、彼とは取り立てて親しいわけでもないだけに、何となく踏み込めない。「ドローンのほうはどうでした？　ヒエダさんと確認しにいったんですよね、例の蜂の」

「何もなかった、彼女の勘違いだったみたいだ」

「そうですか……」ビガは落胆を隠せない。エチカもさぞかしがっかりしたことだろう。「ヒエダさんも戻ってきていますか？」

ガードナーは、もはや返事も寄越さない。

ビガは釈然としなかったが、結局、ショルダーバッグを引っ提げてオフィスを出るしかなくなった。通路にもエチカの姿はない。どちらにしても、彼女にはアカデミーに戻ると約束したのだから、首を突っ込むべきではないが――照明の絞られた通路を歩いていると、仕事で追いやっていた失恋の名残がぶり返す。まだ辛さはあるが、それでも幾分落ち着き始めていた。

少なくとも今は、意味もなく泣き出したくはならない。

あるいは単に、他に気がかりなことが多すぎるせいだろうか。

深夜とあって、エレベーターホールは静まりかえっていた。インジケーターを見ると、カゴは一階で止まっている。階段で下りるのも億劫なので、操作パネルに触れた。

〈ハンサから新着メッセージ〉

ぎくりとする。

ビガは図らずも、肩に力を入れてしまう――幼馴染みのハンサにメッセを送ったのは、熱を出してリヨンのホテルで寝込んでいた時のことだ。彼に頼み事をしたところ、「また分かったら知らせるよ」と手短な返信があって以来、連絡は途絶えていた。

けれど今思えば、自分がどうかしていた。あんな風に勢いに任せて行動を起こしてしまったのも、ハロルドに振られてすっかり落ち込んでいたせいだ。

でなければ――エチカを疑うなんて。

「……もっと考えなきゃいけないことがあったでしょ」

ビガは自己嫌悪から、つい独りごちる。そもそもハンサに連絡したことだって、かなりデリカシーに欠ける。互いに、例の告白については触れていないままなのに――どちらにしても、自分は彼を異性として見たことがない。子供の頃からあまりにも一緒に過ごしてきたので、よくいっても可愛い『弟』だ。それは間違いなく、今後も変わらない。

早めに伝えなくてはならないので、この機会に言ってしまおうか。

なるべく、これからの関係がぎくしゃくしない言葉選びをしたいところだけれど。

どうしたって憂鬱な気分になりながら、ビガはメッセを展開する。頭の中は既に、告白をどう断るかでいっぱいだった。

だから、飛び込んできた文面を読み取るのが遅れる。

〈HSBが届いたから、変換ケーブルで端末に繋いで調べたよ。君の見立て通りだと思う〉

――え？

一瞬、文字がばらばらに思考に入り込んできたかのように、理解が止まった。

不躾なチャイムが響き渡り、エレベーターが到着する。ビガは反射的に目を上げて――メッセのことが吹き飛びかけた。降りてきたのは、ここにいるはずのないパーマがかかった暗褐色の髪のフォーキン捜査官だったのだ。

「イヴァン？」思わず大きな声が出てしまう。「何してるんですか」

彼は個人的に『同盟』を捜査するため、自ら停職処分になることを選んだはずだ。その後、トトキに連絡を取るという話だったが――フォーキンは普段着で、珍しく頬をこわばらせている。駐車場から走ってきたらしく、ダウンコートはべったりと雪に濡れていた。

「ビガ？　アカデミーに戻ったんだと……いやいい、とにかく無事だな？」

「え？」ビガはわけがわからない。「えっと、元気ですけど。どうしてロンドンに？」

「あとで説明する。ガードナー捜査官は？」

「オフィスです」ますます意味不明だった。「あ、ちょっと！」

困惑するビガを置いて、フォーキンが通路を駆け出す。一体何なのだ。ビガは、エレベーターと彼の背中を交互に見て――ひとまずハンサのメッセを閉じて、フォーキンを追いかける。

事情は分からないが、ただ事ではなさそうだ。

そうしてビガがオフィスの戸口に辿り着いた時、フォーキンは既に、ガードナーのデスクに詰め寄っていた。飛び込んできた光景に、思わず息を呑む――立ち上がったガードナーが自身の銃を抜き、他ならぬフォーキンに銃口を差し向けたのだ。

どういうこと？

居合わせた捜査官らも、どよめきながら腰を上げる。

「誰か手錠を」ガードナーは先ほどよりも一層顔色が悪い。「この誘拐犯め、父さんをどこにやった……」

「落ち着け、ガードナー捜査官」フォーキンは両手を挙げるが、引き下がらない。「グレッグは無事だ、あんたと話し合いたい。とにかく、今すぐにここを出て身を隠さないと」

「言っておくけど父さんは無罪だ、『同盟』とは何の関係もない。そうだよ僕らは何の関係もないんだ。それなのに何で、局長はわざわざ……」

「局長？」フォーキンが聞き留める。「奴と話したのか」

「とにかく父さんは無実だ！」彼は絞り出すように叫ぶ。「僕が全部分かってる――」

瞬間、糸が切れたようにガードナーの肢体が頽れた。

あまりにも一瞬の出来事で、ビガは何が起きたのかをすぐに把握できない――まばたきをした時には、ガードナーの上半身がデスクに叩きつけられ、ずるりと床へ滑り落ちていく。取り落とされた彼の銃がデスクを乗り越えて、フォーキンの足許へ転がった。

しん、と痛いほどの静寂が場を包む。

何が。

ビガが愕然とする中、オフィス内で動揺が一気に弾け飛ぶ。捜査官らがガードナーに駆け寄っていく。緊急通報を指示する声――フォーキンが、ガードナーに寄りつく数人を引き剝がし、彼の傍らに屈んだ。その首に手を触れて、即座にかぶりを振る。

――そんなはずがない。

すうっと寒気がして、体の感覚が遠ざかる――ガードナーから離れたフォーキンが、真っ直ぐにビガのほうへ歩いてくる。彼は無言でこちらの腕を取り、引っ張るようにしてオフィスを出た。他の捜査官らは救命措置に奔走していて、呼び止めてくる者はいない。

足早に通路を歩きながら、ビガはやっとこさ自分が震えていることを自覚する。フォーキンに掴まれたままの腕を見た。彼の力は恐ろしく強いが、不思議と痛みを感じない。

有り得ない。だって今の今まで、普通に話していたはず。確かに具合は悪そうだったけれど

——具合が悪そうだった？

まさか……。

フォーキンがタートルネックで隠れていた絶縁ユニットを外し、音声電話を繋ぐ。

「トトキ課長ですか。はい……着きましたが、既に『蜂』にやられていたようです」

めまいがする。

「ええ、そうです——ガードナー捜査官は、『同盟』に殺されました」

＊

エチカとハロルドがアシュフォードの町に到着する頃には、時刻は午前零時を回っていた。

「今見せた録画で分かったと思うけれど、Ｆは間違いなくレクシー博士だ」

ロンドン市内のカーパークから引っ張ってきたシェアカーは、断続的な降雪の中でも怯まずに走った。フロントガラスのワイパーは、吸い寄せられる雪を懸命にかき分けている——エチカはそれを睨みながら、ステアリングを握り直す。目的地の刑務所まで、あと数分もない。

「ええ、そのようですね。全く、言葉も出ませんが……」

助手席のハロルドが、ウェアラブル端末のホロブラウザを閉じる。彼は今し方、『同盟』会議の様子を映像で確認したところだった——その横顔は、さすがに深刻だ。量産型の笑顔を貼り付ける余裕は、とうに失われているように見える。

　エチカ自身、呑み込みきれていない。

「しかもやりとりからして、博士は彼らの思考操作システムにも関与しているようだった」

「だとしても、彼女の専門はロボット工学のはずです。何故、思考操作システムの改良を任されているのかが分かりません」

「何にしてもシステムが変更されて、わたしのように情報処理能力の高い人間も支配下に置かれるようになったら、いよいよまずい」もし『同盟』側が完全な思考操作システムを手に入れれば、もはや意表を突くことさえ叶わなくなる。「とにかく、会って全部聞き出さないと」

「刑務所の面会時間を過ぎています。再逮捕の令状もありませんが」

「何とでもなる」エチカは周囲に通行車両がいないことを確かめて、更にアクセルを踏み込んだ。「それより、きみは平気？　メンテナンスを中断したけれど」

「問題ありません。もとより、アンガス室長は私の『外殻』しか調整できませんので」

　あれからエチカはメンテナンスルームの扉を叩き、アンガス室長に緊急事態を告げて、強引にハロルドを連れ出したのだ。アンガスはあっけに取られていたので、後日改めて詫びなくてはならない――ともかくこうなってしまった以上、事態は一刻を争う。

　うなじの絶縁ユニットに片手を触れる。

――『同盟』に妨害される前に、急がなくては。

間もなく、見通しのいい丘に佇む私立刑務所が現れた。麓を高い塀に囲われた陰鬱な建物は、雪に塗り潰されてほとんど霞んでいる——モーターの駆動音の狭間で、かすかなため息を聞き取った。見れば、ハロルドが両手の指を突き合わせて、額に押しつけている。

どんな言葉も、気休めにさえならないだろう。

私立刑務所の敷地に入る際、渋る警備アミクスに追い返されそうになったが、ＩＤカードを盾にして駐車場へ乗り込んだ。シェアカーを降りると、止むことを知らない粉雪が視界を遮る。既にうっすらと積もり始めていた——レクシーの身柄を連行するまで、モーターウェイが通行止めにならないことを祈りたい。

ハロルドが問うてくる。「博士をどうやって刑務所から連れ出すのです？」

「本人と刑務官を上手く言いくるめるしかない。とにかく、ここに残しておくのは駄目だ」

彼女が堂々とオンライン会議に参加できた以上、刑務所内にも『同盟』の内通者が潜んでいることは自明の理だ。放置すれば、決していいようにはならない。

そう考えていたが——すぐに、現実が推測よりもなお悪いと思い知らされることになった。

エチカたちが消灯したエントランスに入ると、一人の刑務官がぽつんと突っ立っていた。彼は眠たげな両目でこちらを認めて、すぐに「ご案内します」ときびすを返すのだ——図らずも、ハロルドと顔を見合わせてしまう。刑務所側に訪問の連絡は入れていない。無論、個人的に刑務官と面識があるわけでもなかった。

つまり。

――『思考操作システムの改良はどうなっています？　テストを始めたんでしたよね』

――『上手くいっているよ、自分の王国を持ったみたいな気分だ』

エチカは、うっすらと鳥肌が立つ。

あれは――刑務所全体を、改良中の思考操作システムの支配下に置いたという意味か？

「腑に落ちました」ハロルドが一人、何度か頷く。「先日、メンテナンスの際に博士とオンラインで話したのですが、刑務官と『仲良くなった』と仰っていたのです」

「そう……」エチカは苦いものを噛み潰す。「実際、すごく親しそうだ」

ファラーシャ・アイランドという実験場を失った『同盟』は、新たにこの私立刑務所を利用することにしたのだろう。であれば、レクシーがオンライン環境を得られたことにも得心がいく。他の受刑者たちは絶縁ユニットを外せないだろうから、被害者は刑務官だけか？

いい加減、耳鳴りがしてくる。

どこまでいっても、彼らの掌の上にいるかのような錯覚を起こす。

「ヒエダ電索官」

「大丈夫……」エチカはかぶりを振って、冷静さを取り戻そうとした。「何？」

「もしよろしければ、私に博士と二人で話をさせていただけないでしょうか」ハロルドは、空恐ろしいまでに落ち着いている。「『同盟』側は我々の行動を予測しているでしょうから、位置情報を切っていても長居はできません。手短に言質を取り、従うよう彼女を説得します」

エチカは、ユア・フォルマの表示時刻を一瞥する。例の会議を離脱してから、早二時間が経過していた——ハロルドの言う通り、『同盟』もとうに動き出しているはずだ。

「なら、わたしは面会室の入り口を見張っている。何分待てばいい？」

口下手な自分よりも、彼のほうが交渉術には長けている。

「五分もいただければ十分です」

二人は軽く頷き合い、今度こそ刑務官を追って歩き出す。


殺風景な面会室は、廃墟と化して忘れ去られたカフェテリアを思わせた。

ハロルドが踏み込むと、刑務官が背後で扉を閉める——天井のＬＥＤ照明は大半が消灯し、整然と並んだテーブルは深い暗がりに沈んでいた。中央にほど近い一灯だけが、煌々と明かりを注いでいる。まるで、舞台上の役者を照らすスポットライトのように。

「——てっきり、ヒエダ電索官がくると思ったんだけれど」

照明の下——レクシー・ウィロウ・カーター博士が、テーブルに頬杖をつく。青みがかったブルネットの髪は、光の加減でほとんど漆黒に見える。受刑者の制服から伸びた首は無防備で、先日まで身につけていたチョーカー型絶縁ユニットは取り払われていた。

もはや、隠すつもりもないというわけだ。

「彼女は外で待っています」ハロルドは刑務官を一瞥した。虚ろな瞳で壁際に控えており、こちらに口を出す素振りは見せない。「あなたを説得するだけなら、私一人で十分でしょう」

「私が君の感情エンジンについて、余計なことを吹聴すると思ってる？　考えすぎだよ」

　レクシーが正面の椅子を顎で示すので、ハロルドはそちらへ近づいて腰掛けた――改めて、『母親』の薄幸を絵に描いたような面立ちと向かい合う。銀縁の眼鏡の奥で、夜の瞳が真っ直ぐにこちらを見つめ返してくる。罪悪感や葛藤は、一切見受けられない。

　いつものことだ。

　彼女の倫理観がどこかに置き去られていることは、とうの昔に理解していたつもりだった。けれど、それはあくまでロボット工学における偏愛から生じるものであって、世間に溢れかえっている知能犯の欲望とは一線を画していると考えてきた――だが。

『同盟』に関わっているのなら、自分の認識は誤っていたことになる。

「鈍臭いグレッグが、トトキ捜査官たちから逃れられるとは思えなかったけれど……まさかヒエダ電索官が、あんなおじさんに成り済ますなんてね。しかも、誰も気付いていないし」レクシーはおかしそうにくつくつと笑う。「スティーブの技術は相変わらずすごいなぁ」

「あなたはいつから『同盟』に？」

　ハロルドは率直に問い質す。感情エンジンを説き伏せていてなお、うっすらと軽蔑が滲み出る――テーブルに右手を置き、腕時計型ウェアラブル端末を巻いた左手は、コートのポケットに入れた。念のために起動した録音アプリは、レクシーからは見えないはずだ。

「そう睨まないでくれよ、話すから。別にもう隠すことでもないしね」彼女は叱られた子供のように肩を竦め、「ここに収監されたあとで、トールボットが『同盟』に加わらないかって誘いにきたんだ。彼自身の意思というより、上からの指示だったみたいだけれど」

上――つまりは、未だ見えぬ『同盟』の首謀者か。

「首謀者は何者です？」

「答えないと分かって訊いているだろ」彼女が鼻で笑った。「私も会ったことがないよ」

果たして真実かどうか。「『上』が、あなたに声を掛けた理由は？」

「有能な技術者が必要だったみたいだね。思考操作システムだけでなく、彼らは色々と試しているみたいだから」『同盟』がファラーシャ・アイランドの出資者を抱き込んでいたことを思えば、彼女の話には筋が通るか。「私はこれから十五年も刑務所で過ごすしかないんだ、そりゃあ話に乗るよ。決まり切った刑務作業と退屈な連中に囲まれていたんじゃ、息が詰まる」

「暇つぶしのために『王国』を？」

「最近はね。始めはもっと別の、機憶に対応した防護繭みたいなものを作れって言われて、ずっとそっちをやっていた。さっきの会議でも聞いただろう？〈機憶の防壁〉だよ」

トールボットとグレッグに起こっていた機憶混濁には、そのような呼称があるらしい――あれが独自の防衛機構であるという自分の推測は、間違っていなかったようだ。

だとしても。

「博士、あなたの本分はロボット工学のはずです」

「私は天才だからね、何でもできる」軽口というよりも、はぐらかしに聞こえた。「この前、ファラーシャ・アイランドで君たちが一暴れしたせいだ。あれから思考操作システムの改良が急務になって、私もそっちに回された」

「この刑務所が、新しい実験場として適当だったと？」

「そう思ったんだろうね。いい具合に閉鎖的な空間で、外部からの目も届きにくいし」

彼女は滔々と語るが、ハロルドは腑に落ちない。そもそもレクシーが退屈な日々から逃れるために『同盟』に参加したのなら、刑務官たちを言いなりにした時点で脱獄を試みてもおかしくはないはずだ。しかし彼女はそうしていない——どうにも、らしくない、と感じる。

「それほど、防壁や思考操作システムがお気に召したということですか？」

彼女が眉を上げる。「どういう意味？」

「あなたはわがままな方ですから、自分が興味を持てる仕事しか引き受けないでしょう」ハロルドはレクシーを観察しようとする。これまで通り、読み切れない『母親』の顔がそこに浮かんでいる。「一体何が魅力的だったのです？　私の認識通りならば、あなたは他人を支配することに喜びを覚えるような人ではない。むしろ、アミクスですらない『人間』のことなど最もどうでもいいはずだ」

「人は変わるんだよ」レクシーの薄笑いが、ゆっくりと溶けていく。「ああでも……君のそういうところが嫌いだったことを、今思い出したな」

彼女は緩慢な仕草で眼鏡を外し、椅子の背にもたれかかる――レクシーにしては珍しく、次の言葉を考えているようだ。上目遣いにじっとこちらを見据える瞳には、底がない。

静寂。

空調設備の呼吸だけが、確実に膨張していく。

やはり彼女は、何かを隠している。だが、まるで見破れない――もともとレクシーに対しては、エチカと同様に隅々まで把握できずにいたが、今やそれらしい推測さえ閃けない。

自分が、ますます無能な機械に成り下がりつつあるのか。

あるいは――システムの予測を超えた場所にある何かを、見落としている？

「ところで……感情エンジンの抑制は上手くいっているの？」

レクシーが、手にしたままだった眼鏡をテーブルに置く――露骨に話を逸らされた。ハロルドはポケットの中で端末を操作し、録音を一時中断する。

――『もし君が、本当に感情エンジンを要らないと思った時には、また相談してくれ』

先日の彼女の言葉が、メモリを掠めて落ちていく。

「今のところ、あなたの助けが必要だとは考えていません」

「そう意地を張らなくてもいい」妖艶な犬歯が、唇の隙間から覗いた。「今ここに鏡があれば、君の顔を映してあげるんだけれどな。私にどうにか吐かせようとしているその目が、もうね。感情を完璧に制御できている機械は、そんな顔しちゃいけない」

安い挑発だ。

感情エンジンの抑制が不完全なものであることは、自分自身、うんざりするほどに思い知らされていた——捜査に復帰してからというもの、再三量産型アミクスになりきろうと努力してきた。何も感じず、何も考えず、ただ必要なタスクだけを遂行できるように。

だが、結果は散々だ。

最初の異変は、TFCでエチカがカイの一味にさらわれた時だった。彼女が危険に晒されていると認識した途端、それまで上手く制御できていた感情の箍が、一瞬で外れた——思考の処理が滞った末に、想定していないタイミングでビガを突き放すという選択を取ってしまった。その後、エチカと行動をともにし始めてからは更にひどい。感情エンジンのコードを何度書き換えても、自動的に修復が始まり、無理矢理表出しようとする。

何もかもが、ずっと軋みを上げている。

それでも——傍目から見れば、自分の振る舞いはまだ破綻していないはずだ。

「何が望みです？」ハロルドは受け流す。「私の感情エンジンを取り除くことを交換条件に見逃せと仰るつもりなら、お受けできません」

「私がそんな矮小なことを言い出すと思うか？　君なら何を考えているか分かるはずだ」

「どのみちあなたの身柄はヒエダ電索官が連行します」わざと突き放した。「逮捕当時はさておき、今のあなたの機憶は工作されていない。電索で全て明らかになるでしょう」

「私が〈機憶の防壁〉を使っていたら？」

「彼女なら突破できる。そこも織り込み済みなのでは？」ハロルドは目を眇める。先ほど確認した、『同盟』会議の録画を反芻していた。「何故、『同盟』の仲間たちに〈機憶の防壁〉が完全だと嘘を吐いたのです」

エチカはグレッグの機憶に潜った際、施された〈機憶の防壁〉に抗ってみせた。ほんのわずかな時間ではあったが、彼女が防壁に競り勝ったからこそ、『同盟』会議の詳細を手に入れることができたのだ——あれが、レクシーにとって想定外の事態だったとは思わない。

案の定、彼女は薄い唇に弧を描く。

「簡単だ。彼らを、『仲間たち』だと思ったことは一度もないからだよ」

「それはどういう……」

不意に、レクシーが椅子から腰を浮かせる。彼女の滑らかな手が伸びてきて、ハロルドのコートの襟を摑んだ。振りほどく間もなく、引き寄せられる——博士は額がぶつかりそうな距離で、内緒話をするように低く囁いた。

「——私に協力して欲しい、ハロルド」

対の夜の瞳が、一つに重なって見える。

「君はヒエダ電索官を理解できないと思いながらも、どうしたって彼女に執着してしまうんだろう？　何かに縛られてしまう気持ちはよく分かるよ、私もそうなんだ」レクシーの頬には、温度のない微笑。「もし手伝ってくれるのなら、何故『同盟』に加わったのかを話す。もちろん他にも見返りを与えよう。君は、ヒエダ電索官のことを全て理解できるようになる」

　彼女が何を言い出したのかを呑み込めず、処理に手間取る。エチカのことを、全て理解できるように——ひどく嫌な推測を、システムが弾き出した。

「まさか、思考操作で彼女を懐柔するとでも？」

「いいや違う。もっと根本的な問題を解決する方法がある」

「お断りします」ハロルドは、レクシーの手首を摑み返した。「あなたが何かを計画なさっていることは分かりました。その件も、新しい留置先で詳しく話していただきますので」

「強制的に連行するつもり？　どうなっても知らないよ」

　ハロルドは無視を決め込み、彼女の手首を拘束したまま立ち上がる。既に言質は取れた。あとは身柄を確保すればいい——レクシーが反対の手で、ハロルドの手の甲に爪を立ててくる。女性とは思えないほどの力だ。

「もう一度言うよ、ハロルド」

　彼女の表情は打って変わり、虚無を形作ったかのように冷え切っている。

「私に協力しろ。断るのなら、君の神経模倣システムを世間に告発する」

――支離滅裂な脅迫だった。

ハロルドは静かに呆れる。そもそもレクシーが収監されたのは、ＲＦモデルの『秘密』こと神経模倣システムを秘匿するためだ。彼女はスティーブやマーヴィンの攻撃的な行動を、自身が仕込んだ暴走コードによるものだと証言し、自ら罪を被って事件を終わらせた――何れも、捜査関係者や国際ＡＩ倫理委員会を真実から遠ざけることが目的だ。

にもかかわらず。

「博士。はったりにしても、もう少し上手い脅し方があるのでは？」

「はったりじゃない。これは君の選択であって、既に私には関係がない」

「仰っている意味が分かりません。告発すれば、あなたの刑期は恐らく無期懲役となります」

仮に『同盟』がそれらを帳消しにする手段を持っていても、レクシーの名が国際ＡＩ運用法に反した罪人として広まることは避けられない。つまり彼女にとって、何一つ利がない――根本的に、あまりにも矛盾している。

だが、博士は平然としているのだ。

「システムが告発されたら、君はノワエ本社に閉じ込められ、スティーブと仲良く廃棄処分になるだろうね。もう二度と、ダリヤさんやヒエダ電索官にも会えない。それでいいの？」

――彼女もまた、思考操作システムの支配下に置かれているのではないか？

不意に、そんな推測が浮かぶ。レクシーがトールボットと同等の立場にあったのなら、可能性としては低いが、有り得ないとは言い切れない――実際にそうなら、これほど一貫性に欠けた言動を取ることにも納得がいく。

「失礼ですが博士、あなたを連行したらすぐにユア・フォルマを調べます」

「私が思考操作を受けたと思っているわけか」レクシーが失笑した。「得意の観察眼さえ衰え始めているようだね、ハロルド。どんどんと人間らしく、不完全になっている。どうしてそうなれるんだろう？」

「何とでも」

「最後のチャンスだ。私に協力して欲しい」

「お断りします」ハロルドは繰り返した。「博士、あなたには我々と来ていただく」

「ああそう。まあ、何となく分かっていたけれどさ……何だか、がっかりだな……」

皮膚に半ば刺さっていた彼女の爪が、あっけなく外れる。レクシーの視線は宙をさまよい、夜空の星々を探すように天井をなぞって――伸ばされた手が、空を掻く。ユア・フォルマを操作したのか、あるいは幻覚の類いを見ているのか。

「私は未だに感謝の概念を理解できないけれど、それでもあなたには『感謝』している」

誰に言うともなく囁いたレクシーの頰が、とてつもなく幸福そうに緩んでいく。

まるで、勝者の笑みだ。

――違う。

極めて合理的でない何かが、システムに電流のような直感を走らせる――これは、思考操作ではない。だとしたら何だ？　見落としている。しかし、論理的な解をすぐに導き出せない。

ただ、その笑顔に、強い既視感を抱く。

一体何故？

ハロルドの唇からは、自然と問いかけが零れ落ちている。

「――あなたは、本当に博士か？」

彼女の眼差しが、星を知らない瞳が、こちらへと流れ着き、

答えの代わりに、鮮烈な銃火が暗闇を切り裂いた。

*

面会室の中で轟いたのは、一発の銃声だった。

通路で待機していたエチカは、慌てて扉を押し開ける。脚のホルスターに挿していた自動拳銃を、素早く引き抜いて――構えようとした矢先、二度目の発砲音。息を呑む。暗がりの壁際で、刑務官が自らのこめかみを撃ち抜き、ずるずると崩れ落ちていく。

茫然となった。

——どういうことだ。

「電索官、すぐに救急車を」

ハロルドの声で我に返る——見れば、アミクスは床に片膝をついていた。頼りない照明が、鮮血の飛び散ったテーブルを照らし出している。銀縁の眼鏡がぽつんと置き去られており——

エチカはほとんど吸い寄せられるように、近づいていく。

テーブルの陰に倒れていたその人の姿が、見える。

呼吸が止まった。

レクシーが、仰向けの状態で意識を手放していた。薄く開いた瞼の隙間から、焦点のない瞳が虚空を捉えている。腹部には真っ赤な花が咲き誇り——ハロルドは、とめどなく血液が溢れ出すその傷口を、懸命に両手で押さえ付けていた。

「突然、背後から刑務官に撃たれました」アミクスは、冷静さを保つことに徹しているように見える。「彼は思考操作を受けていた。レクシー博士自身は連行を拒んでいましたので、恐らくですが、刑務官を操作して自殺を図ったのではないかと」

衝撃がめまいとなって、殴りかかってくる。

——ふざけるな。

彼女はそうまでして、『同盟』について供述することを避けようとしたのか？

「救急車を呼ぶ」エチカは激しい動悸を堪えながら、絶縁ユニットを外す。居場所を嗅ぎつけられる恐れがあるが、背に腹は代えられない。「補助官、きみは無事なの？」

「流れ弾が掠めた程度です。銃弾は博士の下腹部を貫通しました、このままでは」

「分かってる！」

エチカは緊急通報に音声電話を発信する。すぐに繋がり、刑務所の住所と患者の容態を伝えた。救急隊の到着までは十分ほどかかるらしい。刑務官に限っては、もはや間に合わないだろうが――レクシーでさえ、それまで保つのか？　出血量は既に相当なものだ。最悪の事態がよぎり、寒気に襲われる。

容疑者の自殺未遂は、ナポロフの時にも経験したはずなのに。

完全に、想定を怠った。

――今ここで、レクシーを失うわけにはいかない。

「通報した」エチカは通話を切って、ハロルドを振り向く。「わたしは外に出て、救急隊が到着するのを待つ。きみはここで止血を続け――」

〈緊急アップデート告知です。今すぐにタップして確認して下さい〉

ユア・フォルマの通知が視界の中央にポップアップ――エチカは強烈な苛立ちを覚える。こんな時に。スライドして通知を削除しようとしたが、閲覧しなければ消えない仕様のようだ。

ああもういい加減にしろ！

やむなく展開。

途端に、ぶわっと正体不明のコードが溢れた。濁流の如く、一気に視界を埋め尽くす。あまりの勢いに、エチカは思わずその場で後ずさってしまい――アップデート告知ではない。告知に偽装したウイルスの攻撃、あるいはクラッキングか？　さあっと肌が粟立つが、ユア・フォルマがクラッシュする気配はない。

困惑しながら、膨大なコードを流し続けるタブの名前を読み取る。

頭が、真っ白になった。


〈ノワエ・ロボティクス社開発アミクス／ＲＦモデル／神経模倣系・全システムコード〉


――何だ、これは。

有り得ない。

「電索官？」ハロルドが怪訝そうに呼びかけてくる。「どうなさいましたか」

エチカはほとんど耳に入らない――緊急アップデート告知として配信されているのなら、開発元のリグシティが流している？　だが、一企業がこんな真似をする道理がない。であれば、何者かがリグシティのシステムをクラックして――タイミングを加味すれば、『同盟』の仕業だろうか？　でも何のために？　彼らはまさか、ＲＦモデルの秘密を知っていた？

——落ち着け。

そもそも本物だとは決まっていない。ＲＦモデルの神経模倣システムを把握しているのはレクシー博士とエイダン・ファーマンだけだ。フェイクの可能性も十分に考えられる。

こちらの意表を突くことが狙いなら、動じている場合ではない。

「聞こえていますか？」ハロルドが重ねて問うてくる。「電索官。先ほどから一体、」

「誰かが、リグシティをクラックしてる」エチカは努めて冷徹に押し出す。「管理システムを乗っ取って、きみたちの神経模倣システムだっていうコードをユア・フォルマに垂れ流しているけれど、多分わたしたちを追い詰めるためのフェイク——」

その先は、食まれるように溶けていく——ハロルドの眼差しが、揺らぐことなくエチカを仰ぎ見たからだ。湖の瞳に動揺や驚きの色はない。ほんの一欠片さえも、見つからない。

いいや。

そんなわけが。

「恐らく、フェイクではありません」アミクスの精美な唇が、はっきりと紡ぐ。「今し方、レクシー博士に脅されました。彼女に協力しなければ、ＲＦモデルの秘密を公のものにすると」

エチカは口を開くが、すぐに声が出てこない。「何を、」

「おざなりなはったりだと思っていましたが……どうやら、準備は万全だったようですね」

そんな馬鹿げた話が、あるはずがない。

愕然となるエチカの脳裏に、ぽつりと、いつぞやのレクシーの言葉が浮かび上がってくる。

──『もし君の気が変わったのなら、別に真実を告発しても構わないよ』

あれはずっと、博士の気まぐれだと思っていた。彼女の立場を考えれば、あまりにも筋が通らないからだ。けれど。

──『実は少し前に気が付いてさ。多分、そんなに大したことじゃないって』

実際のところは、純粋な本心だったというのか？

感覚が遠い。望遠レンズ越しに、他人の肉体を操縦しているみたいだ。ポップアップウィンドウは閉じるすべがなく、なおもＲＦモデルのシステムコードを放出し続けている──これをまともに理解して、解読できる人間がどれほどいるのかは知らない。

だが、リグシティの管理システムを一時的に奪って配信されているのなら。

もし本当に、この全てが白昼夢でないのなら。

全世界のユア・フォルマユーザーが、リアルタイムでこれを見ていることになる。

レクシーは一体、何を考えていたのか。捜査から逃れるためだけならば、神経模倣システムを白日の下に晒す必要などないはず。なのに──今は、悠長に推理している場合ではない。

これから、何が起きるのか。

最悪の結末が、頭の中を雷のように駆け巡っていく。

駄目だ。それだけは。絶対に……。

「──立って」

　エチカはほとんど突き動かされるように、ハロルドの腕を摑んでいた。

「いいえ」アミクスはレクシーから手を放さない。「止血をやめるわけにはいきません」

「きみたちのシステムが、全ユア・フォルマユーザー相手に告発されてるのに？」自分でも信じられないほど、掠れきった声が出た。「早くここを離れるんだ。技術制限区域とか、とにかく誰も追いかけられない場所に逃げないと、きみは」

「電索官。我々が何故距離を置いたのかを、もうお忘れですか？」

　じわじわと、怖気ともつかないものが這い上がってくる。

　──『もし……いつか私の「秘密」が公になったとしても、どうかかばわないで下さい』

　そうだ。

　自分たちは互いのために、別の道をいくことにした。ハロルドは今この時に、エチカを巻き込まないために。そしてエチカ自身も彼の考えを尊重するふりをして、自分の気持ちを知られないために──とっさにハロルドの腕を取ってしまったが、それ自体が約束に反している。これまでの努力を、無に帰すようなものだ。

　自分は今、彼に対してひどく失礼な行動をしている。

　エチカの手は正しい態度を思い出したかのように、ハロルドの腕から剝がれていく。

「博士の搬送先はのちほど連絡しますので、あなたは一旦この場を離れて下さい」アミクスの瞳は、変わらず無機的だ。「この告発が『同盟』側の作戦でないとも限りません。もしそうなら、混乱に託けてあなたの居場所を突き止めてくるはずです。もしくは、あなた方を始末するための初手を打ったか」

確かにクックは、エチカたちを事故死に見せかけて殺害する案に言及していた。

だが、仮にこれが『同盟』の作戦だったとしても——ハロルドを置いていけば、彼がどうなるかは想像に難くない。これから刑務所に到着する救急隊員たちでさえ、RFモデルのシステムコードについて認知しているだろう。遅かれ早かれ、彼は表舞台に引きずり出される。

それでも、ハロルドの意思を尊重するのであれば、自分は何もしてはならない。

今後、RFモデルのシステムコードの件で取調べを受けたとして、「知らなかった」と言い張って然るべきだ。もし機憶を覗かれそうになるのなら、工作して消し去るべきだ。

それが、今の自分にできる全てだ。

——なのに。

エチカの両脚は、凍り付いたかのようにその場から動けない。ただ、明確な予感だけが心の縁にかじりついている——今ここを離れたら、彼とはもう二度と、こんな風に隔たりのない場所では話せないだろう。

あるいは、これが最後かも知れない。

この一ヶ月間、あらゆる感情をガラス瓶の中に詰め込み、栓をしてきた。

アミクスのように素早く処理はできないが、人間も何れは環境に馴染むようつくられている。いつだってそうだった。どんなに息ができないと感じても、そのうちに平気になる——母が自分を置いて去った時も、父が愛してくれなかった時も、電索官となって補助官たちの脳を焼き切っていた時も。

だから、今回だって受け流せる。

全部を思い出に変えて、上手に手放せる。

実際、グレッグの電索を終えた直後はそう思えたはずだ。

でも、それは——ハロルドが日々を無事に過ごしているという前提があってこその話で。

彼の『秘密』が守られていなければ、何の意味も。

「——あなたはつくづくどうしようもない人ですね」

ハロルドの無感情な呟きが、意識を引き戻す——アミクスはコートを脱ぎ、レクシーの腹部を圧迫するように縛り上げたところだった。彼は立ち上がると、赤く濡れた手で迷わずエチカの腕を取る。決して振りほどけない強烈な力に、すうっと心臓が冷えていく。

待って。

そのままハロルドはエチカを引きずるように、面会室の外に向かって歩き出す。

「やめて」とっさにもがいたが、びくともしない。「駄目だ、補助官！」

「捜査補佐アミクスだと何度言えば分かるのです？」

必死の抵抗も虚しく、面会室から連れ出される。先ほど刑務官に案内されてきた通路を引き返し、エントランスへ――そうして建物の外に出た途端、刺すような風がエチカの全身を打ちのめした。丘の上の刑務所からは、なだらかな斜面にへばりつく階段と駐車場が一望できる。敷地を囲う塀の彼方――降りしきる雪で霞んだ私道を、点のような青い警光灯が移動していた。先ほど自分が呼んだ救急車だろう。

どうしたら。

――どうしたらいいんだ。

「行って下さい、電索官」

ハロルドの手がようやく、エチカの腕を解放する。突き放すように押し出されて、数歩ふらついてしまう――こちらを見つめるアミクスと、真正面から目が合った。

「これ以上あなたを巻き込まないことが、私の一番の望みなのです」無感情を貫いていた機械は今、何かを堪えるように眉をひそめている。「あなたが私の『友人』だと言うのなら、どうか尊重していただきたい」

エチカは小さく歯軋りする。

単なる同僚に戻ったにもかかわらず、今ここで『友人』と言い出すのか――もちろん、彼がこちらを説得したいがために、わざとそうした言葉選びをしたのだと分かっている。実際、ハロルドの気持ちは苦しいほど理解できた。エチカが彼の立場でも、きっと同じようにする。

だったら――この場を立ち去ることが、彼に対して払える最後の敬意だ。

決裂してなお残っている信頼の残滓を、最も美しく昇華させるための唯一の方法。

だからこんな風に、どうしようもなく自分勝手な感情を振りかざしてはいけない。

もう一度、緩んだガラス瓶の栓を締め直すのだ。

ただそれだけで、いい。

「…………、分かった」

絞り出したひとひらは、雪交じりの風に呑み込まれてしまう。それでも、アミクスの聴覚デバイスは容易に拾い上げたはず――ハロルドが頷く。風に乱されたブロンドの髪が、痛みに耐えるかのようなその目許を撫でる。

「ありがとうございます」紡がれた声は、表情とは裏腹にわざとらしいくらい穏やかで。「あなたと、お会いできてよかった」

馬鹿馬鹿しいほどに、取って付けたような響き。

エチカは唇の裏側を強く噛む。うっすらと、錆の味が広がっていく。

――栓を、できない。

「一つだけ……お願いがある」

「時間がありません」

「すぐに済む。これが、最後になるかも知れないから」

エチカは言いながら、ぎこちなく両腕を広げてみせる。風を孕む袖には、先ほど摑まれた際に付着したレクシーの血が、染みを作っていて——あまりにもらしくない行動を取っているという自覚はあった。加えて、少しだけ震えていたかも知れない。

それでも、もう、これしか。

「その………わたしを、ハグして欲しい」

ハロルドが、かすかに瞠目する。軽蔑だったのか、純粋な驚愕だったのか、今の自分には見極める余裕がない。断られることを想像した。あるいは気付かれるかも知れない——考えているうちに、アミクスがこちらへ踏み出す。いっそエチカのほうが驚くほど、躊躇なくその腕が伸びてくる。

何の言葉もなかった。

ハロルドはただ黙って、やんわりとエチカを抱擁した。背中に回った彼の腕は、何かを恐れるようにはっきりとは触れず、曖昧に抱きしめて——こんな状況なのに、知覚犯罪事件のあと、プルコヴォ空港のロータリーで再会した時のことを思い出す。あの時のハロルドは、数ヶ月ぶりに顔を合わせた自分を、極めて無遠慮にハグしたのだ。

それに比べて、今は随分と慎重だった。

アミクスの低いぬくもりさえ、ほとんど感じられない。

何でもよかった。

ただ――手が届く距離まで彼が近づいてくれるのなら、それで。

「……ありがとう」

エチカはそっと背伸びをして、ハロルドの首に腕を回す。アミクスが一瞬、体をこわばらせた――そのまま迷わず、ハロルドのうなじの強制機能停止用感温センサに触れる。

ごめん。

全てを悟った彼がとっさに離れようとするが、遅い。

「エチカ、」

ハロルドは皆まで紡げなかった。強制機能停止シーケンスが起動し――姿勢制御を失ったアミクスの体が、こちらへしなだれかかってくる。エチカはどうにか、その重みを抱き留めた。勢いを殺しきれずにふらつきながら、肩に乗ったアミクスの端正な面差しを確かめる。

彼は眠りに落ちるように、瞼を閉じていくところだった。

――もはや、取り返しがつかない。

自分はハロルドの気持ちを踏みにじる、最低な真似をした。

それでも。

エチカは、怯える鼓動を宥めようと、真っ白い息を吐く。

それでも――彼には、逃げて欲しい。

逃がさなくてはならない。

3

「これ一体何なんですか！　まさかクラッキング？」

　シェアカーの狭い車内で、ビガは高い声を上げてしまう。トトキと連絡を取り合うために絶縁ユニットを外していたのだが、先ほどユア・フォルマに届いた緊急アップデート告知を展開して以降、意味不明なコードが延々と流れ続けていた――タブには、〈ノワエ・ロボティクス社開発アミクス／ＲＦモデル／神経模倣系・全システムコード〉とある。

「何にしても、リグシティのシステムがやられたのは間違いなさそうだな」

　運転席のフォーキンがステアリングを切り、路肩に車を停車させる。ポップアップウィンドウが視界を遮っているため、半自動とはいえ運転を続けるのは危険だと判断したらしい――真夜中のロンドン市内を走行する車は疎らだが、前方でも数台が緊急停車するのが見える。酔っ払った通行人たちが、宙に向かって何かを怒鳴っていた。ビガはウィンドウの隙間を開ける。

「おい変なもん送ってくんなよ！」「何だこれバグか？」と聞こえる。

　多少の時間差はあれど、全員が同じものを見ているようだ。

「まさかこれも『同盟』の攻撃でしょうか？」

「だとしても俺たちを狙うために、ユア・フォルマユーザー全員を巻き込むか？」フォーキンも困惑を隠せていない。「ノワエ社の企業機密か何かみたいだが……ビガ、窓を閉めろ」

　彼に注意され、急いでウィンドウを上げた。ロンドン支局で、ガードナー捜査官が『蜂』に殺されたばかりなのだ。警戒するに越したことはない——ただでさえ、行き場のない恐怖を抑え付けるので精一杯だというのに。

　そうこうしているうちに、今度は着信が届く。

〈ウイ・トトキから複数音声電話〉

＊

「スティーブ。すまないが、緊急で君のメンテナンスが必要になった」

　ノワエ・ロボティクス本社技術棟、特別開発室——スティーブは、メンテナンスルームに持ち込まれた解析用ポッドに横たわったところだった。アンガス室長が、ポッドと繋いだタブレット端末を操作している。彼はどういうわけか青ざめて、ひどく焦っているようだ。

　エチカたちが本社を出ていったあと、スティーブは毎晩そうしているように、技術棟内に設けられている空き倉庫——今は起動中の自分を閉じ込める際に使われる一室で、設置された機器類が昼夜問わず様々なデータを取っている——に戻っていた。

　例の『同盟』会議で見聞きした出来事は、スティーブにとっても衝撃だった。

だからこそ、睡眠状態（スリープモード）で念入りにメモリの整理を始めるつもりだったのだが、突然やってきたアンガスにメンテナンスルームへ連れ出されたのだ。時刻は深夜の一時を過ぎていて、普段ならば、彼は本社に隣接したアミキティア地区の自宅に戻っているはずだった。

「ハッチを閉めたら、自動的に機能停止（シャットダウン）するよ。いいね」

「承知しました」スティーブは頷（うなず）きながらも、腑（ふ）に落ちない。「何があったのでしょうか」

アンガスは喉を詰まらせる。彼はポーカーフェイスが非常に下手で、良くも悪くも素直な男だ——その様子からして、よからぬことが起きたのだと推測できた。

会議で、Ｆを演じていたレクシーを思い起こす。

エチカとハロルドは、無事に彼女と面会しただろうか。博士は一体、いつから『同盟』に参加していた？　いいや、今更そんなことはいい——どちらにしても、レクシーが思考操作システムに関与しているのなら、あれがテイラーの開発物だと知らなかったはずがない。

一体、どんな気持ちだったのだろうか。

テイラーを守ろうとした末に、ノワエ社という檻（おり）から出られない『息子』を見るのは。

「何もないよ」アンガスが答える。「単にぼく自身が、君の調整ミスを思い出したんだ。少し大がかりになるが、きちんと解析用ポッドで調べないと……」

「自己診断によれば、あらゆる機能が正常ですが」

「スティーブ」

「私は知りたいだけです、アンガス室長」

　スティーブはアンガスの返事を待った。しかし彼は思い詰めたように口を閉ざすばかりで、答えず——その手が、とっさにハッチを閉めようと動く。箱の中の罠に掛かった獣を、怯えに任せて閉じ込めようとするかのような勢いだった。

　だからスティーブは、素早く腕を差し挟んで阻止する。

「よせ」アンガスが悲鳴のような声を上げた。「君を機能停止しなくてはいけないんだ！」

　彼の態度そのものが、如実に物語っていた。

　どうやら何者かが、アンガスにＲＦモデルの真実を伝えたらしい。

　スティーブは人工筋肉の稼働率を上昇させ、半分閉じられたハッチを強引に押し上げる。アンガスがうろたえて、壁際へと後ずさっていく——ポッドの中で身を起こした時、彼は両手を挙げていた。だが、逃げ出す素振りはない。アンガスは素直なだけでなく、責任感も強い。

「室長」スティーブは迷わず、ポッドから降りた。「あなたを傷付けるつもりはありません。ただ、質問に答えて欲しいだけです」

「知らなかったんだ。ぼくは何も……」

「誰があなたに、神経模倣システムのことを教えたのですか？」

　アンガスが観念したように、きつく目を瞑る。その唇がほとんど吐息だけで、「分からない」と押し出した——分からない？

「クラッキングだ。ユア・フォルマのアップデート告知が、細工されていて」彼は息も絶え絶えに続ける。「ぼくらがこれまでメンテしてきた、君たちの表向きのシステムコードと一緒に、神経模倣系のコードが……あの手癖はよく知ってる。レクシー博士のものだ。フェイクじゃない……どうやって君たちの神経模倣系に接続するのかさえ、書かれていた」

ほとんどの人は読み解けないし、意味も分からないだろうけれど。

「それでも全ユア・フォルマユーザーが、これを……見ているはずなんだ」

スティーブは極めて無感動に、その言葉を聞く。驚きも、動揺も、もはや湧き上がってこない——犯人の目的が何であれ、いつまでも上手くいくはずがないと分かっていた。むしろあれほど危ない橋を渡ってきたにもかかわらず、これまで隠し通せていたことが奇跡だったのだ。叶うのなら、後始末をするという意味でも、思考操作システムの消失を見届けたかった。

だが——覚悟はできている。

「ついさっき、国際AI倫理委員会からも連絡があった」アンガスの顔色はますますひどくなり、死人のようだ。「RFモデルを機能停止して、すぐに解析するようにと……スティーブ、君は何も知らなかったかも知れない。ひどいことを言っているのは分かってる。でも現状、君たちはこの社会のルールに違反した存在なんだ」

ふと、この場にはいない『弟』のことが思考をよぎる。

ハロルドには、自分と違って未練があるはずだ。彼は依然、家族を殺した犯人を暴き出せていない。それどころか、エチカ・ヒエダのことさえも、まだ。

　――自分たちに兄弟愛は存在しない。

　少なくとも、人間が思うような形では存在していない。

　だからこれは単に、自身と同じモデルに対する浅はかな自己投影に過ぎないのだろうが。

「私を機能停止にするのは構いませんが、ハロルドは見逃して下さい」

「無理だ」アンガスが即座にかぶりを振る。そうだろうな。「彼のことも探している。既に位置情報が分からなくなっているが、でも見つけ出さないとノワエ社は――」

「では交渉決裂ですね」

　スティーブはポッドに繋がっていたケーブルを摑み、たやすく引き千切った。それをロープのように手繰り寄せてみせると、アンガスの表情が恐怖に染まっていく。

「室長、前言を撤回します。私は今からあなたを傷付けるかも知れません」

「やめろ。ぼくらは今日までずっと君の面倒を見てきた、ここで殺したって」

「殺すとは言っていない。あなたが交渉のテーブルに着いて下さるよう仕向けるだけです」

　スティーブは、ゆっくりと踏み出す。

　追い詰められたアンガスが、腰に隠していた銃を素早く引き抜くのが見えた。

＊

『二人ともまだ無事ね。ヒエダとルークラフトの居場所は分かる？』

ロンドン市内の路肩に停車したシェアカー内――ビガとフォーキンは、トトキと複数音声通話を繋いだところだ。彼女が開口一番にそう問うてくるので、二人は顔を見合わせてしまう。

「ヒエダさんたちは、レクシー博士の確保に向かったんじゃ？」

『ええ。そろそろ身柄を拘束できているはずなんだけれど、二人とも連絡がつかない』

――何だって？

ビガがフォーキンから聞いた話では、『同盟』はエチカを含め自分たちを始末することを思案していたらしい。事実、ガードナーはオフィスの中で絶命した――一気に嫌な予感がこみ上げそうになって、抑え込む。落ち着け。まだ、決まったわけではない。

「確保に手間取って、絶縁ユニットを外していないのでは」フォーキンはそう言いつつも、既に血相を変えている。「ああいや、それでハロルドまで応答しないのはおかしいか……」

『「同盟」が二人に接触した可能性があるわ』トトキの張り詰めた声が、ビガの心臓を鋭く刺す。『それと例のシステムコードだけれど、今さっき、アンガス室長から連絡があった』

「『同盟』の仕業ですか？」フォーキンが問う。

『まだ分からない。ただこれは、ルークラフトたちのシステムコードだそうよ』トトキはやや切羽詰まったように、『すぐに彼を探して、ノワエ社に連れ戻す必要がある』

ビガは彼女の言い分を、うっすらとしか理解できない。「それってどういう……」

『アンガス室長は、彼らが国際AI運用法に反した違法なモデルだったと言っている』

——え？

ビガは茫然と、フロントガラス越しの街並みを見つめる。点けっぱなしのヘッドライトが降りしきる雪を照らし上げ、白く覆われた道路の轍を暴く——ハロルドが、違法なモデル？

意味が分からない。

「えっと、変じゃないですか？」口が勝手に喋り出す。「だってもしそうなら、メンテナンスとかで分かるはずですよね。今の今まで何も言われなかったのに、どうしてそんな急に」

『私も詳しいことは聞けていない。事実関係を確かめるために、アンガス室長が同型のスティーブの解析を進めると……ルークラフトはこの件について、あなたたちに何か言っていた？』

「いえ」ビガはただ、かぶりを振ることしかできない。

「初耳です」フォーキンも懐疑的だ。「もともと彼は次世代型ですよね？　何かとんでもなく高性能なのは分かりましたが……違法と言われても、あまりぴんとこないというか」

『ええ』トトキが冷徹に受け流し、『ヒエダはどうかしら。知っていたと思う？』

「ヒエダさんが知っていたら、まず課長に報告するはずです。彼女は真面目な人ですし……」

ビガはふと、先刻ハンサから届いたメッセを思い出す――エチカは立派な捜査官だ。もしハロルドに違法性があると気付いたら、黙っているはずがない。彼女は職務に対して忠実な人間で、多少私情を差し挟むことはあれど、自ら法を犯すような人ではない。

けれど。

――『君の見立て通りだと思う』

抑えようのない胸騒ぎが、押し寄せてくる。

もしあれが、何かの間違いでないのなら。

実際に彼女が、ハロルドの違法性を認識していたのだとしたら。

――動機としては、十分に納得できてしまうのではないか？

『ビガ？』「どうしたんだ？」

トトキとフォーキンの問いかけが重なる。ビガの唇は中途半端(ちゅうとはんぱ)に開いたまま――言わないでおくべきだ。単なる憶測だし、言葉にすれば、本当の意味で彼女を疑うことになってしまう気がする。エチカとは色々あったけれど、今は大事な友人だ。ハロルドのことだって。

でも――結局、二人はビガに何も教えてくれなかったのだろうか？

そうじゃない。何事もないから、潔白だから、言わなかったのだ。そもそもハロルドは違法モデルなんかじゃない。けれどももしエチカが知っていたのなら。二人は、何で。

――分からない。

もう、どうしたらいいのか。

「ビガ」フォーキンの手が肩に触れて、息を止めていたことを自覚した。「おい、大丈夫か」

「平気です」ビガはわずかな唾を飲み込む。思い悩むあまり、目頭が熱い。「これは多分……あたしの勘違いなんです。あれは別に、ヒエダさんのものなんかじゃなくて」

『落ち着いて、ビガ』トトキの声は柔らかい。『ヒエダが何を持っていたの？』

ビガは縋り付くように、自分の胸元を握り締める。

言うべきではないのかも知れないけれど。

「…………、機憶工作用ＨＳＢです」

重たい沈黙が、車内に充満していく。

肩に触れているフォーキンの手に、はっきりと力がこもった。

途端に、やはり黙っておくべきだったのではないかという、強烈な後悔が芽吹く。

「その」不安に潰されないよう、ビガは続ける。「ヒエダさんのネックレスの中に、入っていたんですが……少しおかしいと思うところがあったので、幼馴染みのバイオハッカーに速達で送って確認してもらったんです。そうしたら」

『それはいつ？』トトキが問うてくるので、ビガは詳しく伝える。『何故言わなかったの』

「ごめんなさい違うんです」喘ぐように答える。「そんな、大事にしたくなくて、だって」

『いいわ落ち着いて。それで……あなたは、あのネックレスをヒエダに返したのね？』

「はい。彼女にとって大事なものだと思ったから、早いほうがいいかもって……」

エチカに渡したネックレスには、機憶工作用HSBの代わりに、市販の同型HSBを入れておいた。ハンサのもとから返ってくるのを待っていたら、いつになるか分からない。もし何事もなければエチカに心から謝って、本当のHSBを返すつもりでいた——ただ、そのことを彼女にはっきりと話せなかったのは、一抹の不安があったからだ。

でも、ほとんど楽観していた。

自分の勘違いだと思っていたし、何なら今でも思っている。

「トトキ課長と同じで、ヒエダさんもはめられたんじゃないでしょうか」自分でも分かるほど、早口になっている。「何かの間違いだと思います。だって彼女が、あんなもの——」

『もう十分よ、ビガ』トトキがやんわりと遮った。『確かに、あのネックレスをまだ持ち歩いているのは少し引っかかったけれど、でもそう……』彼女はどこか独り言のように言い、『私はロンドン警視庁と話し合っているから、しばらくは動けない。最悪朝までかかるでしょう』

嫌な予感がこみ上げる。

「課長」ビガはトトキに見えないと分かっていながら、身を乗り出す。「あの、あたしは」

『フォーキン捜査官。ビガを安全なホテルに送り届けたら、アシュフォードの刑務所にいって様子を確かめてきて。状況によっては、ロンドン警視庁にも協力を要請する』

フォーキンは奥歯を噛み合わせたようだった。「分かりました」

違う。やめて。彼女たちを疑わないで。

――疑いたくない。

心の中で響く悲鳴を呑み込むのが、精一杯だ。

トトキはこれまでになく押し殺すように、だがはっきりと命令する。

『何としてでも、ヒエダとルークラフトを見つけ出しなさい』

終章——ハングアップ

YOUR FORMA

スコットランド南部は、一面の雪景色だった。

グラスゴー郊外――ドライメンに程近いローモンド湖周辺は、技術制限区域に指定された緑豊かな自然保護区だ。どこまでも開けた放牧地はまっさらな雪化粧を施していて、一画を切り取るように建ち並ぶコンテナホテルが、いっそ無粋に思えるほどだった。

『続いて、今週の一曲をご紹介します。エディンバラ出身のインディーズバンドで――』

文字通りリサイクルのコンテナを再利用したホテルは、時代から取り残されたようにあらゆる設備が古臭い。エチカは手を伸ばし、化石のようなポータブルラジオの電源を切る――薄い窓ガラス越しに、補修の行き届いていない道路が見えた。一台のしなびたピックアップトラックが、よろよろと通り過ぎていく。

「技術制限区域じゃ、神経模倣システムの告発のことは何も報じられていないみたいだ」せめてテレビでもあればよかったのだが。エチカはカーテンを引きながら、振り返る――狭い室内には、小さな冷蔵庫と二台のベッドが無理矢理押し込まれているだけだ。そのうち入り口に近いほうに、ハロルドが腰を下ろしている。

「そもそも技術制限区域は、ユア・フォルマやアミクスとは無縁の地域です。せいぜい、朝刊の片隅に載る程度かと」

彼は背を丸めるような姿勢で膝に肘をのせていて、顔を上げない――再起動してからというもの、ずっとそうだ。エチカに対して相当な怒りを抱いているはずなのに、アミクスは恐ろしいまでの冷静さを守っている。

むしろ、罵倒してくれたほうが気が楽だった。

ハロルドを強制機能停止(シャットダウン)し、強引な逃走劇を図ってから一晩——あのあと自分は彼をシェアカーに乗せ、脇目も振らずに車を走らせ続けた。何度か車を取り替えつつ、とにかく技術制限区域を目指すことだけを考えていたら、スコットランドまで到達していたのだ。夜が明けて日が高くなったこともあり、目に付いたこのホテルで休息することにした。

チェックインの際、なるべくマフラーとニット帽で外見を隠したが、もしかしたら必要なかったかも知れない。

そのくらい、ここでは全ての時間が正常に流れているように思える。

「……何か食べる?」エチカは、冷蔵庫の上にあったルームサービスのメニューを手に取る。

「フィッシュアンドチップスとか、ケバブがある。多分、全部冷凍だけれど」

「あなたは召し上がったほうがいいでしょう」

ハロルドは淡泊にそう答えただけで、やはりこちらを見ない——エチカ自身、昨晩から飲まず食わずの状態にもかかわらず、全く空腹を感じない。眠気すらも吹き飛んだままだ。

結局メニューを元に戻して、自分のベッドに腰を下ろす。硬いマットレスは、少しも疲労を和らげてくれる気配がない。

うなじの絶縁ユニットに、手を触れる。

今、『外』は一体どうなっているのだろうか？

通信を遮断しているので、当たり前だが状況が何も分からない。刑務所に置いてきたレクシーは助かったのか。神経模倣システムの告発はどのくらい大きく報道されているのか。ダリヤはもちろん、国際AI倫理委員会の耳にも入っているはず。だとすれば、スティーブは大丈夫だろうか？　トトキは既にこちらを探しているかも知れない。あるいは、『同盟』の追っ手を撒くのに手一杯か。ビガやフォーキンは？　ガードナー親子は無事なのか……。

思考がはち切れそうになって、エチカは両手で頰を擦る。

今考えるべきは、これからどうするのか、ということだ。

いつの間にか、セントラルヒーティングの駆動音だけが部屋を満たしている。

その密度の高い沈黙を破るのに、どうしてかひどく勇気が要った。

「考えている案は……幾つかある」エチカがそう切り出しても、ハロルドは反応しない。気にしていないふりをして、続けた。「一つ目は、もっと追っ手が届きにくい場所を目指すこと。たとえば島とか……調べたら、北東部のアバディーンからシェットランド諸島行きのフェリーが出ている。飛行機よりも船のほうがアミクスの検査も緩いし、持ち込みにも寛容だ。島に入ったら人間のふりをして、なるべく人目につかないような場所に家を買って、そこで暮らす」

彼は黙っている。

「二つ目は、ボディを取り替えること。できるか分からないけれど……でも、完全に見た目が変わってしまえば誰にも見破れないはずだ。きみは人間と違ってパーソナルデータもないし、これなら身を隠さなくても今まで通り生きていける。問題は、どうやってやるかということだけれど……わたしが何とか、優秀な技術者を探してみる。費用もどうにかする」

アミクスはやはり、口を開かない。

「三つ目は」エチカは何も見ないふりをして、なおも重ねた。「きみの死体をでっち上げて、物理的に捜索を中断させる。レクシー博士がマーヴィンの時にやったみたいに……別のアミクスのボディを用意して、それをわざと皆に見つけさせるんだ。信じてもらえさえすれば、もう誰もきみを追わない。もしくは、今回の告発自体をフェイクだと思わせて――」

エチカは口を噤む――ハロルドが制止するように、やんわりと手を挙げたからだ。彼は静かに疑似呼吸を吐いて、かぶりを振った。ほとほと呆れているようにも見える。

「全て却下して、四つ目を提案します。考えを改めて、素直にロンドンへ戻ることです。今ならまだ、あなたが潔白だと押し通せるかも知れません」

そう言うであろうことは、もちろん最初から分かっていた。

エチカは下唇の裏側を強く吸う。

「そう思っているなら……どうして今、わたしを無理矢理ロンドンに連れ戻さない？」

「あなたの気が済まない限り、また機能停止させられるのが関の山でしょうから」ハロルドの視線が、壁の傷をなぞる。「驚きました。あなたに、あれほど器用な真似ができるとは」

ハグのことを皮肉られているのだと気付き、エチカは図らずも頬が熱くなった。「あれは」

「何ならあなたのもとを抜け出して、私一人がロンドンに戻ることも考えた」アミクスは淡々と、「ですがそうしたところで、あなたは捜査局に自らの罪を供述して逮捕されようとするでしょう。そして裁判で、延々と私の安全性と再起動を訴え続ける……馬鹿げています」

「きみのうぬぼれだ」半分、虚勢だった。「そうなったら、さすがのわたしも諦める」

「あなたの行動を見る限り、説得力に欠けます」

「思い込みだよ」

「エチカ」これまで頑なに逸らされていた彼の眼差しが、突如こちらを射た。「あなたは、この一ヶ月間積み重ねてきた互いの努力を台無しにしたのです」

ハロルドは、はっきりと眦を歪めている——それは、以前の彼だった。ここ最近見せていた、量産型アミクスのような表情ではない。RFモデルらしい繊細で豊かな感情表現。

「感情エンジンを抑制していました」彼が自嘲気味に吐き捨てる。「距離を置いて、全てを上手くいかせるために。実際、成功したも同然だったはずです。それなのにあなたは……」

ハロルドの怒りは、極めて正当なものだ。

自分はこうなることを承知の上で、彼を強引に連れ去った。

分かっているからこそ。

「きみの望みじゃないことは理解してる。でも……今は、そんなことを話したいんじゃない」

「少なくとも私の中では、『そんなこと』では済まされない」

「ソゾン刑事を殺した犯人をまだ見つけていない」卑怯だと知りつつ、引き合いに出す。「このままじゃ、きみは犯人を捜すこともできなくなる。悔やんでも悔やみきれないはずだ」

「もちろんその件はまだ諦めていません。ただこうなってしまった以上、どのみち今すぐにどうにかすることは困難です。ましてや、あなたがそれを理由に私を逃がそうとするのは、単なる過干渉だ」彼はほとんどまくし立てている。その振る舞いは一層、人間の青年に近づいたように感じる。「前にも言いましたが、やはりあなたの気持ちが分からない。これが執着でないのなら、一体何です？　私はあなたのぬいぐるみではないのですよ」

「分かってる」

「いい加減にして下さい、エチカ」

「きみの気持ちを踏みにじることになると知っていた、でも」

「あなたは何も理解していない。だからこそ、私の意思も尊重して下さらないのでしょう」

「そうかも知れないけれどそうじゃない。それに、それを言うならきみだって――」

わたしの気持ちを、何も分かっていない。

――いや、駄目だ。

それを言っては、何もかも意味がなくなってしまう。

喉元までこみ上げた言葉は、音に換わる前に沈んでいく。ハロルドの瞳がじっとこちらを見据えていた――エチカは呑み込むように、下唇を噛みしめる。

「『きみだって』？」アミクスの冷淡な声音が突き刺さる。「続きは何です」

「…………何か、飲み物を買ってくるよ」

エチカはうつむきがちに、ベッドから立ち上がる。壁に掛けていた上着――道中のリサイクルボックスで拾った――を手に取り、ニット帽とマフラーを引っ摑む。そうして、ハロルドの追及から逃れるように部屋を出た。

コンテナの外は、野晒しの共用通路だ。あれほど降りしきっていた雪は今朝から小康状態で、思い出したようにぱらぱらと舞い落ちてくるだけだった。エチカはニット帽を目深に被り、マフラーを巻き付けて人相を誤魔化しながら、足早に歩き出す。コンテナがずらりと並ぶ敷地を横切って、フロントデスクのあるプレハブへ向かう。

そうしながらも、疲労で回らない頭を何とか働かせようとしていた。

あんな言い合いがしたいわけじゃない。これからどうするのか、もっとちゃんと話し合わなくては。いっそハロルドをどこかに閉じ込めて、自分だけでもロンドンに戻ろうか？　そして神経模倣システムがフェイクだと、彼が極めて合法的に製造されたアミクスだと証明するのだ。時間が経てば、ハロルドもきっと理解してくれる――全部、馬鹿げた妄想だった。

現実的に考えれば、既にアンガス室長あたりがノワエ社に残っているスティーブを解析して、告発が真実であることを裏付けているはず。

国際AI倫理委員会も、とっくに動き出しているだろう。

自分とハロルドが逃走を図っていることは、恐らくトトキたちにも知られている。

——もう、逃げ場なんてないのでは。

足許が一気に抜け落ちて、奈落へ吸い込まれていくような錯覚。

エチカは小さくかぶりを振って、懸命にそれを振り払う。

何かいい方法があるはずだ。

何か……。

プレハブの中に入ると、温かく淀んだ空気に包まれる。広々とした室内には、チェックインのためのフロントデスクや自動販売機、シャワールームが設けられている——エチカは思わず足を止めた。

「ロンドン警視庁からの要請でして。こういうアミクスを連れた宿泊客はいませんか？」

「アミクス？　あのな、ここは技術制限区域ですよ」

フロントデスクに、こちらに背を向けた二人の警官が寄りついているではないか。地元警察と思われた。彼らはタブレット端末で、スタッフの男に画像を見せているようだ。

——『全ての時間が正常に流れているように思える』だって？

一体どこがだ。

エチカはとっさにきびすを返す。なるべく音を立てないよう注意しながら、素早くプレハブの外へ出た。警官たちが振り向いたかどうかは分からない。恐ろしくて確かめることもできない――チェックインの際、エチカはハロルドを連れていかなかった。ただ「二人部屋を用意して欲しい」と頼んだだけだ。あのスタッフは何も知らないはず。

歩調はどんどんと早くなり、やがて走り出している。

もちろん、まだハロルドのことだと決まったわけではない。

けれど――今この状況下で、彼以外のアミクスだと考えるのは楽観的すぎる。

自分たちのコンテナが見えてくると、エチカはほとんど飛びつくようにして扉を引き開けた。その動作で施錠を忘れていたことを思い出したが、それどころではない――ハロルドは、ベッドに腰を下ろしたままだった。

「すぐに支度をして」エチカは、壁に掛かりっぱなしだった彼のダウンコートをむしり取る。「ここを出ないと駄目だ」

アミクスが何かを察したように面を上げた。「何事です？」

「警官がフロントデスクにいた。多分、きみを探してる」

立ち上がったハロルドの胸に、ダウンコートを押しつける。彼は受け取ろうとせず――エチカは焦りに任せてコートを広げ、背伸びをして彼の肩に引っかけた。袖を通していない状態で、フードを下ろして顔を隠させる。

アミクスはただ、湖の瞳をわずかに細めただけだ。「次はどちらへ？」

「まだ決めていない、とにかく急いで。部屋を調べにきたらまずい」

「ここの料金は？」

こんな時に、そんな心配か。「先に払ったよ」

エチカは今度こそ、ハロルドの腕を引っ張ってコンテナを後にする。彼は、大人しく従っていた。何もかも諦めることにしたのか、あるいは子供のわがままに付き合っているつもりか。

だんだんと自分がひどく滑稽に思えてくるが、投げ出す気にもなれない。


結局こちらの独断で、アバディーンへ向かい、シェットランド諸島に渡ることにした。

エチカはハロルドをシェアカーに乗せ、片側一車線の田舎道をひたすら北上する。変わり映えのしない開けた耕作地が延々とウィンドウを飛び去っていたが、ダンブレーンという町を過ぎる頃には車線が増え、道幅もやや広がった。主要幹線道路へ合流してからも、速度を落とさずにひたすら走り続け――午後三時を過ぎると徐々に日が傾いていき、再び雪が勢いを増し始める。

幸い追っ手の気配を感じることはなく、道のりは順調だ。

ただ自分も彼も、何も話さなかった。

カーステレオから溢れる馴染みのないアコースティックギターの旋律だけが、辛うじて沈黙を押しのける。次に言葉を紡いだ時、今度こそ何もかもが粉々に壊れてしまうかも知れない。

そんな得体の知れない恐怖だけが、ずっとうなじに摑みかかっている。

異変が起きたのは、アバディーンまで残すところあと一時間余となった時――フォーファーのジャンクション手前でのことだ。車線規制による小さな渋滞が起きており、辺りが宵闇に包まれる中、苛立ったテールランプが次から次へと堰き止められる。エチカたちも例外なく、巻き込まれる羽目になった。

急いでいる時に限って。

カーステレオを弄って放送局の周波数を変えてみるが、交通規制の情報は出ていない――エチカはため息を呑み込み、ステアリングに寄りかかる。車の充電の残量もやや気がかりだ。

ちらと、助手席のハロルドを盗み見る。

彼はダウンコートのフードを深く被り、大人しくシートに座っている。何もない雪原の先にぽつぽつと浮かぶ、家々の灯りを眺めているようだった――不意に、その疑似呼吸が聞き取れる。かすかな深呼吸。

「前に一度だけ……もし自分が人間だったらどうだっただろうかと、考えたことがあります」

彼の声を聞くのは、コンテナホテルを出て以来初めてだ――新しいひとひらが紡がれても、何も粉々になったりはしなかった。ただ、空気がわずかに震えただけだ。

「その時はあなたではなく、エイダン・ファーマンに『誘拐』されていましたが」ハロルドは景色から目を逸らさない。「私が人間だったのなら今、こんな風に逃げ隠れしなくてもいい。

あなたを巻き込むようなこともなかったでしょう。それだけでなく」

もっと色々なことが、上手くいっていたかも知れません。

彼の言う『色々』が具体的に何を示すのか、エチカには全てを推し量れないけれど。

「…………自分が、人間だったらよかったと思うの」

「時々分からなくなるだけです」弱音というには冷静な響きだった。「もうずっと、この『秘密』に振り回され続けている。私自身が『こう作って欲しい』と望んだわけでもないのに」

一体、どんな言葉を掛けるのが正解なのだろうか。

分からなくて、エチカはステアリングを強く握ることしかできない――レクシーはＲＦモデルたちに神経模倣システムを与えた。彼女の好奇心を満たすためだけに彼らは生まれてきたと言っても、決して過言ではない。その因果が巡り巡って、今に繋がっている。

あまりにも根本的な、どうしようもない問題を考えたって、仕方がない。

ハロルドもそんなことは百も承知だろう。それでも、考えずにいられないというだけで――今のエチカにしてみたって、きっとそうだった。

どうにもならないものに対して、どうにかなるかも知れないと、足掻き続けている。

車の流れが進んでは止まってを繰り返し、十分ほど経っただろうか。ようやく、ジャンクションの分岐が見えてくる。同時に明滅する青い警光灯と、路上に立っている警官の姿も――体中が一気にこわばり、心臓が跳ね上がる。

「検問だ」

交通規制の情報が出ていないと思ったが、そういうことか——例の警官がホテルに現れたのは、単に広域に聞き込み手配があったためだと解釈していた。けれど、こちらを追っている警察機関あるいはトトキたちは、既に一定の目星をつけているのだとしたら。もしくはホテルで、警官たちに姿を見られていたのだろうか。

もっと用心して、主要道路を迂回（うかい）するべきだった。

「ここまでですね」ハロルドがあっさりと言う。「私が、あなたを脅して連れ回したことにしましょう。捜査局には、神経模倣システムのことなど知らなかったと供述して下さい」

エチカは彼の提案を無視し、マフラーでうなじの絶縁ユニットと口許（くちもと）を隠した。技術制限区域の警官はユア・フォルマを搭載していないため、パーソナルデータを照会できない。既に辺りは暗く、人相さえ見咎（みとが）められなければ切り抜けられる可能性はある——ダッシュボードを開けた。そこにしまっていた自動拳銃（フランマ15）を取り、着たままだった上着のポケットに押し込む。

「エチカ」ハロルドの表情が険しくなった。「何をするつもりです」

「念のためだ。撃ったりしないから黙っていて」

車列の流れに従い、エチカはブレーキを踏む——警官の数は、ざっと五人以上。右側の車線をちらと見る。セーフティコーンで立ち入りが規制されているが、車両で塞がれているわけではない。前方から、一人の警官が近づいてくる。その手振りに従い、エチカはウィンドウを下げる。穏便に乗り切れれば、一番いい。

　鼓動が激しく脈打って、破裂しそうだ。

「——失礼」若い男性警官が車内を覗き込んでくる。「シェアカーですね。どちらから？」

「マンチェスターです」声がうわずらないように注意した。

「観光ですか？」

「いえ。アバディーンに住んでいる母親が倒れたと、病院から連絡がありまして」警官の注意が助手席に移るのが分かった。だが、ハロルドの容姿はフードで隠れている。「そっちは兄です。すみませんが、疲れて寝ているので……」

「分かりました。あなたの身分証だけでも拝見したいんですが」

「それが、母のことで慌てていたから忘れてしまって」

　警官がかぶりを振る。「身分証不携帯での運転は違反になりますよ。よろしいですか？」

「ええ大丈夫です、払います——」

　エチカはそこで口を噤む。フロントガラス越しに、ダウンコートを着込んだ捜査官らしき男がやってくるのが見えた。パーマがかかった暗褐色の髪のロシア人——ああ嘘だろう。いやそうだ。ホテルで見かけた警官たちは、ロンドン警視庁から捜索を要請されたと話していたか。トトキは『同盟』の件で、ロンドン警視庁を頼っていたはず……。

　だとしても、最悪のタイミングだ。

「シェアカーは全部こっちに流してくれ」フォーキンが警官に言い、ルーフに手を置いて話しかけてくる。「すみませんが運転手さん、そこのジャンクションの手前で路肩に――」

エチカと彼の視線が、はっきりと交差した。

――駄目だ。

フォーキンが腕を伸ばすのと、エチカがとっさにアクセルを踏み込むのは、ほぼ同時で。

「ヒエダ！」

彼の制止を振り切り、シェアカーが勢いよく車列を飛び出す。セーフティコーンを突き倒し、規制車線へ滑り込んだ。ジャンクションの出口へ――路肩に数台の警察車両が停車しており、警官らが飛び出してくる。まずい。エチカはとっさにステアリングを切った。相手を轢き殺すぎりぎりのところで、どうにかすり抜ける。

「やはりトトキ課長は有能な方ですね」ハロルドが後方を振り返る。「もう諦めるべきです」聞こえないふりをした――ジャンクションを出て、片側一車線の狭い田舎道へ合流する。背後で、サイレンの音が鳴り渡る。バックミラーに、警光灯を閃かせた警察車両が映り込んでいた。運転手は地元警官のようで、フォーキンではなさそうだが。

「エチカ」ハロルドが、我慢ならなくなったように声を荒げた。「もういいでしょう！」

「黙っててって言ったはずだ！」

アミクスの手が、横からステアリングを奪おうとしたが、叩き払った。

死にかけた街路灯の光を頼りに、私道へ逸れる。対向車がきても、すれ違えないほどの狭さだ。右手を農場の厩舎が飛び去っていく——バックミラーの警光灯はまだ剝がれない。外付けのスピーカーが何かを警告しているが、聞き流す。

行く先も分からずに、雪に覆われた牧草地を縫うようにして、ひた走る。何度か道を曲がったが、自分がどこへ向かっているのかはまるで把握していなかった——警光灯は近づいたり遠ざかったりしながらも、しつこく食らいついてくる。まるで諦める気配がない。

——どこかへ行ってくれ。

お願いだから、もう、放っておいて欲しい。

ジャンクションを出て、四十分近くは走り続けただろうか。いつの間にか、充電の残量はあとわずかになっていた。車内に警告音が轟くが、エチカはなおもシェアカーを前進させる。止まるわけにはいかない——そうしてとうとう充電が底を突く頃、シェアカーは山間の集落へと到達していた。近くの立て看板に、ケアンゴームズ国立公園の表記が見て取れる。

バックミラーを確認するが、あの警光灯は見当たらない。

だが——追いつくのは時間の問題だろう。

「降りよう」エチカはシートベルトを外す。「他の車を探さないと」

「こんなに小さな集落に、シェアカーがあるとは思えません」

エチカはハロルドを連れて車を降りると、彼の袖を引っ張りながら歩き始める——地面に積もった雪は、気温の低下とともに凍り始めていた。点在する民家の灯火だけが、暗闇の中で唯一色づいて見える。警察が到着したら、間違いなく住民に聞き込みにいくだろう。姿を見られないほうがいい。

人家を避けるように歩いているうちに、白く染め上がった落葉樹の並木道に迷い込む。ハロルドの言った通り、シェアカーどころかカーパークさえどこにもない——しばらくいくとフットパスを知らせる看板があり、道が二手に分かれる。エチカは右を選ぶ。雪は止むことを知らず、ただひらひらと舞い落ち続け、睫毛をも染めていく。積雪はますます深くなり、ふくらはぎに届くまでになっていた。目の前がぼうっと霞む。全身が冷え切っているせいか、単に疲労の限界なのか。

雪に打たれて朦朧となるこの感じは、前にも経験した。

あの時は、全てがユア・フォルマの見せる幻覚に過ぎず、一人きりだったけれど。

やがて、道らしき道を見失う。落葉樹の並木道はいつの間にか途切れ、木々は背の高いカラマツへ装いを変える。聳える山の峰が、夜に張り付く影のようにこちらを見下ろす——近くで水音が響いている。凍っていない沢があるのかも知れない。

不意に、彼の袖に引っかけていた指が外れた。

何かに足を取られて、エチカは躓きそうになる。とっさに木の幹に手をついた。体が小刻みに震え続けていることに、ようやく気付く——それでも振り向いて、ハロルドの袖をもう一度引こうとした。

　けれど。

「エチカ」

　アミクスの手が、袖に触れようとしたエチカの手首をやんわりと掴まえて、阻止する——ハロルドは反対の手で、目深に被っていたフードを剝がした。雪明かりの底で、精巧に作り込まれたその面差しが露わになる。

「戻りましょう。これ以上はあなたが保たない」

「平気だ」唇が悴んで、感覚がない。「もっと遠くにいかないと……」

「どこへ？　この先にいっても、もう何もありません」

　ハロルドが視線を投げるので、エチカはゆるゆると振り向く——暗く閉ざされたカラマツの森は、途中から暗闇に吞み込まれて途切れていた。道も、人も、家も、何もない。ただ、深い山の入り口がぽっかりと口を開けているばかりで。

　実質、行き止まりだった。

「あなたの気持ちはよく分かりました」ハロルドの声は打って変わり、とても優しい。「私はもう十分です」

「十分じゃない」

「エチカ」

「わたしは……全然、十分じゃない」

なけなしの力を振り絞り、ハロルドの手をほどく。エチカは勢い余って数歩後ずさり――どこかで人の声らしきものが反響して、背筋が硬直した。怒号にも似ている。間違いなく警察だろう。思っていたよりも早かった。ああでも駄目だ。来るな。やめてくれ。何で。

何で、こんな。

顎が軋むほど、歯を食いしばる。

彼が、一体何をしたって言うんだ？

全部ハロルドが望んだわけじゃない。ただ最初に与えられたものが、決められた枠からはみ出していた。たったそれだけのことで――彼の言う通りだ。ハロルドが人間だったらよかった。そうしたら今、こんな風に意味もなく逃げ惑わなくていい。それに。

彼が人間だったのなら、自分だって、きっと。

行き場のない怒濤のような感情が、正面から胸を押し潰す。怒りや嫌悪、苛立ち、悲しみが、呑み込みきれない塊となって襲いかかり、窒息しそうになる――いっそ、そうなってしまえたらよかった。ここで溺れてしまえたら、もうあとのことなんて何も考えなくていい。

無理だと分かっている。

ふらつくように後退し、ハロルドから距離を取っていく。

「エチカ？」

彼が怪訝そうに、こちらを見ている。

——もし、ここで捕まるのだとしたら。

エチカはとっさに襟ぐりからネックレスを引っ張り出し、力任せにニトロケースを開ける。中身を取り出す際、パーツをどこかに取り落としたが構わない。うなじの絶縁ユニットを引き抜いて、すぐさま機憶工作用HSBを接続しようと、

「いけない！」

気付いたハロルドが踏み込んできた。駆け寄った彼の手がエチカの片腕を捕らえ、HSBの接続を阻もうとして——遅い。HSBは既に、うなじの接続ポートにしっかりと挿さっている。だがなお、ハロルドは強引にそれを毟り取って、投げ捨てた。

「何を考えている！」彼の手が、強く両肩を摑んで揺さぶる。「ファーマンもトールボットも、あのHSBを使われて正気を失った。もしあなたまで廃人になったら——」

エチカの耳には、ほとんど入らない。

ただ、ユア・フォルマに残ったポップアップ表示だけが、目に焼き付く。

〈空のHSBデバイスを認識しました。このデバイスに対する操作を選択して下さい〉

——どういうことだ。

これは間違いなくレクシーから預かった機憶工作用HSBで、それなら空のはずがない。

なのに。

瞬間、背筋を生ぬるいものが駆け上ってくる。

――『これ、ヒエダさんに返さなきゃと思ってたんです』

まさか、ビガか？

理解した途端、力が抜けていくのが分かった。唇が勝手に弧を描き、泣き声とも笑い声ともつかない息が零れて――自分は、本当にどうしようもなく大馬鹿者らしい。

結局、何もできないじゃないか。

ただ事態を引っかき回して、子供みたいな駄々を捏ねただけで。

「エチカ？　しっかりして下さい」

「大丈夫」自嘲の笑みを堪えきれない。「すり替えられてた。いつの間にか……」

ハロルドは驚きを隠さず、ゆっくりとこちらの肩を離した――エチカは何だか立っていられなくなりそうで、木の幹に片手をつく。ささくれ立った皮が掌を刺したが、気にならない。パーツの半分を失って軽くなったニトロケースが、胸元で虚しく揺れている。

別に、何かしてくれと頼まれたわけではない。

最初から、何もかもただの自己満足に過ぎない。

それでも。

――何も、できなかった。

警官たちの声は先ほどよりも近づいている。カラマツの向こうに、電気式トーチの明かりがちらついて見えた。

　もう、時間がない。

「ごめん」エチカは、白く濁った吐息とともに押し出す。頬が焼けるほどに冷たい。今頃自分が泣いていることに気付いたが、もはや止められなかった。「きみを、何とかして……守りたかった。だから……なのに、結局何も……」

「先ほども言いましたが、私はもう十分です」ハロルドも背後を振り返り、明かりを認めたようだ。「今は捕まりますが、いつまでも機能停止（シャットダウン）されたままでいるつもりはありません。ソゾンを殺した犯人を捜し出さなくてはいけない。ですから、これは一時的なものです」

　何か策があってのことなのか、単にエチカを宥（なだ）めようとしてくれているのか。

　どちらにしても、気休めだった。

「エチカ、聞いて下さい」ハロルドの片手が、再びエチカの肩に触れる。反対の手の指先で、幼子を慰めるようにこちらの頬を拭う。「トトキ課長たちには、私とレクシー博士に脅されていたと供述するのです。例のＨＳＢも、我々があなたに押しつけたものだったと言いなさい。決して電索させてはいけない、あなたの立場が悪くなる」

「もういい、そんなことは……」

「私が何とかします」湖の瞳は、ひどく落ち着いていた。「ですからあなたも、私の努力を無下にしないで下さい。今度こそ尊重すると約束して欲しい」

　彼が何を言っているのか、エチカには半分ほどしか理解できない。曖昧にかぶりを振る。自分が聞き分けのない真似をしているというのは、分かっている。でも、抑えきれない。悪夢だ。これは悪い夢だ。今更そんな衝動が突き上げてくる。

　だってこのままでは、彼は、本当に。

　今まで沢山、本当に沢山のものを、諦めてきた。人間は慣れる生き物だ。疎まれても、煙たがられても、孤独でも平気になる。平気でなくてはいけない。『姉』を支えにして、自分自身にそう言い聞かせてきた——だから、何も望んでいなかった。むしろ触れないで欲しかった。

　にもかかわらず、彼は突然現れて、エチカの全てを瞬く間に変えてしまった。

　たとえ、これが独りよがりなものだと分かっていても。

　それでも——自分にとっては、彼が、初めてだったのだ。

　だから。

「いやだ」涙に濡れた息が零れる。「やっぱり駄目だ、きみは逃げて。早く行くんだ。わたしが時間を稼ぐから、だから」

「聞き分けて下さい」肩に置かれたハロルドの手に、力がこもる。「マトイを手放してもあなたは立ち直れた、だったら」

「姉さんとは違う」一体何度、このやりとりを繰り返しただろう。「お願いだから」

「あなたは大丈夫です」

「逃げてハロルド」

「自分を信じて下さい」

「そうじゃない、きみを失いたくない」

「ありがとうございます、ですが」

「――きみのことが何より大事だって言ってるんだ！」

一瞬で、空気のわずかな粒までもが凍てついた。

ハロルドが押し黙り、その瞳が見開かれていく。けれど涙で滲んだ視界では、それすらもぼやける。あらゆる輪郭が失われ、結び合わさって――頭の中もきっと同じくらい滅茶苦茶で、もう何をどうしたらいいのか、分からないまま。

「ごめん、」

エチカは、噛み殺せない嗚咽を漏らす。

胸の中のガラス瓶はすっかり割れて、もはや、修復できないまでに粉々で。

「でも……本心だ。きみが一番大事だったから、大事になってしまったから、わたしは」

ああ――全部、台無しにした。

あれほど努力したのに。距離を置こうとしたのに。一度は手放せたと思ったのに。何の意味もない。結局、薄汚い妄想を押しつけている。醜い自分を晒している――いつもそうだ。失敗してばかりで少しも上手くいかない。もっと器用になりたかった。もっとちゃんと、彼のためだけを考えられるような、綺麗な人間でいたかった。

どこまでも、困らせてばかりだ。

「わたしのわがままだった、何もかも…………本当に、ごめんなさい」

雪を踏み固める警官たちの足音は、すぐそこまで来ている。トーチの光が木々を撫で、こちらを探す——どうにかまばたくと、瞳に膜を張っていた涙が剝がれ、ハロルドの顔がはっきりと見える。

アミクスの端正な面差しは、ただ茫然とエチカを見つめていた。

肩に触れた掌は、微動だにしない。

薄く開いていた精巧な唇が、わずかに震えて、

「それは」

トーチの光が今度こそ、エチカとハロルドの姿を捉える。

「——そこの二人、両手を挙げろ！」

木々の間を縫うようにして、暗がりから複数人の警官が姿を現す——ハロルドが、我に返ったように動く。たった今まで放心していたとは思えないほど、素早い判断だった。状況を理解する頃には、彼はこちらのポケットから自動拳銃を奪い、エチカを羽交い締めにする。

——何をしている？

今度は、自分が唖然(あぜん)とする番だった。

「止まれ。それ以上近づいたら彼女を撃つ」

ハロルドが声高に言い、手にした銃をエチカの首に押しつける。安全装置(セーフティ)は掛かっていたが、夜闇も相まって警官たちには目視できなかったのだろう。全員が怯(ひる)んだように、一斉に拳銃を構えた——ようやく、エチカは悟る。

——『私が、あなたを脅して連れ回したことにしましょう』

ふざけるな。

こんな作戦、聞いていない。

「ハロルド・ルークラフト、銃を捨てて彼女を解放しろ！」「お前に逃げ場はない！」「本部、こちら山岳班です。追跡対象を見つけましたが、ヒエダ電索官を人質に——」

警官たちの顔には、明確な恐怖が浮かんでいた。初めて見る暴走アミクスを前に、動揺している——ただでさえ神経模倣システムによって危険視されているのに、こんな真似(まね)をしたら。

「違う」誤解だ。エチカはとっさに叫ぼうとした。「わたしが」

だが、ハロルドの手が思い切り口を塞いでくる。冗談じゃない。エチカは彼をどうにか仰ぎ見ようとするが、それさえも許してくれないほどの力で——仮に掌(てのひら)に噛(か)みついたって、痛覚をオフにできるアミクスには何の効果もないだろう。もがくが、どうにもならない。

「申し訳ありません」ハロルドが、こちらにしか聞こえないほどの声で囁く。「ですが、『約束』を忘れないで下さい」

いいや、駄目だ。

絶望のあまり、目の前が暗む。

「──ハロルド！」

聞き覚えのある声が割り込み、はっとした──警官たちの包囲網をかき分けて姿を見せたのは、フォーキン捜査官だ。彼もまた、息を切らせながら自動拳銃を構えていたが、その面持ちにはためらいが滲み出ている。

「勇敢ですね、捜査官。『同盟』に始末されかねない中で、私の捜索を優先するとは」ハロルドが淡々と彼を挑発した。「トトキ課長がロンドン警視庁を通じて、地元警察に要請を？」

「後ろ盾があるうちは、奴らも簡単には手を出せないからな」フォーキンが唇を湿らせる。

「ずっとヒエダを脅して連れ回していたのか？　人質として……」

「ええ、機能停止されたくありませんので」アミクスは表情を変えない。「彼女を無事に返して欲しいのなら、GPSを取り外した車を用意して、私を追わないと約束して下さい」

「要求には応じられない。分かってるだろ」

「では、電索官を殺されても構わないと？」

「あんたには撃てない」

「心を持たない機械に、道徳心を期待するのですか」

「最後の通告だぞ」フォーキンが半ば懇願した。「頼むから銃を捨ててくれ」

ハロルドは平然と立ったまま、身じろぎ一つしない――それでも周囲の人間たちに、逡巡(しゅんじゅん)していると解釈させるには十分すぎる時間だっただろう。彼はエチカに突きつけていた銃を、慎重に外す。銃口をフォーキンたちに向けながら、こちらを拘束していた腕をほどいて――背中に触れていたアミクスの体が、剝がれる。

瞬間、引き裂くような銃声が谺(こだま)した。

――待って。

エチカはとっさに振り向く――ハロルドが、雪の上に膝をついたところだった。撃ち抜かれた太腿(ふともも)から真っ黒な循環液が滴(したた)り落(お)ち、ぼとぼとと白い雪を染める。見れば森の奥に、別方向から接近していたらしい警官数人の姿があった。再び、銃火が閃(ひらめ)く。ハロルドの腕ががくりと落ちて、握り締めていた自動拳銃が地面に転がる。

「やめろ撃つな！」フォーキンが怒鳴った。「確保だ、早く！」

警官たちが、怒濤(どとう)のような勢いで踏み込んでいく。エチカの脇をすり抜けた何人かが、無抵抗なハロルドを組み伏せ、うなじを摑(つか)む。感温センサを通じて起動した強制機能停止(シャットダウン)シーケンスにより、アミクスの瞳は光を失い――制止の言葉が、喉元までこみ上げた。

けれど。

――『あなたも、私の努力を無下にしないで下さい。今度こそ尊重すると約束して欲しい』

きみは本当に、卑怯だ。

エチカの体は勝手に脱力し、膝から頽れる――駆け寄ってきたフォーキンの手が、肩に触れた。「ヒエダ、怪我は」「人質、無事です！」「誰か毛布を」飛び交うやりとりは、骨の中をするりと抜け落ちるかのように、どこにも留まらず大地へ吸収される。

雪が、降り続いている。

一粒舞い落ちるごとに、世界から音と色が褪せ、あらゆるものが隅々まで停止していく。

カラマツの間で、ハロルドを押さえ付けていた警官たちが立ち上がる。雪の上に倒れ伏したアミクスは、既にわずかも動かず――どこか、無防備な死体のようでさえあった。

了

あとがき

今巻もお手に取っていただきまして、心からありがとうございます。主人公コンビが停滞気味な分、今までになく脇役たちが活躍する巻となりました。トトキやフォーキンのエピソードも色々決めてはいるのですが、今回は放出しきれず……機会があれば形にできたらと存じます。

担当編集の由田様。早くも六巻ということが信じられません、いつもありがとうございます。毎回ビガへの愛を感じております。イラストレーターの野崎つばた様。変わらずお世話になりまして、本当にありがとうございます。イラストを拝見する度に、無限の元気をいただいております。漫画家の如月芳規様。いつもエチカたちの面倒を見ていただき、ありがとうございます。コミカライズのお話も山場と存じますが、どうかお体を大切になさって下さいませ。

最後に。七月に電撃文庫様の配信イベントでお知らせがあったと存じますが、拙著に映像化という貴重な機会をいただきましたことに深く感謝申し上げます。流行の作風とは言いがたいにもかかわらず、このようなお話に恵まれましたのも、今日まで盛り立てて下さった読者様方のお陰です。是非、続報をお待ちいただけましたら幸いでございます。

二〇二三年六月　菊石まれほ

◎主要参考文献

Shelley, Mary 著　芹澤恵訳『フランケンシュタイン』（新潮文庫、二〇一五）

本書に対するご意見、ご感想をお寄せください。

ファンレターあて先
〒102-8177　東京都千代田区富士見2-13-3
電撃文庫編集部
「菊石まれほ先生」係
「野崎つばた先生」係

本書は書き下ろしです。

電撃文庫

ユア・フォルマⅥ
電索官(でんさくかん)エチカと破滅(はめつ)の盟約(めいやく)

菊石(きくいし)まれほ

2023年８月10日　初版発行

発行者	山下直久
発行	株式会社KADOKAWA 〒102-8177　東京都千代田区富士見2-13-3 0570-002-301（ナビダイヤル）
装丁者	荻窪裕司（META＋MANIERA）
印刷	株式会社暁印刷
製本	株式会社暁印刷

●お問い合わせ
https://www.kadokawa.co.jp/（「お問い合わせ」へお進みください）
※内容によっては、お答えできない場合があります。
※サポートは日本国内のみとさせていただきます。
※ Japanese text only

※定価はカバーに表示してあります。

ISBN978-4-04-915136-7　C0193　Printed in Japan

電撃文庫　https://dengekibunko.jp/